U1017514

他在红尘看风景

弘一大师传

康蚂·著

天津出版传媒集团
百花文艺出版社

图书在版编目（CIP）数据

他在红尘看风景：弘一大师传 / 康蚂著. -- 天津：百花文艺出版社, 2018.8(2022.5重印)
ISBN 978-7-5306-7515-1

Ⅰ. ①他… Ⅱ. ①康… Ⅲ. ①李叔同(1880-1942)-传记 Ⅳ. ①B949.92

中国版本图书馆CIP数据核字(2018)第148084号

他在红尘看风景：弘一大师传
TA ZAI HONGCHEN KAN FENGJING：HONGYIDASHI ZHUAN
康蚂　著

出 版 人：薛印胜
责任编辑：张　雪　唐冠群　　**装帧设计：**郭亚红
出版发行：百花文艺出版社
地址：天津市和平区西康路35号　**邮编：**300051
电话传真：+86-22-23332651（发行部）
+86-22-23332656（总编室）
+86-22-23332478（邮购部）
网址：http://www.baihuawenyi.com
印刷：山东临沂新华印刷物流集团有限责任公司
开本：880×1230毫米　1/32
字数：270千字
印张：14.5
版次：2018年8月第1版
印次：2022年5月第2次印刷
定价：58.00元

如有印装质量问题，请与山东临沂新华印刷物流集团有限责任公司联系调换
地址：山东省临沂市高新技术产业开发区新华路1号
电话：(0539)2925659
邮编：276017

版权所有　侵权必究

目录

第三章　在东京

第四章　在上海 2

第五章 在浙江

第六章　在福建

附录:弘一大师嘉言韵语选

我眼中的弘一大师(序一)

明一居士

弘一大师李叔同一八八零年出生于天津,一九四二年在福建泉州温陵养老院圆寂。大师一生富有传奇色彩,体验了多种人生。他由翩翩公子变为留学生,又变为编辑,再变为教师,最后变为比丘,每转换一种身份,都十分出色。

少年时期,大师跟随常云庄、赵元礼、唐静岩等人学习诗词、书法、金石、篆刻等技艺。青年时期,留学日本创办春柳社,回国后在"浙一师"担任美术、音乐教师,培养出刘质平、丰子恺、潘天寿等影响近现代中国艺术走向的学生。中年出家为僧,芒鞋锡杖,历经二十四载苦修,功德圆满,终成律宗第十一代祖师。

大师往生至今, 海内外信众举行了不同形式的纪念活动,大家在欣赏、品味、切磋大师各时期杰出艺术成就和佛法造诣的同时,认真追慕大师严谨认真、一丝不苟的行为风范,学习大师的佳言懿行。在弘一大师精神的感召之下,社会各界人士主动投入"弘学"文化的传播当中。出现了专门研究弘一大师的"弘学研究会",出版了各种版本的弘一大师传记,以及电影、话剧等作品。

那么我们生活在当下,究竟要向弘一大师学习什么呢?

首先是弘一大师对艺术的探索精神。大师集诗、词、书画、篆刻、音乐、戏剧、文学于一身，是少有的奇才。他是中国现代歌史的启蒙先驱者，其中《祖国歌》《送别》等歌曲流传久远。他是中国话剧运动的奠基人，创办“春柳社”，演出话剧《茶花女》《黑奴吁天录》，开启了中国话剧的帷幕。

大师对衣食住行的简朴也值得我们学习，用他的话说就是惜福。我们纵有福气，也要加以爱惜，切不可把它浪费掉。少年时大师习字，母亲看到他拿整张的纸瞎写，就十分严厉地教导他不要浪费，要学习父亲那样，连一寸许的纸条也不敢随便丢掉。出家后大师所使用的衣服、棉被、蚊帐、毛巾、鞋袜都是洗了再洗，补了又补，用了再用。有一次，“浙一师”的同事夏丏尊在一座小庙里碰见了大师，看到他的铺盖被子极其破旧，枕头是卷起来的破衣服，吃饭时只有白菜萝卜。夏丏尊看着看着，眼泪就下来了，问他：“这么咸的萝卜干，吃得下吗？”大师轻声答道：“咸有咸的味道，淡有淡的味道。”

弘一大师的佛学思想体系，是以华严为境、四分戒律为行、导归净土为果。大师对佛学的贡献，主要体现在他对律宗的研究与弘扬上。他为振兴律学，深入研修，潜心戒律，著书说法，所编著的佛学著作主要有《四分律比丘戒相表记》《净宗问辨》《律学要略》《晚晴集》《护生画集》等几十种。

出家后大师以戒为师。生活细节上，他无不以戒律来规范自己。学生丰子恺寄给大师一卷宣纸，敬请为他书写佛号。不料，宣纸剩了几张，大师就来信询问他，应当如何处置多余的宣纸。这是恐犯盗戒，因为按照戒律规定，在未得到物主同意之时,不得擅自使用他人的东西,否则就是犯了盗戒。

大师值得我们学习的地方有很多，他多彩的艺术人生,高山仰止的风范,成为世人崇敬和学习的榜样,是僧俗两界中共同敬仰和尊崇的高僧大德。

这本书写的是弘一大师的人生故事和修行故事,康蚂阅读搜集了海量的资料,并形成自己的观点,用敬畏悲悯的精神,用严肃优美的文笔,为读者呈现了弘一大师的光辉岁月,对于大家了解、学习、传播大师高尚的德行,提升精神境界,起到了积极的作用。

（明一居士:本名张志军,当今著名的禅学作家之一。多部揭示诸佛成佛之谜的佛法小说广泛流传于海内外，著有《六祖慧能传》《迎面撞上禅》等。）

十问弘一（序二）

康　蚂

以下文字节选自《弘一大师新传》《弘一大师传》《法味》《我在西湖出家的经过》《改过实验谈》《竹园居士幼年书法题偈》《为漳州印友题偈》《题王梦惺居士〈莱园文稿〉》《辞世二偈》《为红菊花说偈》《图画修得法》《常随佛学》《佛法十疑略释》。部分文字进行过加工处理，访谈为作者模拟，是为序。

一、伟大的艺术家，童年会与众不同，您的童年是这样的吗？

我的幼年也和当时的一般文人一样，攻读《四书》《孝经》《毛诗》《左传》《尔雅》《文选》等，对于书法、金石尤为爱好。十三四岁时，篆字已经写得很好，十六七岁时曾从天津名士赵元礼学填词，又从唐静岩学书法。这个时期和我交游的有严修、王仁安、孟广慧、姚品侯、王吟笙、曹幼占、周啸麟、陈宝泉、李绍莲等天津艺术精英。

二、您曾经是世家子弟，家里颇有背景，您介意谈这些吗？

我父亲筱楼公是清代同治四年的进士，曾在北京出仕吏部，和李鸿章同朝为官。时任北洋大臣的李鸿章往来保定与天津之间，与我父亲有业务往来，二人关系非同一般。筱楼公为官期间，是清末重臣李鸿藻的部下。

我家与清末重臣王文昭、荣禄也有来往。我十五岁时到北京游玩，曾拜访过王文昭和荣禄，并给他们看我的书法作品。两位叔叔辈的高官，对我这位晚辈的书法造诣惊叹不已，大力传播。一八九六年八月中旬，我在给账房先生徐耀庭的信中写道："李鸿章兄至九月间，可以来津。王文昭兄降三级留用。"我曾为李鸿章刻过两方名章，一方是鸿章私印，一方是少荃。

三、有人说您不谙世事，不近人情，您同意这种观点吗？

我在东京美校求学期间，确实有过两次书呆子行为：一、推开楼窗，让迟到五分钟的欧阳予倩原路返回，改日再约。二、一日下雨，日籍岳母要带把伞走，我不同意。对她说，你嫁闺女时，也没说要伞啊。后岳母得知，伞是我母亲遗物，谅解之。

四、您出家前有两位妻子，能否谈谈与她们相处的时光？

我的婚姻由母亲包办。十八岁时，在母亲的安排下，我娶了天津南运河边芥园茶庄女俞氏为妻。俞氏比我年长两岁，她属虎，我属龙。我家保姆戏称"龙虎斗"，说属相不合。但也并非如此，我们婚后的感情还不错。我和俞氏育有二子，长子李准，次子李端。我出家后，二哥李文熙让俞氏到杭州劝我还俗，俞氏对二哥说，您别管了。俞氏四十八岁去世，我已出家多年，因各种原因，没有回去吊唁。

我的日籍夫人福基，是我在日本留学期间认识的，她是我的人体模特。后来我们结婚，回国后一直与我居住在上海。她曾苦劝我不要出家，委托我的朋友杨白民转告我，说日本和尚可以有妻室，她愿意继续留在中国做我的妻子。我说，要做就做中国和尚。她曾到杭州找我，我们约在湖滨一家旅馆见面，她不停地哭，我一言不发。最后我送了一块手表给她作纪念，告诉她上海家中的钢琴字画等珍贵物品，处理后可作为回国的盘缠。我安慰她说，你有做医生的基础，回日本后不会失业的。离别时，我乘船而去，她在岸边失声痛哭。从此我们再也没有见面。我们结婚后没有子女。

五、您幼年丧父，与母亲相依为命，您如何理解母爱？

我母亲从小就以自己日常的言行，规范我的行为举止，希望我做个懂礼之人。之后又按照《论语·乡党篇》规范我的日常生活。每日吃饭之前，必须要摆正餐桌，否则就要遭到席不正不食的训斥。多年之后，我每次吃饭前，都要把餐桌摆正再吃。这样良好的生活细节，来自母亲的教诲。

我二十岁至二十六岁之间的五六年，是平生最幸福的时候。此后就是不断的悲哀与忧愁，一直到出家。我母亲去世的时候，我正在买棺木，没有亲送。我回来，已经不在了！我运送母亲灵柩回天津，二哥不让进门，说是家族的规矩。我们发生激烈争吵，后来在账房先生徐耀庭的说和下，二哥才让步。遵照母亲丧礼一切从简的遗愿，我为其举行了文明丧礼。要求来宾不赠钱物，改送花圈挽联。亡人之子不再跪地读祭文，改为献花致悼词。出殡时来宾鞠躬即可。送葬家人不穿孝衣孝帽，改穿黑衣黑裤。不请僧人念经，改为合唱哀歌。

六、杨白民、夏丏尊、姜丹书、马一浮与您的友情伴随一生。请问您的交友观是什么？

君子之交，其淡如水；执象而求，咫尺千里；问余何适，廓尔忘言；华枝春满，天心月圆。

七、诗词文章、音乐美术、金石篆刻、书法书画皆有造诣，有人说您是少有的艺术全才，您同意这种说法吗？

一枝亭亭玉立的菊花，挺直的姿态显示出高贵的气节。为什么它颜色这样鲜红，那是来自于殉教者的鲜血。这是我对艺术的理解。

我认为的书法：文字的表象，本来就不可轻易获得。靠着分别心，怎么能够测度。好像风在空中吹过，分不出能所，领悟了这一点，就是智者。

我认为的金石篆刻：金石不分古今，艺术的事业是随时都创新的。为体现于个别法中的共相，是实相的印记，通过各种事显示出其本真。

我认为的写文章：写文章是表达思想的，哪能一味追求辞藻的华丽。只要蕴含真实的思想感情，就能取得成就成为名家。读书人要靠人格的魅力传播文艺，而不应靠文艺的影响传布个人。

我认为的图画：评论家说，图画，是用来娱乐的，没有实际效用。即便如此，图画的范围很广，不是单纯娱乐一方面所能概括的。图画的效力，与语言文字相同，其性质也很相似。倘若把图画单纯概括为娱乐，又如何解释语言文字呢？音乐戏曲的华丽辞藻不单单是语言，既然这样，那么听音乐戏曲的华丽辞藻,也称为语言,属于娱乐吗?小说传奇也不单单是文字,既然这样,那么诵读小说传奇,也称为文字,属于娱乐吗?三尺儿童也知道不是这样的。

有一句常言说,言语的发达,与社会的发达密切相关。现在请让我变一种说法,图画的发达,与社会的发达密切相关,没有什么不可以。还有一句常言说,诗是无形的画,画是无声的诗。现在请让我变一种说法,语言,是无形的图画;图画,是无声的语言,也没有什么不可以。

八、断食实验为什么选在虎跑寺?

总要有个很幽静的地方才好。当时我就和西泠印社的叶为铭来商量,结果他说在西湖附近的虎跑寺可作为断食的地点。我就问他:"既要到虎跑寺去,总要有人来介绍才对。究竟要请谁呢?"他说:"有一位丁辅之是虎跑的大护法,可以请他去说一说。"于是他便写信请丁辅之代为介绍了。因为从前的虎跑不像现在这样热闹,而是游客很少,且十分冷静的地方啊。若用来作为我断食的地点,可以说是最相宜的了。

九、您为什么出家,出家后精神上有哪些收获?

有很多人猜测我出家的原因,而且争议很多。我并不想昭告天下,我为什么出家。我出家是为了教化自己和世人,是追求一种更高、更理想的方式。每个人的故事、原则、兴趣、方式方法,以及对事物的理解,本就永远不相同。我不想过多解释,说了他人也不会理解,所以干脆不说,慢慢他人就会淡忘。

出家后接触到很多佛教经典,让我的精神充满欢喜,我的收获可以概括为——

1.虚心。孔子说："五十岁以后学习《易经》，就可以没有大的过错了。"又说："知道怎样做符合道义却不能改变自己，有不善的地方而不能改正，是我担忧的事情。"蘧伯玉是当时的一个贤人，有人让他去见孔子。孔子与他坐下来，问："老师是做什么的？"对方回答说："夫子想使自己的过错更少而很难达到。"圣贤尚且如此虚心，更何况我辈，怎么能自满呢？

2.慎独。曾子说："眼睛所看到的，手指所指到的，都是严厉的！"又引用《诗经》说："战战兢兢，如临深渊，如履薄冰。"这几句话是我常常想起来而不敢忘记的。

3.吃亏。古人说："我不知道什么样就算是君子，但是每每看到肯吃亏的就是君子。我不识别什么样的就是小人，每每看到喜欢占便宜的就是小人。"古时候有贤人某某临终时，子孙请示他有何遗训，贤人说："无他，你们要学会吃亏。"

4.寡言。这事最为紧要。孔子说："一句话说出口，四匹马拉的车也追不回"，很可怕啊！

5.不说别人的过错。古人说："时时检点自己的行为都没有时间，哪有工夫检点别人呢。"孔子也说："多责备自己，而少责备别人。"以上的话，我时时不敢忘。

6.不掩饰自己的过错。子夏曰："小人的过错一定会加以刻意掩饰。"我辈须知用漂亮的言辞掩饰自己的过错是最可耻的事。

7.不遮蔽自己的过错。我辈常常有得罪他人的地方，那就必须发大惭愧之心，生大恐惧。发露陈谢，要忏悔自己的过错，切不可为了自己的面子，隐藏着不说，还自欺欺人。

8.听到诽谤不辩解。古人说："怎样平息诽谤之言？回答：不辩解。"又说："吃得小亏，就不至于吃大亏。"以我三十来年的人生经验，深信此话是真实不虚的。

9.不愤怒。古代贤人说过："二十年来治愈一个怒字，到现在还没消磨殆尽。"但是我辈还是不得不尽力改正治愈这个毛病。《华严经》说："怒气是一念之间，能打开百万危害的大门。"这话难道不使人害怕吗？

十、如何理解佛法？现代人如何学佛？

佛法非迷信！佛法非宗教！佛法非哲学！佛法非违背于科学！佛法非厌世！佛法非不宜于国家之兴盛！佛法非能灭种！佛法非废弃慈善事业！佛法非是分利！佛法非说空以灭人世！学佛，一定要找一个榜样，最好的榜样是佛，我们跟佛学，常随佛学。学佛的人先要把心量拓开，把界线排除，为什么？这是本性，这是真心，心量本来如是。

2018 年春于天津万德庄大街

第一章 在天津

天津自古以来就是代表繁华的符号。既是沟通南北的漕运枢纽，又是连通世界的海运港口,同时还是拱卫京师的重要门户。清末民初，天津是中国经济最发达的城市之一，近现代工商、金融业兴盛繁荣。作为直隶总督的驻地,天津也成为李鸿章和袁世凯兴办洋务和发展北洋势力的主要基地。李叔同就出生于这样一座城市。

从小在海河边长大的李叔同，过着优越的富家子弟生活,接受着最好的教育。后结识津门艺坛各路高手,求教学艺,定期雅集。为日后纵横艺坛打下结实的基础。

少年时李叔同风度翩翩,很注意衣着,尤重颜色的调和。如穿月色长袍,则配以紫色章绒的琵琶襟坎肩。冬令外出,乘晚轿,轿围子,是用灰鼠皮制作的,颇讲究。

李叔同前后在天津生活了二十多年，这片土地给予了他艺术上的滋养，让他能潇洒闯荡高手如云的民国。

海河之子

一八八零年十月二十三日下午,天津富商李世珍正在海河边，亲自迎接押送李家在河南经营盐业所得银两的镖车。大约一盏茶的工夫,镖局押送的马车到了。李世珍挥手,身后几十名家丁一拥而上,将装满银子的木箱抬上马车,运往自家的桐达钱庄。

李世珍一边与镖局的大掌柜寒暄,一边将一张银票递给大掌柜。

李世珍:“大掌柜舟车劳顿,真是辛苦了,我已在鸿宾楼订了雅间,吃完饭再走。”

大掌柜抱拳:“李掌柜不必客气,咱们是老交情,这些年承蒙您照应。饭就不吃了,天黑之前还得赶回北京。改日我请您喝茶。”

李世珍:“那我就不留您了,路上小心。”

此时,海河岸边高大的槐树上,忽然飞来三五只黑背白翅的喜鹊,冲着李世珍喳喳地叫。

账房先生徐耀庭看了一眼，笑道:“瞧这喜鹊叫得多欢实,老爷府上要喜事临门呀,三太太要给老爷产下一位公子呢。”

正在此时，一名丫鬟急匆匆跑来："给老爷道喜了，三太太生了，三太太生了，又添一位公子。"

徐耀庭一拍手："老爷，还真让我给说中了，真是大喜临门呀。"

李世珍大喜，朝着家的方向深深凝望："苍天有眼，已近古稀，再得一子，大喜事，大喜事呀。"

随后李世珍问丫鬟："三太太可好？小公子可好？"

丫鬟："太太和公子都好着呢！"

李世珍吩咐道："照顾好三太太和小公子，就说我马上就到家。"

李宅位于天津海河东地藏庵前陆家竖胡同二号，门楼算不上高大，青色方砖铺地，上房居北，东西屋各三间。院内栽着一棵梅树。北房后的小院内，另有三间灰土房，供婢仆居住。李宅东边是地藏庵，庵里住着一位出家人，香火不算旺盛，李家人常去那里烧香拜佛。

李世珍于清同治四年中举进士，曾在北京出仕吏部，和李鸿章同朝为官。时任北洋大臣的李鸿章往来保定与天津之间，与李世珍有业务往来，二人关系非同一般。李世珍为官期间，是清末重臣李鸿藻的部下，有这层关系的保护，李家的生意做得自然如日中天。

李世珍共有四位妻子，原配夫人姜氏，生长子文锦，文锦二十岁左右去世。第一侧室郭氏，未育子女。第二侧室张氏，育有次子文熙。第三侧室王氏，育有三子文涛(李叔同)。因文熙自幼体弱多病，李世珍怕他与文锦一样短命绝嗣，故在六十八岁高龄,纳十九岁的婢女王氏为妾,转年生下李叔同。

下了马车,李世珍重进产房,探望三太太和刚刚诞生的婴儿,三太太让李世珍给孩子起名,李世珍思考片刻道:“司马迁《史记·李将军列传》云:桃李不言,下自成蹊。这是说西汉的飞将军李广品德高尚,诚实正直,用不着自我宣言,就自然受到人们的尊重和敬仰。幼儿就叫成蹊,学名叫作文涛,字叔同。”

之后李世珍大步走进肃穆庄严的家庙存朴堂,在香烟缭绕中磕头跪拜:“承蒙列祖列宗护佑,今日李家再添一名男丁,希望他将来考取功名,为李家光宗耀祖。”

为了感恩“老天赐子”,李世珍慈悲喜舍,放生祈福。李宅门外放满水盆,盆里装满鱼虾龟鳖,家丁抬着水盆到附近的海河边放生。此后,李世珍又派人为保育院和赈灾所送去银两,津门百姓都对桐达李善人的善举交口称赞。

李叔同三岁那年,李世珍凭借集钱庄、盐商于一身而苦心经营多年的家业,迎来了风生水起之日,遂购置新宅,全家迁居到天津海河东粮店后街六十号。

晚清时期的粮店街是当时天津最繁华的地带之一。这条街北起北河故道(注:今天津河北区狮子林大街),南至兴隆街,在长达十余里的河岸上,粮店一家挨着一家,河道上漕运船只舳舻相接。为了漕粮卸存和转运方便,粮店前门和后门各形成了一条街道,前门叫粮店前街,后门为粮店后街。

新宅沿街而建,坐西朝东,背靠海河。共六十间房,呈田字形格局排列。大门是“虎座”门楼,门楣上有精细的镂刻砖雕百兽图,门楼左侧是一个厅房。新宅门前挂有“进士第”匾额,过道内悬着“文元”匾额。新宅有个竹篱笆围成的小花园,名为“意园”。意园与后院游廊相通,园内有修竹盆花、山石盆景、小池塘和梅树石榴树。

新宅距离海河不到五十米,船运非常便捷。童年时代的李叔同,每天可以看见大宗货物从外地运抵李宅,车马喧哗,人进人出,显示出李家富庶兴旺的繁华之景。

李世珍晚年精研理学和心学,尊崇王阳明。又推崇佛教,乐善好施,创办“备济社”施衣舍粥,李叔同耳濡目染,福田里种下慈悲的种子。

父亲在佛音中安逝

一八八四年，七十二岁的李世珍患痢疾久治不愈。自知不久于人世，索性顺其自然，让家人请僧人到府上念《金刚经》，在轻缓的梵音中回忆自己起伏不平的一生。

《金刚经》全名《能断金刚波若波罗蜜经》，是佛教中非常重要的经典，是佛学的根本大法。金刚有两种意义，一是能穿透一切的迅速的闪电；二是最坚硬的钻石。这部经讲的是，当各种烦恼来了，修行者能像迅速的闪电击穿烦恼，看透烦恼。让自己的那颗心如钻石一般坚硬，任何烦恼都无法动摇它。

想做到以上两点，依靠的是"波若波罗蜜"，即抵达彼岸的智慧。整部《金刚经》的核心就是，通过抵达彼岸的智慧，断除世间种种虚妄，获得最终的解脱。所以说，《金刚经》是讲智慧的经，属于玄奘编译的《大般若经》中的一种。掌握了智慧，也就获得了快乐。

四岁的李叔同站在病榻前，怔怔地看着即将往生的父亲，眼神中透出一丝疑惑。父亲握着李叔同的手，脸上洋溢着微笑，有气无力地说："三郎，在另外一片净土，没有贪欲，没有怨恨，没有愚痴……我往生之后，再也不会轮回到人间受苦，这就是抵达彼岸的智慧。"

李叔同看着父亲，似乎明白了什么，忽然，他轻轻地背诵起《金刚经》里的四句偈："一切有为法，如梦幻泡影，如露亦如电，应作如是观。"

李世珍听罢，喜极而泣，含笑而逝。

想想真是感慨万千，李世珍一生推崇的程朱理学、王阳明的心学，在关键时刻却没有抚慰他身心的痛苦和迷茫，唯有佛法让他大彻大悟，获得身心的解脱。

遵照李世珍遗言，灵柩在家停放七天，由高僧率领众僧分班诵经，在阵阵经声中引领逝者去往西方极乐世界。停柩发丧七日，僧人们敲击法器，钟鼓磬钹齐鸣，念经声此起彼伏，在香烟氤氲中，李叔同随同家人送父亲上路。

这样的世俗化的宗教仪式，在李叔同眼中成为戏剧，让他对死亡有了另外一番理解。

这场奢华的葬礼，由李鸿章点主，武馆马三元"报门"，引起津门各界的关注，成为街头巷尾谈论的话题。

此后几年里，模仿僧人作法事成为李叔同的一大乐事，他扮作僧人，身披袈裟，带领孩子们学放焰口给饿鬼施食，以此保佑逝者安全到达地府。这是李叔同第一次对佛教产生兴趣，而在此后的人生履历中，佛学造诣成为他最为浓墨重彩的一笔。

从父亲身上，李叔同学到了慈悲，学到了与人为善，学到了爱护万物，悲悯众生。

那段时间，李叔同在家中养了很多只猫，有从集市上买来的家猫，也有从外面收养的野猫。他善待每一只猫，并给它们起了名字，被家里人视为爱猫成癖的三少爷。

格言启蒙

父亲去世后，李家各种潜在的矛盾日益公开化，兄弟同为庶出，但长幼有序，孤儿寡母处境不堪。大李叔同十几岁的李文熙当家后，大概是受父亲临终之托，对李叔同的管教极为严厉。目的是让弟弟成大器，将来好光耀门厅。

有一天，李文熙先教弟弟读家中厅堂抱柱上的书联，上联是：惜食惜衣，非为惜财缘惜福。下联是：为名为利，求人莫如求自己。

李文熙说，衣食来之不易，应当珍惜，不要糟蹋浪费。名利靠真才实学方能获得，人生受挫求人无用，关键时刻还得靠自己。其间所蕴含的世态人情和人生哲理，在潜移默化地影响着李叔同。

李叔同七岁时李文熙教他读《玉历钞传》《百孝图》《返性篇》《格言联璧》《文选》。《格言联璧》对李叔同影响极深，多年以后，出家后的李叔同常以《格言联璧》检点日常言行，哪些做到，哪些没有做到，从而进行总结和反思。

为什么出家后的李叔同对《格言联璧》如此钟爱和重视？从他历次所作演讲以及所写题记可以看出，李叔同认为《格言联璧》能加强自我道德修养。

《格言联璧》的辑录者为清代人金缨，其所编《格言联璧》一书，按儒家大学、中庸之道，以“诚意”“正心”“格物”“致知”“修身”“齐家”“治国”“平天下”等主要内容为框架，收集有关这些内容的至理格言，按当时人的阅读习惯分为八类，从个人、家庭到社会、国家，凡所应有，无所不有。

与一般语录体著作一样，《格言联璧》以高度凝练的语句，讲述有关道德修养的准则，言简意赅，深入浅出，通俗易懂。作为道德修养的入门读物，能使初阅读者较快地掌握“善恶之区别及改过迁善之法”的知识和途径，有效地提高自身的道德认知水平。

书中的格言对仗工整，精练透彻，读起来朗朗上口，津津有味，与某些道德论著的道貌岸然，枯燥说教，迥然不同。这样的语句比比皆是——

“提得起，放得下，算得到，做得完，看得破，撇得开。”“天下无不可化之人，但恐诚心未至。天下无不可为之事，只怕立志不坚。”（处事类）

“人好刚，我以柔胜之。人用术，我以诚感之。人使气，我以理屈之。”“何以息谤？曰无辩。何以止怨？曰不争。”（接物类）

“作践五谷，非有奇祸，必有奇穷。爱惜只字，不但显荣，亦当延寿。”“开卷有益，作善降祥。”（惠吉类）

“精工言语，于行事毫不相干。照管皮毛，与性灵有何关涉。”“飞蛾死于明火，故有奇智者，必有奇殃。游鱼死于芳纶，故有美嗜者，必有美毒。”（悖凶类）

由于《格言联璧》是前人以儒家伦理道德为标准，根据人们处身立世、待人接物等诸多方面常见的各种缺点，提出的劝诫和指引，因此，它具有很强的针对性。无论是学童，还是成年人，都可以提升人格修养。教训子女，宜在幼时。先入为主，终生不忘。启蒙教育就是挖井，成年后才能饮得甘泉，滋养身心。

因此，《格言联璧》是童年李叔同读的最深入、下苦功最多的一本启蒙性读物，也是他一生奉之为圭臬的言行标准。

李叔同天赋极高，过耳能诵，过目不忘，理解力强。《格言联璧》等儒家经典的滋养，对他的性格养成和人格塑造起到关键作用，他从小就善良慈悲，明辨是非，贫贱者亲之，富贵者疏之。李叔同对李文熙待人接物随人贵贱而异的行为看不惯，常常反道而行之，尊重家中社会地位不高的塾师、奶妈、保姆、佣工以及贫苦乡邻。

为此兄弟之间渐生隔阂，李文熙对弟弟说："人生来就分高低贵贱，你是李家的三少爷，岂能与下人们平起平坐。"

李叔同回答："二哥教我读书的目的是知书达理、言行如一，自己待人接物却有两套标准。我不分高低贵贱，只知道众生平等。"

人生犹如西山日

接受过李文熙的启蒙教育之后，李叔同又师从常云庄接受儒家传统教育。常云庄生卒年月不详，天津名士，工于诗文，学识渊博。

常云庄因材施教，结合李叔同的天资禀赋及兴趣爱好，专门制定了一套教学方法。他摒弃传统儒教课徒的陈规，改为教授古诗、辞赋、传记、文字学等书。

按照常云庄的教学计划，李叔同先后读完《孝经》《毛诗》《全唐诗》《千家诗》《四书》《古文观止》。十二岁起，读《训诂》《尔雅》《说文解字》《史汉精华录》《左传》等书。

读《全唐诗》时，李叔同最喜欢的一位诗人叫韩偓。韩偓是晚唐五代诗人，十岁时曾即席赋诗送其姨夫李商隐，令满座皆惊，李商隐称赞其诗“雏凤清于老凤声”。韩偓的诗性情既挚，风骨自遒，慷慨激昂。

韩偓为人耿介宽容，忠烈刚正、敢于直言。在仕途上不急不躁，谦让退后，史称唐代完人。龙纪元年，韩偓考中进士，官拜左拾遗，后官拜左谏议大夫。

宰相韩贻范母丧，昭宗有意诏其还位，命韩偓起草诏文。韩偓说：“贻范处丧未数月，这么快就让他回朝，有伤孝子之心。他负责的事务，交给其他宰相办理即可。陛下如果真的看重贻范之才，就该等其满了居丧期再召他回来，何必让他入朝时峨冠博带，回到家中泣血于灵柩之侧呢？哀桑而废务，勤政而忘哀，都是不合人情之事。”

有人提醒韩偓：“皇帝让你写诏文，你却跟皇帝讲道理，你是想找死吗？”

韩偓说：“腕可断，血可流，这个诏书我不写。”

韩偓对中原大军阀梁王朱全忠不以为然，朱全忠想杀韩偓不成，在皇帝面前诬告他，皇帝将韩偓贬谪到濮州当司马。哀帝继位后，召其还宫，重新起用。被韩偓婉言拒绝。两年后，朱全忠代唐称帝，建立后梁，韩偓从此不再进京，携家眷南下福建，隐居南安九日山。

李叔同对韩偓的两首诗非常喜爱，一首是《残春旅舍》：“旅舍残春宿雨晴，恍然心地忆咸京。树头蜂抱花须落，池面鱼吹柳絮行。禅伏诗魔归净域，酒冲愁阵出奇兵。两梁免被尘埃污，拂拭朝簪待眼明。”

这首诗作于韩偓流寓福建期间，表达了对李唐王朝的怀念之情，以及内心的苦闷和矛盾。时值残春，雨后放晴，韩偓虽被迫离开京都，然眼前的景色，又使他心情振作，关心起长安的局势。表示自己要保持当年上朝冠簪的整洁，经常拂拭它，不让它玷污。意指自己誓死忠于唐王朝，绝不臣服于朱温建立的梁朝，浩然气节，洋溢诗间。

第二首是《曲江秋日》：“炊烟缕缕鹭鸶栖，藕叶枯香插野泥。有个高僧入图画，反经吟立水塘西。”这首诗与第一首风格迥异，虽然经历亡国之痛，但其中的悲愤激昂却隐藏起来，外溢的是幽寂空灵之感。

李叔同从中读出了别样的感受，心平气和无杂事袭扰，随处所见尽是青山绿水般的美景。天性中化育万物的能力，所触及的东西就像鱼跃鸟飞般令人开心。

不管是受宠还是受辱，都不要感到意外，不要震惊，只是悠闲地观赏悠悠的炊烟，残荷在淤泥中的高洁。不管是遭贬还是升官，都不要太在意，满面微笑地像个僧人在水塘边打坐念经，随心所欲地观望天空中的云彩的舒来卷去。

尽管少年李叔同还不能完全读懂韩偓，但韩偓的诗与人格，对他建立人生观和世界观起到了推波助澜的作用。因为少年时的喜爱，发展到出家后的推崇，为此出家后的李叔同专门花了七八年时间，为韩偓辩诬，为其《香奁集》辩伪。

经过常云庄的言传身教，李叔同在诗文和文字学方面，具备了扎实的功底和知识上的储备。在此期间，李叔同开始临摹《宣王猎碣》等篆字碑帖，还临摹过文徵明手书的《心经》。

十四五岁时，李叔同写出"人生犹如西山日，富贵终如草上霜"的诗句。这句诗有大智慧：人的一生犹如白驹过隙、昙花一现，但为了那些功名富贵，却也要接受太多的磨难。即使广厦千万间之多，夜晚也就占八尺长的地方睡觉罢了。

“五哥”徐耀庭

一八九六年，洋务派改革教育的微风吹到天津。李叔同考入设在天津城西西北角文昌宫的辅仁书院。课外李叔同跟随赵元礼和唐静岩学习诗文、书法、刻印。

赵元礼是天津名士，与严修、孟广慧、华世奎合称津门四大书法家。著有《藏斋随笔》《藏斋诗话》。古代诗人中，除韩偓之外，李叔同还喜欢王维的淡逸如水，也喜欢苏东坡、辛弃疾、陆游的沉雄豪放，也不拒李商隐、周邦彦、姜夔的缠绵悱恻。

这让李叔同后来的诗词创作兼容并包，既有“魂魄化成精卫鸟，血花溅作红心草。看从今，一担好山河，英雄造“（《满江红·民国肇造杂感》）的壮烈激昂，也有“春来春去奈愁何，流光一霎催人老”（《夜泊塘沽》）的婉约深沉。

赵元礼书法精湛，创作的核心理念是，求其平整，字与人同。他对李叔同说：“看字之方式，与看人之方式相同，甲乙两人来求事，甲则言语清晰，行动整肃，乙则言语杂乱，行动懈弛，予欲用人，必取甲而绌乙也明矣。字之点画不苟，犹人之言语清晰也；字之结构不散，犹人之行动整肃也。不研究写字则已，若研究写字，圣人复起，不易吾言。”

这样发人深省的金玉良言，让初学书法的李叔同受益匪浅，也逐步形成了他书法创作的理念：写字最重要的是人格修养，如果修养好，即便字写得不好看，也会被人珍重，即“书以人传”。

唐静岩是书印名家，原籍浙江，久居天津。著有《颐寿堂印谱》。李叔同跟随唐静岩学习书法及刻石。唐静岩教李叔同苦练《张猛龙碑》《张黑女》《天发神谶碑》《龙门十二品》。李叔同天资聪慧，学一样会一样，写一家似一家，书法技艺突飞猛进。

他笔下的字，一个个好比温良谦恭的君子，不亢不卑，和颜悦色，从容恬淡。就一个字看，疏处不嫌其疏，密处不嫌其密，只觉得每一画都落在最适当的位置，移动一丝一毫不得。再就一笔一画看，无不教人起充实之感，立体之感。正所谓，功夫在笔墨之外，所以越看越有味。

这一时期，对李叔同艺术产生影响的还有他家的账房先生徐耀庭，两人经常交流金石书画方面的心得。徐耀庭不仅艺术精湛，而且心地善良，为人正直，有一颗慈悲为怀的心。李叔同与徐耀庭颇为亲近，称他为五哥。

正值青春期的李叔同，遇到困惑之事，烦闷之事，都会对徐耀庭倾诉。徐耀庭帮他进行善恶的分析，正确的引导。遇到困难，李叔同也会向徐耀庭求助，徐耀庭有求必应。

一八九六年旧历四月以后，徐耀庭到外地公干，这对忘年交暂时分别，李叔同非常想念徐耀庭，给他写了数十封信。

信中涉及方面很广，天气阴晴，冷热程度，市场行情，日常嬉戏以及家中种种琐事，李叔同都告诉出门在外的徐耀庭,以解其客居异乡的寂寞无聊。

六月十五日,李叔同写道:“本月十二日晚上九点,天津发生地震,十分可怕。十三日夜间下雨,忽然又刮起了风,非常寒冷。今天午后天气放晴,又倍感炎热,这忽冷忽热的天气让很多人患病,不知道五哥那里天气如何?一定要保重身体……”

七月上旬,天津发大水,但水患不是很大,李叔同向徐耀庭描述津门的情形:“大水至三圣庵门口,东浮桥大水至乾泰昌门口,两边皆有跳板。今日天依然阴着,水势有增无减。小盐店,挂甲寺,梁家嘴子,锦衣卫桥堤,这四处水最较深。家宅较其他地方高出许多,暂时无碍,可是我家的祖坟却积水五六尺……”

八月上旬，李叔同给徐耀庭写信:“前两天下了一场雷雨,核桃大小的冰雹甚是厉害,直到今日才算云开雾散。李鸿章兄说是九月初来津,王文昭兄降三级留任。其中的缘故,暂时还不太了解。听说五哥近日返津,回来时别忘了给兄弟捎来铁笔数支,古帖数部,图章数块。要紧要紧,别忘别忘……”

八月中旬,正值海鲜上市,螃蟹肥美,李叔同也不忘提醒徐耀庭回来吃蟹:“月初以来,螃蟹甚肥,茶杯口那么大的螃蟹才卖两文钱一只,真是价廉物美。喝酒吃蟹,何乐如之,可谓美趣。”

作为李叔同艺术和生活上的挚友，徐耀庭并非名士,也不是李叔同名义上的老师，但他对少年时期李叔同的成长，一方面是书画金石方面的传授,另外一方面是人格道德的塑造,产生巨大深远的影响。先立德,再学艺,从这一点来讲,徐耀庭对于李叔同一生的从艺和修行,起到了心灵导师的作用。

良好的艺术环境

为艺术而生的人，除了具备天赋和勤奋之外，还需要一方可接地气的土壤。所谓土壤，即良好的人文环境和艺术环境，而环境是由人创造的。

居住天津的严修、王仁安、孟广慧、王吟笙、华世奎、王襄、李子明、刘宝慈，这些照亮中国近代艺术星空的人物，均与李叔同有过交往，并切磋过技艺。这让他的个人见解有独到之处，所以他的诗、词、书、画、印刻无一不精。此外，对金石、文玩、碑帖、字画之真赝，有鉴别能力，百无一失。

李叔同就像武侠小说中天资极高的少年，因机缘巧合，遇到各派高手，集众家所长，自成一家。日后李叔同成为文艺通才，离不开众多幕后高手的助力。

严修，近代著名教育家、书法家、学者。清光绪朝庚末科进士，翰林院编修，后主要从事教育事业，当过民国教育部副部长。严修赞同李鸿章推行的洋务运动，提出应在学校多培养经济型人才的主张。南开中学和南开大学，由严修和教育家张伯苓共同创办。

民国年间，天津一位报纸记者模仿“天津卫三宗宝”鼓楼、炮台、铃铛阁的民谚，将其改写为“天津卫三宗宝”范公、幼梅、孙菊老。

此处的范公指的是严修，幼梅指的是赵元礼，孙菊老指的是京剧老生孙菊仙。严修名列三人之首，足见其在天津的声誉和影响。

严家与李家为世交。李叔同的父亲李世珍和严修的父亲严克宽交往甚密，他们曾共同致力于慈善事业。王仁安在《天津政俗沿革记》中，谈到当时的津门慈善团体时说："光绪五年，李世珍倡捐银五千两，严克宽、杨俊元、黄世熙、杨云章、李士铭等各捐银一千两。由李世珍、严克宽董其事，其绅捐、船捐息款每届冬令提出三成，以济贫苦无告之民，其余七成留为荒年助赈之用。"

严修在他一首诗的小注中也曾提道："先父及李丈筱楼倡办备济社。"(《严修先生古近体诗存稿》卷二)

作为老大哥，又是世交，严修见多识广，将国内外的政治局势和世界各地的见闻讲给李叔同听。让李叔同对外面的世界有了初步的了解和向往。

王仁安，清光绪二十四年戊戌科进士。民国后任内务部顾问，1913 年任杭州当钱塘道尹。著有《王仁安集》《阮南诗再存》等。

王仁安在晚年与严修、赵元礼等倡建天津城南诗社。1931 年诗会地点改在水西庄。水西庄原是天津芦盐巨商查日乾与其子营建的园林别墅，乾隆时期颇为兴盛，被誉为天津的一个文化大观园。天津水西庄、扬州小玲珑山馆、杭州小山堂并称为清代三大私家园林。城南诗社活动前后约三十年，成员总计在二百人以上,当时天津文化教育界精英几乎都参加过诗社雅集。

李叔同与王仁安彼此欣赏,亦师亦友。李叔同对王仁安以先生相称,自称是王仁安的“门人戚子”,还曾以贺年明信片相赠。

孟广慧,近代著名书法家,以书法著称,亦是古器鉴藏家和金石考据家。孟广慧的书法既有篆书之意境,又有甲骨文的质朴洗练。李叔同在与孟广慧的接触过程中,深受其书法风格的影响。李叔同在书法起步阶段,也像孟广慧那样追溯源头,在篆隶上下过功夫。

王吟笙,天津女学创始人之一。精通书画篆刻、诗词联语。其水墨山水画喜用刚健的勾勒与水墨晕染相结合的手法,以此达到秀润明丽的效果。楹联成就亦属不凡,作品“华盖平飞风鸟细转,鹢舟乍动朱鹭徐鸣”获得业内赞誉。

王吟笙和李叔同少年时代都生活在天津海河东粮店后街,王吟笙比李叔同年长十岁,他们既是近邻又是挚友。李叔同曾给王吟笙刻过数方图章,王吟笙一直珍藏并使用。

李叔同天津时期的朋友圈,多系文人学者或教育界人士,都比李叔同年长,人生阅历丰富。大都潜心艺术,淡泊名利,聚会目的相对纯粹。少了互相吹捧,多了客观点评。

诗文唱和,金石书画,完全在一种毫无市侩干扰的氛围中,进行艺术切磋。这种纯粹探讨艺术的聚会,对各自艺术精进大有益处,年轻的李叔同,在诸多前辈高人的熏陶下,收获是最多的也是最大的。

李叔同交友也是有选择的，他交往的都是真正的良师益友。不管在出家前还是出家后，这些朋友都不曾疏远他，与他保持着密切联系。在天津的时光，这些人因为兴趣爱好、审美趣味及艺术追求一致，与李叔同交往可以理解。在李叔同出家后，这些朋友依然与他保持着良好的关系，不得不说是气味相投，情之所至。

原配与红颜

十八岁的李叔同除了与津门诸位文友定期雅集之外,他还痴迷于戏曲,跟随天津花脸票友刘永奎学戏演武生,在《落马湖》《八蜡庙》中粉墨登场,扮演黄天霸、褚彪等角,一招一式,有板有眼。

李叔同整日泡在戏园子里消磨时光,与河北梆子名伶杨翠喜交流演戏心得。杨翠喜是当时京津两地红极一时的名演员,曾在天津协盛茶园、大观园、福仙、景春等戏园演出,戏目有《拾玉镯》《卖胭脂》《青云下书》等。

与杨翠喜的交往,让李家人极为排斥,担心李叔同沾染上"下九流"的不良习气。王夫人与李文熙商量之后,决定给李叔同安排一门亲事,男人一旦结婚了,性子就不会那么野了。

这一日,李叔同哼着小调刚进家门,被王夫人叫到房中。见母亲神色庄严,李叔同感到蹊跷,仔细端详着母亲。

王夫人轻轻地叹了一口气:"你父亲去世后,我们母子在家中处境艰难,让你受了不少委屈。你在家中养猫也好,到戏园子里听戏也罢,都是为了排遣心里的苦闷。这些娘都理解。可是,你可不能自甘堕落……要知道,你是要考取功名的,这不是为了娘，是为李家光耀门楣。”

王夫人沉默了片刻，看着眼前这个相貌不俗，身材瘦高，意气风发的儿子，心里略微有些纠结。

李叔同已经猜到母亲要说什么，他坐在母亲旁边，轻声说道：“娘，我去戏园子并非自甘堕落，而是想学学如何演好旦角。杨翠喜杨老板戏唱得好，人也端正，与她接触的这些日子，我确实学到很多东西。除了学戏，我们没有其他的关系。”

王夫人：“娘并非瞧不起唱戏的，只是担心你荒废了学业，儿大不由娘，是该找个人好好管管你了。”

说罢，王夫人静静地看着李叔同，李叔同嗯了一声。

王夫人：“老话说得好，男大当婚，女大当嫁。娘希望你尽快成家立业，生儿育女，家里多添两口人，一来是人丁兴旺，二来也有个人照顾你。娘毕竟不能陪你过一辈子。”

李叔同：“我跟杨老板学戏与我娶妻没有必然联系，只要娘高兴，戏园子我可以少去，媳妇我随时都可以娶。至于娶哪家的姑娘，只要娘喜欢，儿子就喜欢。”

虽然李叔同满口答应，但王夫人却听出话里的抵触。

王夫人：“孩子，婚姻大事非同儿戏，娶来的姑娘光我中意不行，还得你喜欢。”

李叔同从椅子上站了起来：“娘，这说的是哪里话，娘喜欢的我肯定喜欢，是真心喜欢。再说了，我经常不在家，您的儿媳妇正好可以陪您聊天解闷，这是两全其美的事，我愿意，我当然愿意。”

王夫人：“有人照顾你，总比娘照顾得方便周到，主要是……娘想早点抱孙子。”

王夫人的脸上有了微笑，说话的语气也比刚才舒缓了：“我前几天托媒婆打听了，南运河边芥园茶庄俞掌柜的长女模样俊俏，端庄大方，最主要的是勤快持家，懂得疼人，是一个过日子的姑娘。你要是觉得还行，改天我去亲眼瞅瞅俞家的大闺女。”

李叔同：“我相信娘的眼力，一切由娘做主就是。”

王夫人笑道：“那咱们就说准了，你可不许为了哄娘高兴而敷衍。”

这时一只大花猫在院子里发出“喵呜喵呜”叫声，像是婴儿在啼哭。

李叔同指着院子里说道：“娘，您听听，大花猫在叫春，是不是也该给它娶一房媳妇了。”

王夫人假装生气道：“你这孩子，尽说些不着调的话……”

这年冬天，俞家长女戴着凤冠霞帔，坐着八抬大轿，带着厚重的陪嫁，进入李家的大门。李家三公子娶亲，在天津也算是一件大事，各界名流纷纷前来道贺。结婚意味着自立门户，承担起家庭的义务，至此，李叔同的肩膀上多了一份责任。

维新的春风

甲午战争后，天津和同时期的许多城市一样，作为租界地和资本输出市场而饱受帝国主义国家的奴役和压榨，但城市封闭却也因此被打破。帝国主义在向天津大量输出资本带来物质文明的同时，其先进的精神文明、科学技术、思想文化也随之传播到天津。

天津特殊的地理和历史地位及其包容、多元、开放的特点，使天津在开埠，特别是甲午战争后成为中西文化碰撞的焦点，在文化、教育、艺术等诸多领域开中国风气之先河，也使当时生活在天津的一部分思想敏锐的传统知识分子开始了解西方文明，于是维新意识开始在天津萌生，维新思潮在天津形成并逐渐影响到全国。

李叔同从天津辅仁书院结束学业后，以童生资格参加天津县儒学考试，写过七八篇时事评论文章。对于当时的时局变幻，谈了自己的看法。其中《管仲晏子合论》道出李叔同内心暗藏的支持变革的潜流："闲尝读史至齐威王、宣王世。而地方千里，带甲数十万，粟如邱山。三军之众，疾如锥矢，战如雷霆，解如风雨。窃叹齐以弹丸之邑，何况若是之繁盛乎！而不知溯其兴国者有管仲，溯其保国者有晏子。"

在李叔同看来，国之栋梁者，管仲和晏子最负盛名。放眼当下，中国有几个管仲、晏子这样的人才能重振国威，告别屈辱？李叔同期待有人站出来变法图存，拯救国家之危难。

在《行己有耻使于四方不辱君命论》课卷文章中，李叔同讽刺中国官员“少也不读一书，不知一物”，不学无术而又故步自封因循守旧，导致在对外交往中受辱于西方诸国。但中国官员仍夜郎自大，“见有开矿产者，有习格致者，有图制作者”，皆认为“区区小道，吾儒不屑为也”，耻于向西方学习，不懂得顺应历史发展的趋势，为“不识时务者”。

李叔同认为要振兴国家，使其不辱于西方诸国，中国官员应放下顽固守旧的观念，改变夜郎自大的想法，看清当今世界的时局，顺应历史的潮流，进行变革，进行维新，向西方国家学习先进科学技术。

在《论废八股兴学论》中，李叔同认为“我中国以仁厚之朝，何竟若是之萎靡不振”，是由于“时文取士一事”。而从其“至今时则八股之作，愈变愈失其本来。昔时八股之兴，以其阐发圣贤之义理，可以使人共明孝弟之大原。至今时则以辞藻为先，以声调为尚，于圣贤之义理毫无关系。胸无名理，出而治兵，所以无一谋”。

从中可以看出，李叔同通过对八股取士这一科举制度的分析，认为现今国家之所以衰弱，是由于八股取士造成的。

面对国家日益衰败的境况，朝廷仍以这一科举制度选拔人才，而现今八股文流于形式，思想空洞，华而不实。八股取士的科举制度所选拔出的也只是“抱八股韵，谓极宇宙之文”

的思想守旧的知识分子，而非“能识时务之儒”。这些人对当时西方的科学技术以及内政外交所需要的诸多知识都不屑学习。因此国家“乌能振乎”？八股取士并不能给国家选送有用的人才。所以，要振兴国家，使国家富强，应当废除八股取士的科举制度，积极学习西方科学技术。

一八九八年二月至三月，李叔同参加第二次考试，写了文两篇，诗一首，字一段，获得第十四名的成绩。

两篇文分别为：一、《众食之者》（节选）：“家为生财之大源，可进念夫食之者焉。夫以众生财，则众亦生财者所甚赖也。然犹有食之者在，能不进念之乎！在昔夫子适卫，首叹以夫庶，继加以富，诚以国以民为本，而民以食为天也。若乃率土息游惰之风，勤俭之规模常懔，而大廷有趋承之辅，鼎钟之禄养堪思。则在下咸安夫崇实黜华，而在上咸冀夫大烹厚糈矣。如生财有大道，而首验夫生之者。……即众以验所生，固见生财有道矣。虽然，众所以生财者，虽为家室计，实为朝廷计也。盖家室咸愔，货殖之源。”

考试命题出自四书《大学》文：“生财有大道，生之者众，食之者寡，为之者疾，用之者舒，则财恒足矣。”考官根据句中意提出“众食之者”作为题目，让童生作文。

本文主要议论“众生财”的民生问题，上到皇帝官员，下到普通百姓，都得吃饭。这就需要有人种地，以此为大众提供食物，所以要让“众生财”。

李叔同的观点是：在国家稳定的前提下，老百姓才能安心种田养蚕，同时还要克服懒惰，艰苦朴素。朝廷要限制高俸禄，官员要戒奢华之风。国库里的钱多用于支持农耕，由此才能沧海变桑田，这就是生财有道。只要家室殷实富裕，国家经济就有发展之源了。

二、《则天下之民》(节选)："且民为国之本，是知至重者莫如民，尤莫如天下之民。彼轻夫民者，微特不知有民，且并不知有国，然又何妨使未睹之全功，作已然之快论。一为之即夫民而悬想之也。如今天下之人，牧有定理焉。……观民而极于天下，则至于天下而观民之心止矣。然而观天下者而必曰：天下之民。盖言民乃天下之大本者也，观天下而极于民，则至于民而观天下之心微矣。以言天下之民，虽其齐类不齐，然已皆引领而望之也，岂不美欤！"

考试命题出自《孟子·梁惠王上》之"如有不嗜杀人者，则天下之民皆引领而望之矣"！试题根据此句中的"则天下之民"作为题目，让童生作文。

李叔同的观点是：民为国之根本。统治者不把老百姓当回事，就等于不把这个国家当回事，虽然老百姓中亦有不足之憾，但大多数还是良善的人民。国运传承几千年，华夏文明依然璀璨，但"民"素养之提升空间，依然无穷大，"国"之精神探究，应该也是无穷尽的了。对于这些善良的人民，统治者更应该施行仁政，这样才是最省心省事的治国方略。

从以上两份试卷中可以看出，李叔同所推崇的还是齐家治国平天下的儒家思想，民与国并非是依附关系，而是一种互相成全的关系。国家的发展，是要让国民在日常生活中，享受到物质的丰裕和精神的满足。而每一个国民的立德立功，成功成仁,也都内蕴于这个国家的历史进程。国家与国民的命运紧密相连,也相互见证。

李叔同报考县学考试前后，正是中国维新思潮兴起之时。青年李叔同受到了维新思潮的影响,然后将自己的思索见于笔端。他已逐渐摆脱封建旧儒夜郎自大的保守观念,开始将目光投向了先进的西方，开始自觉生发出对新学的渴望,并有了自己的新观念和新的生活方式。

远走上海滩

一八九八年九月，中秋，北京菜市口，戊戌六君子被斩。他们的名字分别是：康广仁、谭嗣同、刘光第、林旭、杨锐、杨深秀。六君子用鲜血告诉世人，变法改革也要流血牺牲。当以谭嗣同为首的六君子流干了他们的血，康有为鼓吹的维新变法，就这样彻底地失败了。

百日维新，昙花一现，举国震惊。康有为和梁启超藏身到天津租界，下榻六国饭店，之后设法外逃。守旧派复辟，全力搜捕康梁党羽。天津有人向官府举报，称李叔同刻下一枚图章，上写“南海康君是吾师”。

此七字表明李叔同的态度，支持康有为变法。

可是，年轻的李叔同只是一腔理想主义和书生意气，他并没有深刻意识到这场变法背后是慈禧与光绪帝，守旧派与革新派的政治博弈。

李叔同或许没有意识到，这场变法给晚清带来的变化。

先是废除八股文。全国几万举子，几十万的秀才，上百万的童生多少年寒窗苦读，所付出的心血全都白费。

然后裁撤多余的闲散衙门。鸿胪寺、大理寺以及督抚同城的湖北、广东等地，裁撤巡抚。这样数千人的乌纱帽也丢了。

几乎所有的寺庙道观都充公办学，僧人道士失去修行场所，百姓失去膜拜的塑像，心灵失去寄托。

在变法中断送前程的读书人，被砸了饭碗的官僚，被打碎偶像的百姓，他们也是希望国家富强的，但若是触动了他们的利益，立刻就成为维新变法的对立面。

最后，在慈禧的一声令下，在这些人的合力之下，戊戌变法彻底失败。

在这样的历史背景下，李叔同向世人宣告：康有为是我的“老师”，无疑是在向朝廷挑衅。

李家两代为官经商，对时局和官场洞若观火，虽然李世珍已经去世，但家里经见世面的人不少。支持变法等同于谋逆，如果此时不走，后果不堪设想。

恰巧，李叔同的伯父李世荣在上海开着钱庄，因经商有术，积累万贯家财，正好去投奔。最后经过全家商议，由李叔同带着母亲和妻子，老保姆王妈随行，到上海躲避风头。

一八九八年深秋，李叔同奉母携眷从天津塘沽启程，坐船到了上海。清末的黄浦江畔，书坊比邻，报馆林立，名士云集。初露锋芒的李叔同，将在这片土地上，开始另一种生活。而他依然还是位公子哥，依然难改声色犬马，骄奢淫逸的风气。

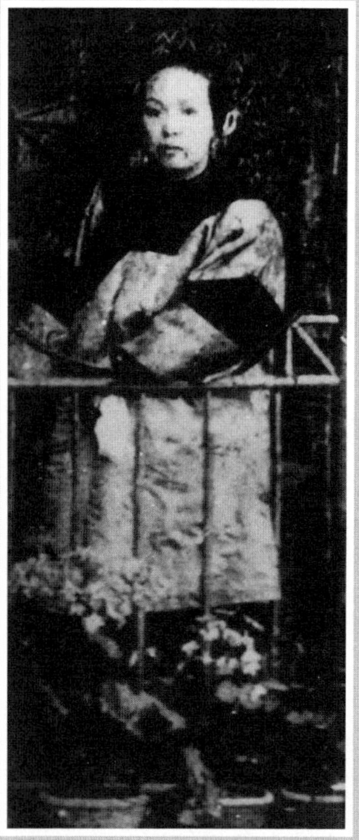

李叔同原配夫人俞氏

天津时期的李叔同

李叔同出生地

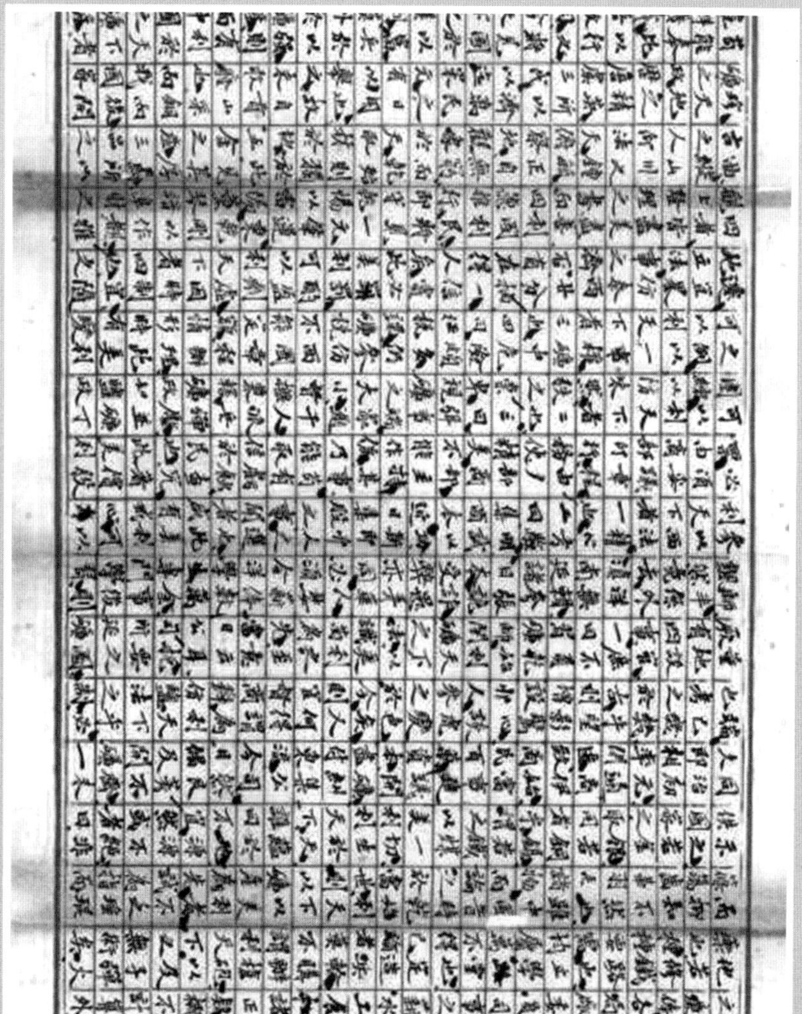

李叔同课堂作业

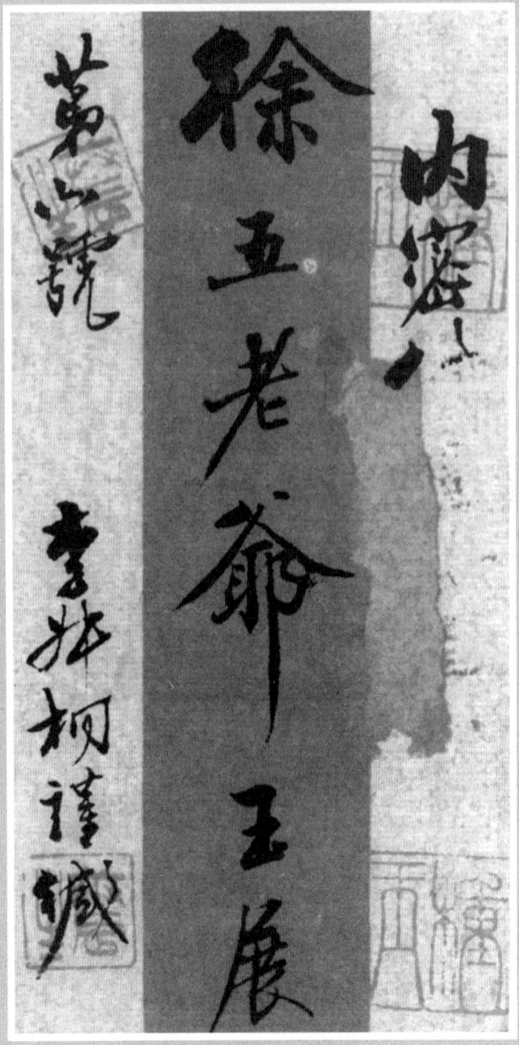

李叔同写给徐耀庭的书信

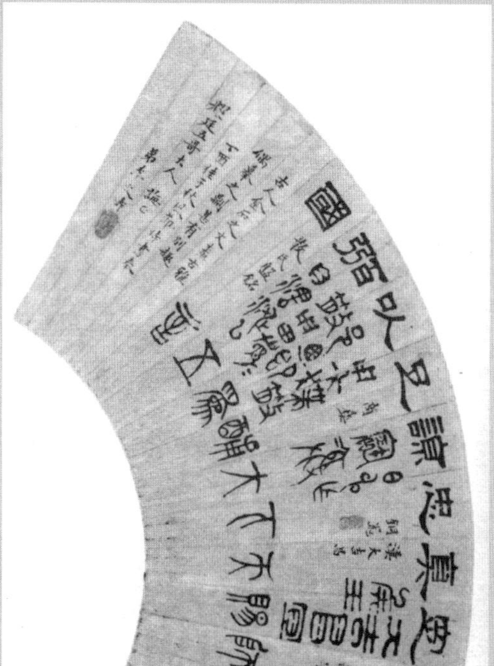

李叔同所书扇面

第二章 在上海 1

天津与上海是近代中国的“孪生兄弟”，二者有很多相似之处。十九世纪中叶以来，天津与上海逐渐发展成为国际大都会，成为中国的经济中心、贸易中心、金融中心和文化中心之一。由于工业化的发展，中国的封建社会比较早地在天津与上海解体，奠定了资本主义的基础，并且又发展成为一种折中混合的社会，成为独特的城市。

天津与上海的建筑和文化场所大体相同，住宅、公寓、别墅、百货公司、办公楼、银行、学校、医院、游乐场、影剧院、火车站、邮政局、工厂旅馆、图书馆、博物馆、俱乐部、体育场、体育馆等。天津有的，上海差不多都有。去上海，对于李叔同来说，等于到了另外一个“升级版”的天津。

李叔同结识了许幻园、袁希濂等沪上名士，结拜为“天涯五友”。值得注意的是，“天涯五友”成员皆才情横溢，有救国救民抱负，除蔡小香都亲近佛教。一个出家为僧，三个做了居士，是前世注定，还是今生的缘分？

报纸上作诗钟

到了上海之后，李叔同和家人住在法租界卜邻里。上海是最早对外开放的大都市，自五口通商开埠以来，变化之大，世所未有。且不说租界洋楼、轮船商舶，满街的新鲜事物、灯红酒绿、各国洋人、奇装异服。就是在文化氛围上，也比北方活跃许多。书房比邻，报馆林立，发表文章的机会多，言论上的自由也相对宽松。

一些小报如《游戏报》《繁华报》《消闲报》《春江花月报》等，里巷新闻、诗词小唱、奇闻逸事应有尽有。李叔同最喜欢的是在报纸上作诗钟。

诗钟是晚清为了培养儿童的对联能力，出现的一种教育活动，是学习对联的初始阶段。张之洞曾在山东、江苏、湖北等地大力倡导。

具体做法是，用两件不相干的事物或成语，规定必须成为互为对仗的两联。或分别嵌入两联中某个指定的地方，在规定时间内交卷。这种做法近乎文字游戏，但对于初学写诗的人很有益处，它可以集中构思，引发联想，提高写作能力。晚清流行于全国各地，尤以上海为盛。

李叔同少年时跟随常云庄、赵元礼、唐静岩学习诗词，专门进行过强化训练，对这种文字游戏得心应手，数次拔得头筹，因此名声大振。李叔同的才华引起《春江花月报》的注意，该报举办第一期诗钟，拟出的题目是“钱　水烟筒”，隆重邀请李叔同前来主课。当时打出的广告是：

诗钟　春江花月社第一期诗钟

钱　水烟筒

春江花月社第一期，为当湖惜霜仙史值课。月杪截卷，逾期不收。与课诸君可将大作缮写本社卷格，裁下，投送本馆。不取号金，不给收条。但卷末须各打小印，以便揭晓，凭领赠彩。有不用本社卷格以及两卷并写一格者，概从割爱。

这次活动应征者众多，能入李叔同法眼的佳作甚少，结果没选出获胜者。

后来李叔同将诗钟方面的资料分门别类，归纳整理成为《诗钟汇编初集》，他自己的作品也以《李庐诗钟》出版。

这一年李叔同在上海文坛崭露头角，但却没有交到几个志同道合的朋友。惆怅之余，李叔同非常想念远在天津的那些好朋友，最想念徐耀庭，就给徐耀庭写信，信中夹着李叔同手书的《山茶花》一诗：“瑟瑟寒风剪剪催，几枝花放水云隈。淡妆写出无双品，芳信传来第二回。春色鲜鲜胜似锦，粉痕艳艳瘦于梅。本来桃李羞同调，故向百花头上开。”

李叔同在信中说，此为余近作《山茶花》诗也，格效东瀛诗体，愧少形貌之似。近读东瀛山根立庵先生佳作，而拙作益觉如土饭尘羹矣。先生《咏山茶花诗》云：前身尝住建溪滨，国色由来出素贫。凌雪知非青女匹，耐寒或与水仙亲。丰腴坡老诗中相，明艳涪翁赋里人。莫被渡江梅柳妒，群芳凋日早回春。

在另外一封信中，李叔同告诉徐耀庭，他准备出一本名为《瓦研题辞》的书，印好之后寄往天津。另外一本《李庐印谱》工程烦琐，不能为了赶时间而仓促印刷，还得再认真打磨。最重要的是盖印图章，上海找不到合适的人办理，还需要寄往天津代办。

城南草堂

李叔同在法租界的卜邻里短暂居住后，应许幻园之邀，举家搬到城南草堂居住。城南草堂位于旧上海南门附近，北临青龙桥，岸旁遍栽杨柳。东望黄浦，来往帆樯，历历在目。草堂门前有一条小河，河上有金洞桥，桥畔两棵大柳树。院内庭植杂花，当盛开时，幽香满室，颇得佳趣。

草堂屋后有左右楼，左为书画室，名曰天籁阁；右为藏书楼，贮堂主所藏《红楼后梦》《红楼补梦》《红楼复梦》《红楼绮梦》《红楼重梦》《红楼演梦》《红楼梦》等八种，且有玉壶山人所作《红线》《红玉》《红拂》《红夫》《红绡》《红瓶》《红桥》《红儿》“八红图”画幅八帧，悬于斯楼之壁。故草堂又有“天籁阁”“八红楼”之名。

这一处闹中取静的庄园的主人，是上海学界青年才俊许幻园。

许幻园家中富有，为人慷慨仗义，诗词歌赋无一不精，喜欢结交有才华的朋友，就邀请李叔同参加以切磋诗词文章为宗旨的城南文社。文社每月活动一次，地点在城南草堂。文社的课卷专请精通宋儒理学，又长于诗赋的张孝廉评阅，并确定成绩。此外城南文社还经常举办悬赏征文活动。李叔同到上海以后，只要参加征文，其成绩必定名列前茅。

许幻园看中李叔同的才华，邀请他入社。第一次参加城南文社会课，李叔同丝绒碗帽，正中缀一方白玉，曲襟背心，花绸袍子，脑后扎黑色发辫，下身缎带扎裤管，双梁头厚底鞋子。身形挺拔，眉目之间流露英气。许幻园见之，心生赞叹：好一个气质儒雅的翩翩公子！顿生相见恨晚之感。

那次参加会课的除张孝廉之外，还有袁希濂、蔡小香、张小楼三位，他们也都是旧上海文艺界的知名人士。经过几人合议，最终李叔同被评为"写作俱佳，名列第一"。

得知李叔同来自天津，客居上海，许幻园当场邀请李叔同搬到城南草堂居住。

许幻园："法租界房租较贵，虽说治安良好，但也吵闹，不利于治学。不如就搬到我的草堂居住，一来可以省下租金用作它用，二来我们可以日夜相伴，研究学问。城南文社所有雅集都在草堂，这件事需要咱们一起来做，不知道贤弟意下如何？"

李叔同："兄长言辞真切，句句肺腑，我当然愿意。然而家中还有母亲和妻子，未曾请示，不敢擅自应允……"

许幻园："只要贤弟不嫌弃我这草堂，答应来住，剩下的事由我去跟令堂和弟妹说。"

袁希濂："我较你年长，就妄自托大了。贤弟，你有所不知，就咱们这位许大才子，可是有名的伯乐，被他看中的人，将来十有八九都是杰出的大人物。幻园兄恃才傲物，狂放不羁，如果不是真的爱惜人才，岂会屈尊邀请？希望贤弟不要拒绝幻园兄的美意。”

李叔同:“我在天津，周围便有像诸位一样的良师益友，我们经常诗文唱和,讨论学问,把酒言欢。在陌生的上海,能与诸位兄长欢聚,那是小弟的荣幸。愿意,小弟当然愿意!”

转年,李叔同全家搬入城南草堂。许幻园亲题“李庐”二字横卷挂于书房门楣,并作小记刊于《城南草堂笔记》中:“庚子春,漱筒姻谱仲,迁居来南,与余同寓草堂,因见正中客厅新悬某名士书之一额曰‘醾纨阁’,而右旁书室,尚缺匾额。余乘兴书‘李庐’二字以赠之……”

1900 年,李叔同在“李庐”写下《清平乐·赠许幻园》:“城南小住,情适《闲居赋》。文采风流合倾慕,闭户著书自足。阳春常驻山家,金樽酒进胡麻。篱畔菊花未老,岭头又放梅花。”以此纪念在草堂生活的美好时光。

李叔同一家与许幻园一家和睦相处,其乐融融。李叔同的母亲王夫人，把许幻园的妻子宋梦仙当作亲生女儿对待，让李叔同和俞氏叫宋梦仙大姐。宋梦仙体弱多病,王夫人常为她煎药,嘘寒问暖,呵护备至。每到花开的早晨,月明的夜晚,王夫人总是叫宋梦仙过来说诗评画,以此为乐趣。

这年秋天,李叔同的次子李准在城南草堂出生,李叔同为俞氏写下一首《老少年曲·梧桐树》:“梧桐树,西风黄叶飘,夕日疎林杪。花事匆匆,零落凭谁吊。朱颜镜里凋,白发悉边绕。一霎光阴底是催人老,有千金也难买韶华好。”

上海的深秋,梧桐树在秋风中黄叶飘零,夕阳落入稀疏树林的梢头。喜得贵子的李叔同恍惚间看到,妻子年轻的容颜有些衰老，白发在消瘦脸庞缠绕。不禁感叹：光阴好像一眨眼就过去，真是催着人变老，即使有千金钱财，也难买好年华。

这是李叔同给俞氏写过的唯一一首词，词中表达了李叔同对妻子的感恩和怜惜。在异乡漂泊的日子，虽然常与文友雅集，但回到家中陪伴他的还是相濡以沫的妻子，这让他那颗漂泊的心有了一个片刻停靠的港湾，这让他在上海度过一生最为幸福欢愉的时光。

天涯五友

一九零零年春，许幻园、袁希濂、张小楼、蔡小香、李叔同在上海南市徐市园聚会，结为莫逆之交，合影留念，号称“天涯五友”。

其实早在四年前，许幻园、袁希濂、张小楼就曾以“岁寒三友”自居，也曾摄有“天涯三友图”。三友的朋友周炳诚为《再题天涯三友图长歌》诗云：“三君同时客天涯，拔剑斫地歌悠扬。忧时愤世将变局，分习邻邦语文章。偶然会和结同心，摄影传神纸一张。欲争岁寒三盟友，清操贞心百练霜。”

周炳诚，号郎圃秋士，浙江湖州人，著有《郎圃吟草》《湖海诗萃》。周炳诚与李叔同相识于一八九九年，为李叔同写过两首诗。一首为《和惜霜仙史七夕有感用原韵》：“银河风景望中真，枨触当年忆旧因。私语并肩传故事，长生殿里渺无人。漏重星稀月影迟，匆匆相见恨何其。尘寰怨旷知多少，不独天孙敢别离。”

另外一首为《意犹未尽再次二绝句》：“一、难偿百万怨尤真，薄倚支机话夙因。天上若多尘世恨，牛郎恐也白头人。二、净洗甲兵底事迟，冲天杀气倍凄其。自家分合犹难主，哪有闲怜世上难。”诗后附一句话：近北方拳匪猖獗，而沪上人家多有迁居远离者,故戏及之。

“天涯五友”才情横溢,有救国救民之抱负,除蔡小香外都信佛。五友之许幻园,后来凭着一腔江湖义气闯荡官场,屡遭碰壁,终至穷困潦倒。此后李叔同到杭州执教,假期返回上海到城南草堂看望老朋友。看到的却是一幅凄凉的画面:美如江南小筑的城南草堂,在秋风瑟瑟中破败不堪,楼台大树、桥亭楼阁大半荒芜,全然没了昔日美如诗的意境。简直是物是人非,恍如隔世。

再后来,城南草堂易主,妻离子散,家破人亡,许幻园独居一间小破房,靠教孩子识字为生。许幻园晚年信佛,最后死在庙里,临终前嘱咐第二任妻子苏琴,让儿子像李叔同那样做事认真,长大后学习艺术……

五友之袁希濂,曾赴东京法政大学留学,回国后曾任天津、杭州、武昌、丹阳等地司法官多年。李叔同出家前,曾向袁希濂推荐《安士全书》,让他通过这本书感受慈悲的力量,感受生命无常和因果报应,从而对他当法官审理案件有所帮助。

《安士全书》的作者是清代人周安士。民国净土宗高僧印光法师对这本书极为推崇,他曾说,周安士先生,恭敬秉承佛力加持,特别垂迹东土,哀愍众生,写了这本善书。旁征博引,事实确凿。说明戒淫、戒杀、因果报应的道理,希望全世界的人都满怀大慈悲心,永远断除伤风败俗,扰乱伦理,摒戒强大欺负弱小的恶习。他想要所有的人,诸恶莫做,众善奉行,使我们知道在日常生活中怎么做人,怎么存心做事,大到治国安民，小到一言一念，都有一定的尺度，都有借鉴。

袁希濂读过《安士全书》后，了解到佛法之圆融，佛力之宏大，恍然于学佛之不可缓。于是在官署设立佛堂，每天早晨念佛并跪诵大悲忏，顶礼诸佛菩萨。

信佛后的袁希濂皈依印光法师，以佛法约束自己的言行，提高道德修养，每到一处任职，重审了很多冤假错案，捧出一颗普度众生的慈悲心，造福当地老百姓。

这一年袁希濂到丹阳走马上任，城内失火，由于火势较大，井里的水都用干，需要到城外运河取水。袁希濂对着大火默诵大悲咒，以求火熄。约一刻钟，有楼房坍下，大火被盖灭，火熄灭了……

五友之张小楼，精通儒学和书画。自日本法科大学毕业回国后，历任南京江南高等学堂、两江优级师范学堂教习，北洋政府任国务院翻译官、外交部编译员。

“天涯五友”在上海发起成立“书画公会”，张小楼任会长，组织才能，管理能力一流。书画公会的主旨是提倡风雅、振兴文艺，为此还专门创办了《书画公会报》。主要刊登公会同人的书画、文章。在该报上发表过作品的作者有张小楼、翁同龢、乌目山僧、任预、汪洵、宋梦仙、李叔同等人。这份报纸只存活了四个月，仅办二十九期。为清末民初上海金石书画家的结社活动，起到开风气之先的作用。

张小楼晚年皈依佛门，自号尘定居士，七十四岁往生，是“天涯五友”中最长寿的人。

五友之蔡小香，出身中医世家，著有《种橘山房医论》《妇科述要》《女科秘笺》《验方秘录》等。蔡小香是妇科名医，性格开朗活泼，风趣幽默，李叔同常与他开玩笑，写过一组《戏赠蔡小香》的诗：其一、“眉间愁语烛边情，素手掺掺一握盈。艳福者般真羡煞，侍人个个唤先生”。

说的是蔡医生与美人对烛而坐，那愁眉软语撩人情爱，那白嫩细软的小手惹人怜爱。美人们围绕身旁，亲昵地叫着“先生”，这样的艳福令人羡慕。

其二、“云髻蓬松粉薄施，看来西子捧心时。自从一病恹恹后，瘦了春山几道眉”。

说的是就医的女子发髻蓬松，粉也只是薄薄地搽，就像西子捧心一样娇弱。美人生病以后，蔡医生也愁得瘦了几圈。

其三、“轻减腰围比柳姿，刘桢平视故迟迟。佯羞半吐丁香舌，一段浓芳是口脂”。

说的是女患者腰似柳条又细又软，神情高傲目光故作迟钝。假装羞涩轻轻吐一下舌头，鲜艳的唇膏显出格外的艳丽。

其四、“愿将天上长生药，医尽人间短命花。自是中郎精妙术，大名传遍沪江涯”。

说的是蔡医生希望拿来天上的长生之药，医治人间所有短命的花朵。这位神医郎中真是医术精妙，他的名声传遍上海滩。

蔡小香虽为名医，却没有医好自己的病，五十岁便去世，是“天涯五友”第一个告别人世的。

五友之李叔同，考取南洋公学师从蔡元培，后因学潮退学。与同学黄炎培等参加马相伯、穆藕初等发起成立的“沪学会”。一九零五年赴日留学。回国后到上海城东女学任教。在《太平洋报》做编辑，到杭州浙一师任教，直到一九一八年出家。后以戒为师，苦修律宗，被僧俗两界誉为南山律宗第十一代祖师。一九四二年在泉州圆寂。

“天涯五友”中的每个人都是思想独立、才华横溢的文人，由于受到佛教的熏陶，故能在文字上发挥补偏救弊、使人心转恶向善之功，而不致流于无病呻吟、遣词造句的文字游戏。可以说，是李叔同身上过早散发出的佛光，感染了这几位朋友，丰富了他们的生命，开拓了人生的新面貌。儒与佛，文与法，皆为因缘善果。五友之交，不枉此生。

辛丑北征泪墨

一九零零年夏天，义和团在中国北方举事。之后八国联军的铁蹄践踏中国北方，京津两地到处都是兵匪强盗，杀人放火，抢劫财物，报纸上每天都有动乱的新闻刊登。

一九零一年，天津社会动荡，街道房屋毁坏，金融市场危机四伏。众多钱庄损失惨重，随即倒闭。李家的桐达钱庄在这场浩劫中遭受重创，为日后的衰败埋下了伏笔。

与此同时，这场浩劫也殃及李家在河南的盐业生意，李文熙带领全家到河南避难，顺便处理转让盐业引地事宜。不久李家失去了盐商资格，不再经营盐业，钱庄生意也是勉强维持。

坏消息一个接一个传来，身在上海的李叔同心急如焚，他想北上探望家人。这年三月，李叔同怀着一颗忐忑不安的心坐船返津。春天的天津，风是冷的，海水是冷的，海面上翱翔的海鸥的鸣叫声，也是冷的，让人寒彻心扉。

临行前，李叔同写下《南浦月·将北行矣，留别海上同人》与许幻园等上海友人辞行："杨柳无情，丝丝化作悉千缕。惺忪如许，萦起心头绪。谁道销魂，心意无凭据。离亭外，一帆风雨，只有人归去。"

轮船即将抵达塘沽，李叔同站在船头眺望前方，天津已不是昨日之天津，战火纷飞，残垣断壁，就连冰冷的海水也在低沉呜咽。眼前之景触动了李叔同诗人的那根敏感神经，他写下一首《夜泊塘沽》：“杜宇声声归去好，天涯何处无芳草。春来春去奈愁何，流光一霎催人老。新鬼故鬼鸣喧哗，野火燐燐树影遮。月似解人离别苦，清光减作一钩斜。”

李叔同心情复杂，愁绪满腹，他“听”到：坟场上传来新鬼旧鬼的喧闹。其中这句“新鬼故鬼鸣喧哗”的意象，出自杜甫的《兵车行》。

杜甫所处的时代，朝廷已经无法控制各地割据的军阀，由于连年的战争，经济萧条，城市破败、田地荒芜，苛捐杂税繁重，路有冻死骨的场景随处可见。杜甫亲眼所见凄惨景象，提笔写下这首诗作。尤其是结尾两句：“君不见青海头，古来白骨无人收。新鬼烦冤旧鬼哭，天阴雨湿声啾啾！”

说的是，自古以来那青海边，遍地白骨无人掩埋。旧鬼在啼哭，新鬼在诉冤，每当天阴雨湿，哭声啾啾，真是凄惨。

此情此景与李叔同所面对的是何等相似。想必李叔同熟读杜诗，对这首《兵车行》也是深有体会，故信手拈来，恰如其分。

李叔同又“看”到：树影阴暗中鬼火闪烁。又想到：月亮好像也理解我心中的离别之苦，将圆月清光减为细细的一钩斜挂在天边。

在这首诗中，李叔同引了苏轼《蝶恋花》中“天涯何处无芳草”的名句，表达了到处都有知心人的感情体验，增强了作品的抒情气氛。

这里的知心人，不言而喻，是指津门师友赵元礼、严修、唐静岩等人。

本诗中的另外一句“月似解人离别苦，清光减作一钩斜”，则是从晏殊《蝶恋花》“明月不谙别离苦”一句得来，借高挂天心之明月，表达对亲友的思念之情；明月作证，人与事都呈现出曾经的温度，让人倍感温暖。

李叔同第一次感受到战争的残酷，加深了对帝国主义侵略本质的认识，增强了民族的危亡感和对国家前途的忧虑之情。

在天津探亲期间，李叔同专程去拜访恩师赵元礼。赵元礼已辞去姚氏家馆教师之职，执教于天津某育婴堂。劫后重逢，师生见面自是一番畅谈。其时李叔同二十文章惊海内，已是名扬天下的才子。赵元礼替学生高兴，并对李叔同提出更高的期望。

李叔同返回上海后，赵元礼写下《辛丑北征泪墨题词》：“神鞭鞭日驹轮驰，昨犹绿发今日须。景光爱惜恒欹散，矧值红羊遭劫时。与子期年常别离，乱后握手心神怡。又从邮筒寄此词，是泪是墨何淋漓。雨窗展诵涕泗垂，檐滴声声如唱随。”记录了师生二人在战火中的天津重逢的场景。

山河破碎，满目疮痍，光景殊非，天津之行给李叔同的心灵蒙上厚厚的阴影。

塘沽登船返沪，船停码头，李叔同极目远望，看到落日大如箕斗，风卷着旗帜，军队在行进……不禁感慨，山河大地沧桑巨变，忍不住两眼垂泪，在船上写下《日夕登轮》："感慨沧桑变，天边极目时。晚帆轻似箭，落日大如箕。风卷旌旗走，野平车马驰。和善悲故国，不禁泪双垂。"战火未灭，强寇恒信，极目故地，爱鸿疮痍。回到故乡，却成为流亡的旅客。亲朋在外逃难，百姓生命如同草芥，名士留守孤城，何处诉不平？

李叔同感受到压抑和苦涩，愤怒和沉痛，心中所想，笔下所写，皆为"泪墨"。

返上海后，李叔同将此次返津前后所见所闻，所作诗词，合成一集，题为《辛丑北征泪墨》。

在题记中，李叔同写道："游子无家，朔南驰逐。值兹离乱，弥多感哀。城郭人民，慨怆今昔。耳目所接，辄志简编。零句断章，积焉成帙。重加厘削，定为一卷。不书时日，酬应杂务。百无二三，颜曰：《北征泪墨》，以示不从日记例也。"

知己李苹香

一九零一年初夏，李叔同结识了名震上海的乐妓李苹香。李叔同写诗三首赠予李苹香，题为《天韵阁席上得句赠苹香》:“一、沧海狂澜聒地流，新声怕听四弦秋。如何十里章台路，只有花枝不解愁。二、最高楼上月初斜，惨绿愁红掩映遮。我欲当筵拼一哭，那堪重听《后庭花》。三、残山剩水说南朝，黄浦东风夜卷潮。《河满》一声惊掩面，可怜肠断玉人箫。”

在三首诗中，李叔同对李苹香表达的是，对国家山河破碎的不甘，对李苹香命运不堪的同情，体现的是大格局和大情怀。大约是两人十分投缘，相谈甚欢，用诗的形式纪念某一日谈话的内容和彼此的心境，属于朋友之间的酬唱诗。李苹香也写诗《录旧作笺书请正惜霜先生》酬答:“一、潮落江村客棹稀，红桃吹满钓鱼矶。不知青帝心何忍，任尔飘零到处飞。二、春归花落渺难寻，万树阴浓对月吟。堪叹浮生如一梦，典衣沽酒卧深林。三、凌波微步绿杨堤，浅碧沙明路欲迷。吟遍美人芳草句，归来采取伴香闺。”

李苹香对李叔同表达的是，对人生际遇的无助，对个人命运飘零的无奈，袒露的是人生的细节，展现的是对虚无缥缈的未来的期待。李苹香身份特殊，人生经历丰富，大约是对于李叔同这类知识分子所鼓吹的“家天下”理念有所保留，便在诗中用“到处飞”“如一梦”“路欲迷”表达进行“反驳”。在这乱世，礼崩乐坏，一切口号都是镜花水月，黄粱一梦，如同水面上的浮萍，随波逐流，随遇而安。

这是诗人之间真诚的对话，对于时局和命运，虽然各自有不同的解读，但并不妨碍他们心有灵犀，成为彼此精神层面上的知己。李苹香再好，也是一名有文化的妓女，这一点李叔同非常清楚。李叔同再好，也是家有老母妻儿的孝子贤夫，不可能弃之纳妾，这一点李苹香有自知之明。这样两个理智的人不会越雷池一步，尽管他们彼此欣赏，视为知己。

三年后，章士钊为李苹香作传，李叔同写序。李叔同在序言中认为，乐妓昌荣，是衡量国家发达与否、社会文明与否的一个标准。这完全是凭借文人意气为李苹香辩解，这大概是李叔同青年时期，最为大胆最振聋发聩的一次冒险，通过妓女影射晚清政府的无能，既感性又激进，完全一副不管不顾的状态。李叔同这样的知识分子，为什么要与青楼女子诗词唱和，为什么要鼓吹妓女促进国家文明？

旧上海经济发达，妓女行当发展迅猛，不但从业者有国际化趋势，还出现了鸦片、赌博和花柳病，此等恶迹在妓院流传甚广，妓院逐渐失掉原先的文化气息，完全变成色情和肉欲的场所。李苹香也许是一个例外，她并非是卖肉的妓女，而是一名艺伎，琴棋书画诗词歌舞，仪态妆容谈吐茶道，国家局势风月杂谈都精通。文化修养甚至高过很多大家闺秀，需要心灵沟通的文人们，趋之若鹜地与之吟诗作赋。文人天生悲悯,更能体会李苹香的不容易,感慨李苹香命运的同时,同样也感慨自己一番，虽然写几首诗词并不能改变她的社会地位,但至少可以表达对她的尊重和欣赏。

饰演大武生

一九零一年，李叔同易名“李广平”以总分七十五，第十二名的资格，考入上海南洋公学经济特科。南洋公学模仿美国中学学制，并聘请美国教师讲授现代科学，传播西方民主、自由、博爱、平等思想，在新青年中影响深远。求学期间，李叔同的家人仍寓居城南草堂，而他则搬到了南洋公学上院特班单人宿舍，与同学共住校内。

李叔同在南洋公学有两大收获，一是成为蔡元培的高足，二是掌握了戏剧理论。早在一八九九年左右，受到上海外国侨民业余演出外语话剧的影响，南洋公学的学生社团便仿效演出话剧（新剧），结果一发不可收拾，连续演了四天。

首日上演反映戊戌变法题材的时事剧《戊戌政变纪事》。在课堂演出时，师生踊跃前来观看，观剧者都预购蜡烛，照得室内通明，场内反响热烈。第四天演出时事新剧《义和团》，剧本由某位教习编写。此后，演剧活动如火如荼，自编自演新剧目不断上演。

下半年南洋公学上演“天霸戏”，多才多艺的特班生李叔同在剧中担任主角黄天霸，深受学校师生的喜欢。

“天霸戏”是指清末京剧英雄戏中以黄天霸为主角的八

出戏，又叫“八大拿”。素材源于施公案，故事出自京杭运河两岸，是宣扬清代政治经济及施公打通运河漕运的戏。究竟是哪八出戏，说法不一，戏码定位也不同。主要包括《八蜡庙》拿费德功、《茂州庙》拿谢虎、《薛家窝》拿薛金龙、《殷家堡》拿殷洪、《东昌府》拿郝文僧、《河间府》拿侯七、《霸王庄》拿黄龙基、《落马湖》拿猴儿李佩。其中《八蜡庙》最为有名，是因为在旧时每逢岁末封箱或重大的义务戏时众多名家都反串演过该剧中的角色。

八出戏有连贯性，都是以官府缉捕、擒拿土豪劣绅、庄头霸主为由而展开的系列武戏。由于每出戏都有黄天霸出现，所以称为“天霸戏”，是对所有黄天霸戏的一个总称。这些戏中人物众多、形象鲜明、武打精彩，各戏又有特色，在清末颇受欢迎，红极一时。然而，在八出戏中，对黄天霸这个人物的正邪却有不同解读。

《八蜡庙》中，黄天霸擒拿的是强抢民女、杀了一家二十四口的恶霸费德功，此处黄天霸是除暴安良的侠士。而在《恶虎村》中，黄天霸却是心胸狭窄、心狠手辣地杀死义兄全家的负面形象。当然，京剧舞台上的人物具有复杂性，不能简单地用好人和坏人的概念来进行划分。这就需要演员加入个人的理解，渗入个人的生活阅历，增强人物的多面性。从而让黄天霸这个角色在不同戏中，呈现同的性格和为。在不同情境下，通过语言和动作，呈现不同的心理状态。

“天霸戏”对早期京剧的形成有至关重要的作用，更在演员的装束、武戏的文唱、武技的展示、丰富武生的表演内涵方面有独到之处。

李叔同在公开场合担任一戏主演，主要是因为他曾在天津拜过武生刘永奎为师，学过短打武生，穿短衣裤，用短兵器，身手矫健敏捷，打起来漂亮，不拖泥带水。《恶虎村》《落马湖》中的黄天霸就是如此。李叔同也曾与河北梆子名伶杨翠喜探讨过戏曲唱念做打的技巧，所以会在众多学生中脱颖而出。为了纪念这次首演，李叔同穿着戏装，摆好姿势，特地拍摄了一张照片留念。

一九零二年下半年，李叔同因为学潮被迫终止学业。此后留学日本东京，发起成立演剧团体春柳社，主演话剧《茶花女》《黑奴吁天录》，推动中国话剧的发展，成为中国戏剧真正意义上的先行者。

二十文章惊海内

从南洋公学退学后，李叔同多次参加上海格致书院课题应征，且频频获奖，名闻沪上。这些策论多为与中国社会相关的时政评论，由此可见，李叔同一直站在社会前沿，密切关注时政的风云变幻。

格致书院成立于一八七六年，是中国最早传播科技知识的书院，由徐寿和英国传教士傅兰雅创立于上海。旨在传播西学，探索富国裕民，救亡图存的新型学校。格致书院推行以“季课”“特课”和“月课”为特色的“考课制度”，由主持者出考题，学生依题作文，考官阅卷采用只批不改的做法，以求存真；评定答题优劣则以有理、有据、有新意为标准，划分若干等第，然后张榜公布，奖励优秀者。“季课”始于一八八六年，每年四次；一八八九年起，又在正课外添以春秋两考课，名为“特课”。一九零一年十月起，又推出每月一次的考课，延至一九零四年上半年止。一九零四年秋，书院因经费不足，停月考课，改为季考课。

格致书院统请海关诸位道宪、南北洋大臣、两江总督及上海、宁波、天津道台等朝廷军政要员主持命题，考题内容多为西学传播和时事国事议论等，应征者不限上海，全国各地皆可参加。而考课题目和获奖名单则在《申报》《字林西报》上刊出，每次考课通告一经公布，全国各地反响热烈，应征者济济，动辄百数十人。

一九零三年秋，天津海关道为秋季考课出了二道策论课题，一是《开诚布公论》，二是《中西学术异同得失，试胪陈之策》。出题者为时任天津海关道的唐绍仪。《申报》刊登消息，要求应试课卷自出题日起至九月二十日前缴至虹口中西书院。

李叔同所写《开诚布公论》深得唐绍仪的好评。这年十二月，李叔同《开诚布公论》刊登于《北洋官报》。一九零四年一月，《申报》刊登经唐绍仪批阅后评出的超等、特等和一等奖获得者名单，在一百零七名获奖者中，李叔同拔得头魁，获超等第一名。

开诚布公论

津海关道课格致书院超等第一名　李成蹊

法也者，为治之大器也。然而法奚自始邪？人之生必有群，群之合必有法，法始于群约。其继也，由分而入专，由多而趋寡，势不得不以法权奉诸一人。夫以一人执法权，万民之疑忌因之而起，万民之群谊因之浸亡矣。是故善执法者，惧夫疑忌之起也，有以泯其疑忌焉。虑夫群谊之亡也，有以固其群谊焉。夫至于疑忌泯、群谊固，而法乃行诸上下之间而不悖。

诸葛治蜀，史称其开诚心、布公道。吾以为此其所以能善用法欤。不然，诸葛夙治申韩法术，其治蜀也，以严厉称，万民宜啧有怨言矣。乃直戆如马谡而诛之，褊戾如杨仪、魏延而用之，不闻万民有异说，何也？盖其所以诛者，非有所深怒，必欲置之死亡也。亦曰，彼之所为不利吾群，法所宜刑也。

其所以用者，非有所姑息，必欲加诸贵显也。亦曰，彼之所为利于吾群，法所宜赏也。法也者，万民之法。执法者，即万民立法之义，为一己用法之义。斯诚心存乎人，公道存乎群。法虽严厉而刑者不怨，赏者不惊。其关系密切有如此矣。

后世执法者，罔识兹义。易一己奉群之义，为万民奉己之私，于是有束缚而无感格，有隔阂而无通融。上有专制之名，下有作伪之谤。法之所在，遂重为世所诟病。然亦思立法之源流若何，用法之权限若何，鉴彼诸葛开诚布公之遗迹，其亦知所取法哉。

此文短小精悍，围绕论题，引经据典，展开论证。本文的核心思想是，只有依法治国，才能国富民强。他认为，国家的治理和规范，需要靠制度的力量和法律的规矩去约束和制约，唯有如此，才能确保国家的长治久安。接着他又说道，法不得集中于一人手中，法者乃是“万民之法”，执法者是在为万民立法，所以执法者要言忠信，行笃敬，开诚心，布公道。

李叔同有此见识不足为怪，拔得头筹也不新鲜，因为在南洋公学期间，在老师蔡元培的影响下，他主动学习英语和日语。翻译并出版《法学门径书》《国际私法》两本法学著作，由此可见，他对法学有着深入研究和个人独特的理解。

这种思想上的领先，源自于视野上的开阔，更深层次的背景则是，晚清政局的“无法”，导致列强的“无天”。在李叔同看来，国家只有健全法制，才是革新的前提，才是抵御侵略，奋发图强的有效途径。

四位“笑星”

居住城南草堂“李庐”期间，是李叔同诗歌创作的鼎盛时期，诸多诗作中，有一组诗非常特别。这组诗名为《滑稽传题词》，共四首诗，提到四位古人。司马迁在《史记》中为淳于髡、优孟、优旃、东方朔等人作传，名曰《滑稽列传》。

司马迁在自序中说，我做这个传记的目的，主要是佩服这些人不流世俗，不争势利。他们出身虽然微贱，但却机智聪敏，能言多辩，善于缘理设喻，察情取譬，借事托讽，其言其行起到了警醒世人的作用。

李叔同非常赞同司马迁的观点，因为在他所生活的时代，战火未熄，强寇横行，让人感到胸中郁积着无尽的苦闷。作为忧国忧民的知识分子，他密切关注时事动态，对清政府越来越感到失望。所以更加欣赏那些敢于对权贵说不的义士。这些看似卑微的个体，凭借一腔热血和聪明才智，嬉笑怒骂，谏言皇帝，无愧于他们所处的时代，也对得起他们的国家。从这组诗中，最能看出李叔同有一颗精忠报国之心，然而这颗心却在现实中屡次受伤。

《滑稽传题词一》：“斗酒亦醉石亦醉，到心惟作平等观。此中消息有盈朒，春梦一觉秋风寒。”

本诗的主人公叫淳于髡，生卒年代大约在公元前三八六年—前三一零年，战国时期齐国人。此人博闻强记，能言善辩，沟通能力很强，喜欢用隐言微语来表明观点。

民间流传着一个淳于髡与孟子的故事。

孟子游历齐国，淳于髡登门拜访。与其说拜访，倒不如说是盘道更准确。淳于髡向孟子请教男女之间授受不亲的问题，然后问孟子，他的发妻落水救还是不救？孟子说必须救啊，这根本不需要讨论。淳于髡刁难孟子，说每年都打仗，老百姓吃不饱饭，比落水更悲惨，孟子为什么不救救天下苍生？孟子说当然要救，但只能告诉他们自救的方法。淳于髡非常生气，临走时送给孟子一句话："你真是个嘴把式。"

李叔同对淳于髡这样真性情的"笑星"比较喜欢，他在诗中透露出对淳于髡的欣赏，做人做事要忠于内心，至于别人如何评价，不必放在心上。

《滑稽传题词二》："中原一士多厅姿，纵横宇合卑莎维。人言毕肖在须眉，茫茫心事畴谁知。"

本诗的主人公叫优孟，春秋时期楚国的宫廷艺人。从小善辩，擅长表演，用笑话针砭时弊。在下面这个故事里，主要表现的是优孟的重情重义。

楚国宰相孙叔敖死后，他的儿子混得很惨，就来找优孟寻求帮助。优孟让孙公子先住在他家，然后定制了一套孙叔敖生前的朝服穿上，在家模仿孙叔敖的言谈举止。几日后，优孟装扮成"孙叔敖"上朝，楚庄王以为孙叔敖复活，激动地握着他的手。"孙叔敖"愁眉苦脸，说一辈子廉洁清正，为国效忠，死后儿子却连立锥之地都没有，穷得靠背柴为生，实在令人心寒。

楚庄王深感惭愧，马上召见孙叔敖的儿子，对其封官封地。

李叔同欣赏优孟的仗义和胆识，毕竟面对的是楚国国君，他所采取的“索取”方式无疑是智慧而巧妙的。

《滑稽传题词三》：“婴武伺人工趣语，杜鹃望帝凄春心。太平歌舞且抛却，来向神州忾陆沉。”

本诗的主人公叫优旃。优旃个子矮，天性幽默，爱讲笑话，是秦国的一位歌舞艺人。

《史记》上的一段记载颇能说明优旃的性格。秦始皇宴请群臣，殿阶下的卫士们淋雨受寒，为了让卫士们不再淋雨，优旃当着秦始皇的面，指着卫士们大声说：“长得高有什么用呢，只配在露天淋雨。我长得矮小，却有幸在朝堂休息。”

秦始皇听出了优旃的话外音，立刻下旨，让卫士轮流值班。

李叔同由此在诗中感慨，鹦鹉取悦于人靠它会说话，杜鹃被人关注是它凄声的鸣叫寄托了望帝的思念之情。太平歌舞还是暂停一下吧，中华大地面对危亡从来都会同仇敌忾。

此处的望帝，指传说中的古代蜀帝，名杜宇，死后其魂化为杜鹃，又名子规，啼声凄楚，寄托思念之心。

《滑稽传题词四》：“南山豆苗肥复肥，北山猿鹤飞复飞。我欲蹈海乘风归，琼楼高处斜阳微。”

本诗的主人公叫东方朔，因其滑稽多智被相声艺人尊为祖师爷。其人幽默风趣，常被汉武帝招入寝宫聊天解闷，但却因为不善于拍皇帝马屁而得不到重用。

有一次汉武帝在东方朔面前沾沾自喜道："我比古代那些帝王应该强很多吧？"

东方朔答："怎么说强很多呢，陛下比三皇五帝强一万倍，孔丘给您做御史大夫，姜子牙来当元帅……"

汉武帝越听越觉得不对劲，就问："怎么听着像是在讽刺我呢？"

东方朔一脸严肃道："像您这样的明君，如果能把匈奴问题解决好就更加完美了。"

东方朔戳中了汉武帝的痛处，皇帝虽然呵呵地笑，心里早已给东方朔记了一笔账。

李叔同诗中说的是东方朔一生不被重用的惆怅。他嬉笑怒骂，辨别是非，为了坚持正义与皇帝据理力争。皇帝表面上很欣赏他，但只是拿他当作笑料，从不委以重任。当塞外匈奴的铁蹄踏破中原大地，汉武帝忽然意识到人才的重要性，而此时的东方朔却悄然离开了朝廷，消失在汉代茫茫的山水之中。

时代的狂流

一九零四年，李叔同和许幻园、黄炎培、马相伯、穆藕初等创办“沪学会”，开演讲会，办补习班，演文明新剧，提高社会青年知识、觉悟。

李叔同为“沪学会”编写了《文野婚姻》新戏剧本，宣传男女婚姻自主思想。表现的是新旧两种婚姻得到两种不同的结果：一种是父母包办的婚姻。一对懵懂的男女，遵照父母之命结婚生子，一辈子缺乏共同语言，生活并不幸福。另一种自由恋爱。一对青年男女，为爱抗争，最后献出青春和生命。他们的一生虽然短暂，但却很有价值。

第一种婚姻非常普遍，李叔同鞭挞的是封建礼教，提倡的是伦理婚姻。第二种婚姻是他所向往的，但那只是理想中的爱情，有心无力，算不得数。

为此，李叔同专门创作了一组诗，名为《为沪学会撰文野婚姻新戏册既竟系之以诗》。

第一首：“床笫之私健得耻，为气任侠有厅女。鼠子胆裂国魂号，断头台上血花紫。”

第二首：“东邻有儿背佝偻，西邻有女犹含羞。蟪蛄宁识春与秋，金莲鞋子玉搔头。”

第三首:“河南河北间桃李,点点落红已盈咫。自由花开八千春,是真自由能不死。”

第四首:“誓度众生成佛果,为现歌台说法身。孟旃不作吾道绝,中原滚地皆胡尘。”

《文野婚姻》于一九零五年在沪学会春节大会上正式演出。从这组诗中可以看出,法国大革命对李叔同产生过影响。比如第一首诗最后一句“断头台上血花紫”,可以感受到李叔同对暴力革命是何等赞叹。“自由”是法国大革命中最振聋发聩的口号,第三首诗中“自由花开八千春”一句,表达李叔同对自由主义的向往与讴歌。

第二首诗用“背佝偻”“金莲鞋子”,对中国古代妇女缠足的陋习进行批判和嘲笑。这说明李叔同的人生观和世界观正在发生变化,他已经接受了新女性观和新婚姻观。其中就包含着男女平等的现代观念。

第四首诗的最后一句“中原滚地皆胡尘”,大胆地暴露出他的排满思想和民族主义倾向。此时的李叔同,已经是一个接受过西方民族和自由风潮的新时代知识分子,这种思想体现在他所创作的诗词当中,对于晚清,李叔同已经不抱任何希望,灭亡只是时间问题。

尽管国已不国,但他还是深深热爱着脚下的这片土地,为此他创作出让国人振奋的《祖国歌》:“上下数千年,一脉延,文明莫与肩。纵横数万里,膏腴地,独享天然利。国是世界最古国,民是亚洲大国民。呜呼大国民,呜呼,唯我大国民!幸生珍世界,琳琅十倍增声价。我将骑狮越昆仑,驾鹤飞渡太平洋,谁与我仗剑挥刀? 呜呼大国民,谁与我鼓吹庆升平! ”

《祖国歌》完美融合了西乐与昆曲,体现了李叔同的音乐才华和新思想内涵。发表后中国各地学校相继用作教材,成为儿童和成人所喜爱的爱国歌曲。然而在这首歌的背后,却隐藏着一个知识分子的极大痛苦,在找不到出路的困惑中,知识分子往往借文艺表达愤懑心声。在国家被列强凌辱,处于风雨飘摇之际,民主与自由思潮的出现,无疑让他们眼前一亮。在信仰的支撑下,他们拿起艺术的武器,开始与时代和命运博弈厮杀。

文明丧礼

一九零五年三月，李叔同的母亲在城南草堂病故。母亲病重时曾嘱咐李叔同，去世后不必效仿先夫李世珍之例，将灵柩停放家中七天，再请高僧带领众僧上门逐日作佛事。她的丧事从简而办，将剩下的钱资助给沪学会义务小学，作办学经费。

七月，李叔同把沪学会教务交付许幻园接手，带着妻子和李准、李端二子，乘船运送母亲灵柩回津。轮船在海上航行，每日遭逢海风猛吹，导致次子李准患上哮喘病，终生没有治愈。按照天津老例儿，凡是在外亡故的侧室，灵柩不能进入家门。面对家人阻挠，李叔同反复协商，据理力争，才破例让门房吊线找正，停棺于前院五间大客厅正中，按礼仪开吊出殡。

这次丧礼，引发社会广泛关注。天津《大公报》全程报道此事，刊出李叔同拟定的《哀启》全文：

“启者，我国丧仪繁文缛节，俚俗已甚。李叔同君广平愿力祛其旧。爰与同人商酌，据东西各国追悼会之例，略为变通，定新仪如下：(一)凡我同人，倘愿致敬，或撰文诗，或书联句，或送花圈花牌，请勿馈以呢缎轴幛、纸箱扎彩、银钱洋圆等物;(二)诸君光临,概免吊唁旧仪,倘愿致敬,请于开会时行鞠躬礼;(三)追悼会仪式:(甲)开会。(乙)家人致哀词。(丙)家人献花。(丁)家人行鞠躬礼。(戊)来宾行鞠躬礼。(庚)散会。同人谨启。”

到会者四百余人,有学校校长和教员,有文学艺术界名流,有医务人员,也有外籍人士。收到挽联哀词二百余副,都是中外名流所撰,将汇集付印,以作纪念。最为奇特的是:李叔同以亲读悼词的方式代替孝子跪读祭文;全家不穿白色孝服,改穿灰黑色衣服送葬;李叔同在灵堂前弹奏钢琴,请一班儿童合唱《追悼李节母之哀歌》和《上海义务小学学生追悼李节母歌》,代替家人亲戚号啕长泣。

守丧期间,李叔同足不出户,静坐默哀。母亲出身卑微,吃苦耐劳,命运和感情没有自主选择的权利,一生都在逆来顺受,随波逐流。母亲贤良淑德,知书达理,生前身后却得不到家族应有的尊重,感受不到家庭所带来的安全感。母亲忍辱负重,用心良苦,为的是把儿子抚养长大,培养成才,有一个美好灿烂的前程。然而李叔同却迟迟都没有考取一个功名,为李家光耀门楣的责任怕是要付之东流了。

母亲对儿子的人格塑造、思想启蒙、待人接物产生过深刻的影响,眼看着儿子成名成家,即将施展抱负,自己却要往生极乐世界看不到他人生之绚烂,实在是心有不甘。童年的遭遇让李叔同知道母亲为何谨小慎微地活着,于是在他成家之后不想寄人篱下,立刻携母带妻南迁上海,让她过上舒心快乐的日子。

母亲去世后，李叔同拼尽全力为母亲争取一个名分——进宅停灵，他懂得母亲在旧历陈规下受到很深的伤害，因为深爱母亲，无论是生前还是死后，他都要为母亲争取权利和尊严，这是作为儿子义不容辞的责任。慈母亡故，无限哀伤，故乡无可依恋。李叔同改名李哀，辞别亲友，东渡日本，学习艺术，寻求救国图存之路。

出国前李叔同在《金缕曲·将之日本留别祖国并呈同学诸子》中流露出内心的真实想法："披发佯狂走。莽中原，暮鸦啼彻，几枝衰柳。破碎河山谁收拾，零落西风依旧，便惹得、离人娑婆，世界有瘦。行矣临流重太息，说相思、刻骨双红豆。愁黯黯，浓于酒。漾情不断淞波溜。恨年来絮飘萍泊，遮难回首。二十文章惊海内，毕竟空谈何有？听匣底苍龙狂吼。长夜凄风眠不得，度群生那惜心肝剖？是祖国，忍孤负！"

这首词抒发了李叔同对祖国的感情，以及愿意为这个国抛头颅洒热血的豪情，当然他并非采取革命的方式，而是在寻求一条艺术救国之路，尽管这条路走得非常艰辛，却留下了绚烂的光彩。

天涯五友图

《李苹香传》封面

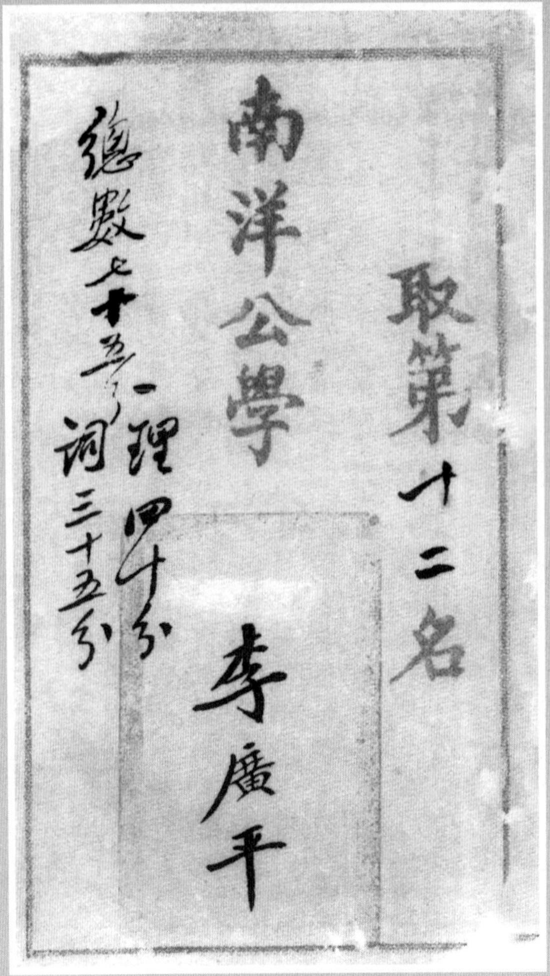
取第十二名
南洋公學
李廣平
總數七十五分
一理四十分
詞三十五分

李叔同南洋公学录取通知书

李叔同書例
名刺 一元
扇子 一元
三四尺聯 二元
五尺以上聯 三元
橫竪幅與聯例同
三四尺屏四幅 三元
五尺以上屏四幅 六元
四幅以上者照加
餘件另議先潤後墨
本社報頭及新式廣告木
戳皆李叔所書可供參考

李叔同在报纸刊登润例

上海时期的李叔同

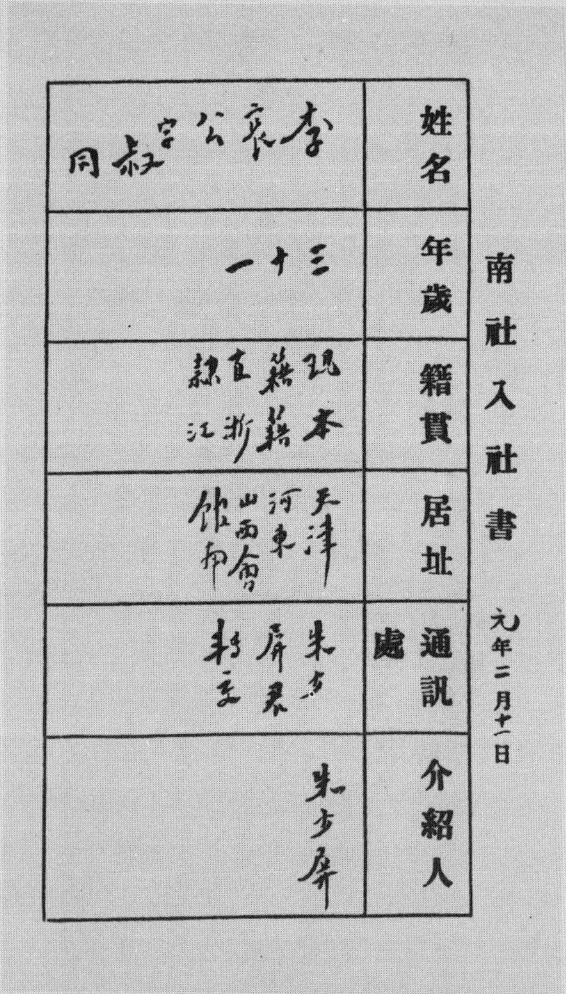

南社入社書

姓名	李哀公字叔同
年歲	三十一
籍貫	現籍直隸 本籍浙江
居址	天津河東山西會館
通訊處	朱少屏君轉交
介紹人	朱少屏

元年二月十一日

李叔同的南社入社书

第三章 在东京

明治维新后的日本迎来盛世,交通、贸易、文化、科技等方面得到快速发展。特别是一九零四年日俄战争,日本从清政府获得巨额赔款,掠夺大量资源,国力得到增强。这个亚洲的小国,仿佛吃了神药的大力士,焕发出蓬勃的朝气和霸道的神采。

到了东京后,李叔同在神田区今川小路二丁目三番地集贤馆住下,着手补习日语会话及写生等课程,转年报考东京美术学校。当时在东京的清国留学生有八千多人。设于骏河台的中国留学生会馆,是留学生联络中心,每逢周末,各个学校的留学生都在此聚会。

李叔同在校期间,学习西洋美术,钢琴和作曲,还在日本著名戏剧家川上音二郎、藤泽浅二郎的指导和帮助下,与同学曾延年(孝谷)等人组织了一个话剧团体“春柳社”,成为中国戏剧的先锋人物。

音乐小杂志

一九零六年李叔同在东京创办《音乐小杂志》，上面刊登他写的关于音乐的文章和歌曲，也有他搜集来的关于音乐知识的资料。编辑、设计、跑印厂、出资、发行、广告均由李叔同一人包揽。杂志办得颇具特色，栏目多，内容丰，包括社说、图画、插图、乐史、乐典、乐歌、杂纂、诗府等。

这本新生的杂志中，李叔同从日本石原小三郎的《西洋音乐史》精选资料，编写了《乐圣比独芬传》（贝多芬），封面用炭笔绘制了"乐圣比独芬像"。此画应该是李叔同西画作品最早的一幅。看得出来，李叔同对贝多芬非常崇敬。

《音乐小杂志》刊登了李叔同选曲填词的三首乐歌《我的国》《春郊赛跑》《隋堤柳》。《我的国》选用一首日本乐曲编成，是一首振奋人心的爱国歌曲。

歌词大意是："东海东，波涛万丈红。朝日丽天，云霞齐捧。五洲惟我中央中。二十世纪谁称雄，请看赫赫神明种。我的国，我的国，我的国万岁，万岁万万岁。昆仑峰，缥缈千寻耸。明月天心，众星环拱。五洲惟我中央中。二十世纪谁称雄，请看赫赫神明种。我的国，我的国，我的国万岁，万岁万万岁。"

此歌是海外赤子至情至性地歌颂祖国，对祖国的明天充满希望，弥漫着一种发自内心的民族自豪感。来自清国，身在东京，李叔同看到日本这个弹丸小国，经过明治维新后发生的巨大变化，心中产生五味杂陈的苦涩。他希望祖国强大，希望身在异乡的学子拥有话语权，无论是在学业上，还是在艺术上都应该出类拔萃，不被人小瞧。

《春郊赛跑》采用德国歌曲《木马》的曲谱，歌词大意是："跑跑跑！看是谁先到。杨柳青青，桃花带笑。万物皆春，男儿年少。跑跑跑！锦标夺得了。"字里行间洋溢着春天的气息和健康快乐的情感。

《隋堤柳》歌词大意是："剩水残山故国秋。知否，知否，眼底离离麦秀。说甚无情，情丝踠到心头。杜鹃啼血哭神州，海棠有泪伤秋瘦。深愁浅愁难消受，谁家庭院笙歌又。"此作模仿了宋词的精髓，是首哀艳之作，其音苍凉，如闻山阳之笛。

这期杂志封底为《征求沈叔逵氏肖像》，沈叔逵为李叔同在沪学会的师友沈心工，此举也说明，在学堂乐歌的领域里，李叔同没有忘记这位杰出的音乐家应有的地位。

《音乐小杂志》中，李叔同所撰写的序言大受称道。在这篇只有五百余字的文章中，李叔同纵论音乐对人生的作用，并将其创办这本杂志的过程及心情抒写得淋漓尽致，且文风清丽，读来余香满口，绕梁三日："闲庭春浅，疏梅半开。朝曦上衣，软风入媚。流莺三五，隔树乱啼。乳燕一双，依人不语。上下宛转，有若互答。其音清脆，悦魄荡心。若夫萧辰告悴，百草不芳，寒蛩泣霜，杜鹃啼血，疏砧落叶，夜雨鸣鸡，闻者为之不欢，离人于焉陨涕。又若登高山，临巨流，海鸟长啼，天风振袖，奔涛怒吼，更相逐搏，砰磅訇，谷震山鸣，懦夫丧魄而不前，壮士奋袂以兴起。呜呼，声音之道，感人深矣。唯彼声音，佥天出然，若夫人为，厥有音乐，天人异趣，效用靡殊。

繄夫音乐，肇自古初。史家所闻，实祖印度，埃及传之，稍事制作。逮及希腊，乃有定名，道以著矣。自是而降，代有作者。流派灼彰，新理泉达。瑰玮卓绝，突轶前贤。迄于今兹，发达益烈。云滃水涌，一泻千里。欧美风靡，亚东景从。盖琢磨道德，促社会之健全；陶冶性情，感精神之粹美。效用之力，宁有极钦。

乙巳十月，同人议创美术杂志，音乐隶焉。乃规模犍具，风潮突起。同人星散，瓦解势成，不佞留滞东京，索居寡侣。重食前说，负疚何如。爰以个人绵力，先刊音乐小杂志。饷我学界，期年二册，春秋刊行。蠡测莛撞，矢口惭纳。大雅宏达，不弃孤陋。有以启之，所深幸也。

呜呼，沉沉乐界眷予，情其信芳。寂寂家山，独抑郁而谁语。矧夫湘灵瑟渺，凄凉帝子之魂；故国天寒，呜咽山阳之笛。春灯燕子，可怜几树斜阳；玉树后庭，愁对一钩新月。望凉风于天末，吹参差其谁思。冥想前尘，辄为怅惘。旅楼一角，长夜如年。援笔未终，灯昏欲泣。时丙午正月三日。”

小序文笔俊秀、思路清晰、寓意深切。开明宗义申明办刊目的，编者美学意识。从大自然之声对人们情绪的影响和感召，说明音乐之声更有魅惑力、净化力和陶冶情操的社会功能。

李叔同认为“流莺三五，隔树乱啼。乳燕一双，依人学语”

的清脆声音,能够使听者“悦魄荡心”……如果“登高山,临巨流,海鸟长啼,天风振袖,奔涛怒吼……谷震山鸣”的声音,则可使胆怯者“丧魄而不前”,使勇敢者“奋袂以兴起”。李叔同在考察了音乐的发展历史后，道出了此篇序言的中心思想，也就是办这份音乐刊物的旨趣所在,正所谓,音乐可以“琢磨道德,促社会之健全;陶冶性情,感精神之粹美”。

随鸥吟社

一九零六年七月，李叔同以中国诗人名义加盟随鸥吟社。随鸥吟社是日本近代最负盛名的诗歌社团，由大久保湘南与森槐南共同发起。诗社名取自李白《江上吟》“海客无心随白鸥”一句。诗社云集了永井稻原、大泽铁石、土屋琴皮、上梦香、岩濑常川、冢原梦舟、大江敬香等名家，诸位诗友常去王地仙馆品酒论诗。诗社宗旨是：重兴日本汉诗文学创作，通过定期吟咏、编制诗刊《随鸥集》开展汉诗活动。社团每月例会一次，每年开年会一次，每月出版一辑《随鸥集》，刊登约会纪要和社员诗作。

李叔同加入随鸥吟社大约一年，在《随鸥集》发表诗作有《东京十大名士追思会即席赋诗》《朝游不忍池》《昨夜》《春风》《初梦》《帘衣》等。日本评论家中村忠行对李叔同诗作评价道：“妖艳里呈现沉郁悲壮的面影。”

其中《东京十大名士追思会即席赋诗》《朝游不忍池》最具代表性。《东京十大名士追思会即席赋诗》：“一、苍茫独立欲无言，落日昏昏虎豹蹲。胜却穷途两行泪，且来瀛海吊诗魂。二、故国荒凉剧可哀，千年旧学半尘埃。沉沉风雨鸡鸣夜，可有男儿奋袂来。”

在这组诗中，李叔同希望有人挺身而出，为复兴传统文化披肝沥胆。首先由他做起，但感到孤独无援，站在苍茫大地上，想说却说不出口。落日昏暗，天边乌云好像虎豹蹲踞。穷途末路无路可行，两眼流泪暂且到东京，以诗来抒发心中的哀愁。

接下来，李叔同似乎看到了希望。故园荒凉，令人心痛，千年古老文化快要被毁掉。在黑暗的风雨夜中听见鸡鸣，盼望有英雄豪杰挺身而起。

李叔同的这种忧国忧民且痛心疾首之举，是那个时代文人普遍的写照。有感而发的文字，是作者潜意识里的思想，有时是无法选择的。李叔同与他人不同在于，他既是理想主义者，又是行动主义者。他并非夸夸其谈当纸上赵括，而是身体力行尽最大努力去做，并且一生遵守行胜于言的原则。

《朝游不忍池》:“凤泊鸾漂有所思，出门怅惘欲何之？晓星三五明到眼，残月一痕纤似眉。秋草黄枯菡萏国，紫薇红湿水仙祠。小桥独立了无语，瞥见林梢升曙曦。”

在这首诗中，李叔同表现得如怨如慕，如泣如诉。漂泊在外远离故国的人，心有所思，凌晨出门要到哪里去？夜空还有三五颗星散发清幽的光，一钩残月像眉毛般纤细。荷花池里荷叶已经枯黄，水仙祠旁紫薇正在盛开。独自站立小桥，默默无语，看见树林梢头露出了曙光。

加入诗社不久，随鸥吟社在上野公园三宜亭举行月度例会，森槐南主持并讲了李商隐的《送千牛李将军赴阙五十韵》，会后成员们诗歌接龙，大久保湘南开头“星河昨夜碧沄沄。李叔同作第五句“仙家楼阁云气氲”，最后一句由森槐南结束“故乡款段思榆枌”。

这年九月，李叔同考入东京美术学校，一来因为学业繁忙，二来要筹划“春柳社”的演出，参加诗社的活动越来越少，逐步淡出诸位诗友的视野。

接受媒体采访

清末民初，东渡日本求学的美术学子，是西洋画在中国引进传播的开拓者和先行者。他们怀着艺术救国的壮志踏上异国他邦，积极主动从事西洋画的引进传播以及新艺术教育运动。对开创艺术新纪元的渴望与努力，使他们脱颖而出，成为中国现代西洋画的开路先锋。李叔同就是这样的艺术先行者。

一九零六年九月，李叔同如愿考入东京美术学校西洋画科，师从黑田清辉、中村胜志郎学习西洋画。李叔同入学的正名叫李岸，别署为李同、息霜，用此二名会友。按照东京美术学校的规定，本科生的资格可以通过两种途径获得：一、每年三月通过预科考试而成为预科生，四到七月学习后通过第二次考试在九月成为本科生。二、专科在九月通过一次考试直接成为本科生。

这一年报考东京美术学校西洋画预科者有六十七人，合格者三十人，以后成为本科生者二十三人。西洋画专科的考生中，包括日本人在内共有三十名，合格成为本科生者只有五名，其中有李岸（李叔同）、曾延年，还有两个日本人、一个印度人。

从数字上看，预科的合格率为百分之三十四。撰科只有百分之十七，可见撰科的竞争比预科激烈一倍。李叔同选择撰科的途径，证明了他的实力。

此时的李叔同已经完全“日化”，睡的是榻榻米，吃的是生鱼片，喝的是清酒，讲的是日语。早晨起床，先沐浴，然后小盅饮茶。说话之声，低如昆虫。有客到访，弯腰到地，满脸谦卑的笑容。他的房东是日本人，觉得这位清国留学生作息时间非常规律，早睡早起，画画练琴，但他非常孤独，因为他很少邀请朋友到家中做客。

在这一年，李叔同在出租房内接待了东京《国民新闻》的采访，事后该报第五版以《清国人志于洋画》为题，报道了李叔同在东京美术学校学习的情景，并刊登了他身着西装的照片和一幅速写插图。

报道称，最近因为听说一位叫李岸的清国人考入美术学校，而且专学洋画，所以记者赶快冒着秋雨走上谷中小道，访问了下谷上三崎北町三十一番地……一走进那不像正门的正门，只见一间三叠大小的门房间，有一根并无装饰的粗削的柱上，挂着一顶麦秆编的帽子。经过一声招呼之后，从里屋出来一个女人，看来像是女佣似的一个矮小的半老的妇人。

记者：“李先生在家吗？”

听到记者一问，从邻室飘然漫步出来一位身材有五尺六寸的魁梧大汉，后来知道这位就是李岸先生。

看了记者的名片后李叔同说：“是槐南诗人的新闻社吗？”

记者:“是的,槐南先生的诗也常刊登,您认识他吗?”

李叔同:“是的,槐南、石埭、鸣鹤、种竹诸诗人,都是我的朋友,我最喜欢诗,一定投稿,请赐批评。”

记者:“乐器怎么样?”

李叔同:“正学拉小提琴,以外大概都搞一下,其中最喜欢的是油画。”

喝了一杯茶之后,李叔同一面说明贴满壁上的黑田的裸体画、美人画、山水画,中村及其他的画等,一面引记者进入里面六叠的房间,得意地介绍了旧几上苹果的写生。

记者:“真是潇洒的笔致啊。”

那位女佣听了从旁插了一句:“那是早上刚刚一气画成的。”

李叔同谦和地说:“是的。”

从这则《清国人志于洋画》新闻中,不难发现李叔同“专学洋画”的用功程度,他不但在壁上贴满了日本著名油画家黑田清辉的裸体画、美人画、山水画,而且还“一气画成”了潇洒笔致的苹果写生,说明此时李叔同已具有成熟的西洋画表现技术和写生能力。

李叔同在东京美校期间,先后绘制了大量西洋油画和水彩画。西洋油画有《停琴》《朝》《静物》《昼》等。水彩画有《沼津风景》《山茶花》。木炭画有《乐圣比独芬像》《少女》。油画有《自画像》《花卉》《浴女》等。

其中手绘的《沼津风景》明信片完全依靠色彩塑造形体,讲求空间、调子、形体、结构。按照西方外景写生作画,具有明显的印象画派的理念和风格。李叔同将其寄给当时身在天津的忘年之交徐耀庭,上有文字:沼津,日本东海道之名胜地。郊外多松柏,因名其地曰“千本松原”。有山耸于前,曰爱鹰。山冈中黄绿色为稻田之将熟者，田与山之间有白光一线,即海之一部分也。乙巳十一月,用西洋水彩画法写生,奉月亭老哥大画伯一笑。弟哀,时客日本。落款印章文字是“三郎”。

《山茶花》枝叶类似没骨画的点染,构图采取中国画折枝花卉的样式,画面大量留白,加之下面的题跋,使其具有浓郁的东方神韵。

《少女》人物长发垂肩,眼帘微启,若有所思,表情丰富。可见出作者熟练的素描技法,用笔生动,手法概括,但不失于空泛。

《浴女》画中妇女半裸,坐在椅上,双手扶把,眼睛微闭。为印象派之作风,近看一塌糊涂,远看栩栩欲活,非有大天才真功力者不能也。

李叔同将西洋画法与水彩画融合,从而创作出极具中国特色的画风,无疑是大胆的尝试,这种自觉、自悟非常人可比。

此时的李叔同,对绘画的理解已经比一些评论家还要精深,他在《水彩画法略说》篇首中开宗明义地写道:“西洋画凡十数种,与吾国旧画法稍近者,惟水彩画。爰编纂其画法大略,凡十章,以浅近切实为的,或可为吾国自修者之一助焉。”

非常明确地阐述了纂写水彩画法的目的,是他发现西洋画种中水彩画与中国画在工具、材料和画法上的近似,可以帮助国人容易自学水彩画，促进水彩画在中国的广泛传播。

李叔同在《图画修得法》中这样阐述个人独到的理解。看见一幅画，必定生出一种特别的感情。或者严肃，或者滑稽；或者激烈，或者和蔼；或者高尚，或者潇洒；或者活泼，或者沉着。凡是我们所生发的感情，就是画所要表达的精神。精神千变万化，不可单从一个方面去把握。竹茎的硬直，柳枝的纤弱，兔子的轻快，小猪的鲁钝，其现象虽然相反，其精神正因为相反而体现出来。只有不带偏见去追求，才是正确的。故作画的人一定对于物体的性质、习性、动作仔细研究，然后再拿笔画出来，才差不多可以近似。

讨论画与画面的关系叫作位置法。普通的画法，画面上方留的空白，常比下方多。特别的画法，像飞鸟、氢气球等物，其自然的性质偏向于上方，就应该在下方多留空白，与普通的画法正相反。又比如主位偏在一方，有一部分旁出，那些旁出地方的空白，应该多于主位。其他的还有，面向左方的人物，左方多留空白；面向右方的人物，右方多留空白。位置的大略，基本上是这样……

这一年，身在异国他乡的李叔同在繁忙之余，非常思念远在上海的老朋友许幻园。他在给许幻园的信中写道："幻园吾哥，弟自入东京美术学校后，每日匆忙万状，久未通信，希望多多见谅。前段时间，《国民新闻》将弟之肖影画稿登出，兹奉呈一纸，请笑纳。"

爱人福基

经房东介绍，日本姑娘福基来到李叔同的住所。她素装淡抹、身材苗条、风姿卓绝。年龄不过二十岁，害羞地低着头。

福基轻声地说："请问先生，是这里招聘模特吗？"

待她抬起头来，李叔同觉得高度、曲线、脸型都符合标准，做模特再合适不过。想到这里，李叔同微微点了点头。

李叔同答："是的，自我介绍一下，我是东京美校的学生，来自中国。我是学画的，需要一位模特，如果你愿意，咱们可以谈谈。"

李叔同带福基参观他的画室，福基看得目不暇接。

李叔同说："这是我的画室，每周六的下午三时到五时作画，你来做我的模特。报酬不是问题。不过，你要考虑清楚，我说的模特，是指人体模特，需要全身裸露的。"

福基沉默许久，轻轻地说："我愿意。"

李叔同说："太好了，从这周起，你按时来即可。咱们一言为定，你可不许后悔噢！"

第一次人体写生，福基斜倚在沙发上，肘下放着几册日本书，她柔和的目光凝视着一张西洋油画。油画上是一个女子半裸的画像，画中女子体态丰腴，长发披肩。李叔同抓住福基凝思的侧影，拿起画笔，在画布上涂抹……春日的阳光安静地泄到画室内，一对年轻人作画的场景，构成另一幅精彩的油画。

一个细雨绵绵的午后，李叔同和福基打着伞，漫步在东京美术学校的校园。此时学校的广播里传出一阵哀婉的歌声，李叔同不禁停下脚步，抬头向不远处的一座湖望去。

那首歌的歌词大意是："深秋夜阑，旅途天空。寂寥的回忆，一个人忧愁。怀恋的故乡，亲切的父母。走在梦中，回故乡的路。深秋夜阑，旅途天空。寂寥的回忆，一个人忧愁。风雨敲窗，梦被打破。遥远的他们，心迷惘。怀恋的故乡，亲切的父母。思绪涌来，树梢动。风雨敲窗，梦被打破。遥远的他们，心迷惘。"

李叔同："那歌声好像是从湖中冒出来的，充满了淡淡的哀愁，让我想起了我的故乡，我的母亲，以及很多旧事……我非常喜欢这首歌。"

福基："这首歌的作者是个美国人，名叫约翰·奥德威，歌的名字叫作《梦见家和母亲》。"

李叔同："但是我觉得，它更富有东方韵味。"

福基："你不愧是音乐家，就在不久前，日本歌词作家犬童球溪采用《梦见家和母亲》的旋律填写了一首名为《旅愁》的歌词，就是正在播放的这首歌曲。犬童球溪是兵库县的一名中学教师，他在学校实践西洋音乐教育，却遭到学校和家长的反对，过得并不顺心。你仔细听，这首歌就唱出了他当时的心境。"

李叔同:“我没听过美国人的原作,但觉得这首《旅愁》非常好,因为里面有故土和双亲。”

福基:“请问,你在清国,还有哪些亲人?”

李叔同:“父母已经去世,家中还有同父异母的二哥……”

福基:“那……你的妻子，一定也是一位温柔贤惠的女性……”

李叔同:“我既是丈夫,也还是两个孩子的父亲。”

福基:“听说在你的国家,有钱人可以娶三妻四妾……”

几天后,李叔同根据《旅愁》的曲子重新填写了中文歌词,他将歌词工整地写在一张纸上送给了福基。

歌词:“西风起,秋渐深,秋容动客心。独自惆怅叹飘零,寒光照孤影。忆故土,思故人,高堂念双亲。乡路迢迢何处寻,觉来归梦新。”

福基:“比起犬童球溪的歌词，你填写的更加有词的韵律,也更有意境,其中思念故乡的情感非常感人。”

李叔同:“我现在就弹琴,把这首歌唱给你听。”

听完歌之后，福基沉浸在忧伤的氛围中久久不能自拔，她幽幽地说道:“真希望此生有幸,能听到你专门为我写的一首歌。”

李叔同手指优雅地划了一下琴键,深情地看着福基:“定会为你写一首天下传唱的歌。”

表演得到专家肯定

一九零六年冬，李叔同与中国留学生曾延年等人在东京创办话剧团体“春柳社”，这是中国最早的话剧团体。一九零七年初在东京上演的话剧《茶花女》和《黑奴吁天录》，被史学家定论为中国话剧史开端的标志。

当时日本的新派剧颇为兴盛，早在中国登台票演过戏曲剧目的李叔同，对这一新颖的表现形式产生了极大的好奇心。在中国留学生中，曾延年与李叔同爱好相同，功课之余经常观摩日本的新派剧，并同日本戏剧界人士有来往。话剧逼真的舞台布景，写实的演剧内容，耳目一新的舞台效果，都与中国戏曲的唱念做打截然不同，一种从事新剧试验的欲望在他们心中油然而生。

为探讨各种艺术的发展规律，表现形式，风格特色，李叔同和曾延年在日本发起成立“春柳社”，专门从事诗文、绘画、音乐、演艺的研究，探求艺术的发展，并发表简章。

宣布演艺部的职责为，每年春秋举办演艺大会二次，每年春秋刊行杂志二期，于东京下谷区池之端七轩町二十八番地钟声馆设立事务所，由李叔同任编辑兼理日常事务。

春柳社成立不久，中国苏北徐州一带洪水泛滥，数十万人无家可归，日本大阪当时的《每日新闻》进行了报道。春柳社成员们一看到国内这条消息，连夜在清国留学生会馆召开紧急会议，做出举行“赈灾游艺会”，演出话剧《茶花女》，为国尽责，为民尽义的决定。

一九零七年二月，春柳社进行了建社以来的第一次公演，演出剧目为小仲马名剧《茶花女》选幕。李叔同男扮女装饰演《茶花女》中女主角玛格丽特，忍痛剃去心爱的小胡子，头上戴着鬈发假头套，身穿西式拖地长裙，一条裙带紧束腰身，使得瘦长的身材更显得婀娜多姿。

身着戏装的李叔同，两手托腮，稍向右倾，眉峰微蹙，眼波斜睇，逼真地再现了茶花女妩媚柔弱、哀凄无告的神态，成功地塑造了这一光彩照人的悲剧女人形象，因此，李叔同成为中国话剧舞台上第一位男扮女装的演员。

演出结束后，现场涌起雷鸣般的掌声。日本戏剧评论家松居松翁盛赞本次演出，中国的俳优，使我最佩服的，便是李叔同君，当他在日本，虽仅仅是一位留学生，但他所组织的春柳社剧团，在东京上演《春姬》（即《茶花女》）一剧，实在非常好。不，与其说这个剧团好，不如说这位饰春姬的李君演得非常好……

松居松翁认为，脚本的翻译是很纯粹的；化妆虽简单一些，却完全是根据西洋风俗的；当然和普通的改成日本风的有些不同。话剧中的中国语，又和法语有相像的地方，因此，愈使人觉得痛快。尤其是李君的优美婉丽，绝非日本的俳优所能比拟。

松居松翁清楚记得，他当时看过以后，顿时又回想到孟玛小剧场所见裘菲列表演的春姬，不觉感到十分的兴奋，竟跑到后台去，和李君握手为礼。

松居松翁是戏剧评论家，曾看过西方高水平的话剧演出，在此他以一位老艺术家的身份评论中国留学生的演出“超出了日本新派剧的演员”，对中国留学生初次演出给予肯定和鼓励，也是对李叔同演技的首肯。

《茶花女》连演数场，收入全部寄回祖国，捐助了灾区人民。春柳社的全体同仁初次在台上的艺术实践，收到意想不到的成功，使大家领悟到“话剧原来是采用这样一个绝妙的好方法”的诀窍，首次演出便能为自己的祖国做出贡献，越发激起大家演话剧的积极热情。大家决心充分利用戏剧在社会所起的作用和影响，以演话剧的形式，抨击不公平的社会，反对压迫，反对侵略，探索人生，寻求救国救民、振兴中华之道。

《茶花女》的演出成功，扩大了春柳社的影响。除了中国留学生外，还有日本学生和印度学生也相继加入。李叔同、曾延年等人决定继续尝试，改编斯陀夫人的《黑奴吁天录》。

一九零七年五月，春柳社进行了第二次公演。李叔同再次男扮女装，饰演的解而培夫人体态窈窕、台步优美、性格鲜明、酷似西妇。其细腻真实的表演，好评如潮。日本评论家肥春曙评论道，春柳社这次演出，已远远超过日本新派剧名流的表演。

春柳社第三次公演反响一般，作为骨干的李叔同受到观众的非议，让他演戏的兴致便渐渐地淡下去，懒得登台。

虽然春柳社如彗星般划过天际，但却留下美丽的光痕，且异常夺目。从某种意义上讲，春柳社深受日本新派戏剧的影响，且从中吸取了养分。首先，留日学生为考取日本高等学校而学习日语，但在教室里学日本话太枯燥，就常常去剧场，边看日本戏（新派剧）边学日语，渐渐地对日本的新派剧产生了兴趣。在排练过程中，春柳社成员得到过日本新派剧名演员的指导和帮助。李叔同等人与日本戏剧界及新派剧演员藤泽浅二郎、松居松翁等人都有过密切的交往。

其次，春柳社演出的剧目受到日本新派剧的影响。日本新派剧采用欧洲话剧的形式（主要是浪漫派）做政治宣传，反映社会问题。春柳社演出的《黑奴吁天录》《热泪》《猛回头》《社会钟》等剧都取材于新派剧作家的作品，但又有不少是模仿新派剧，带有浓厚的浪漫色彩。

此外，春柳社的演员在表演上大多是学习或模仿新派剧演员的风格。他们认为，戏剧是社会教育的工具，作为反抗社会的一种方式，以达到改造社会的政治目的。

相信爱，跟我走

一九一一年春，通过毕业考试的李叔同准备回国，考虑到纳妾之事还没有正式通知家中，李叔同决定先回国与妻子和二哥商量。待处理好一切之后，再带福基回家，这样比较稳妥。

毕竟是要到陌生的国家，况且，还要面对李叔同的兄长和妻儿，福基心中难免忐忑，所以她接受了李叔同的建议。

一个樱花盛开的午后，李叔同与福基漫步在铺满花瓣的林阴小路，福基看上去有些不安。

李叔同轻轻握着福基的手说："我们一起回国，先到上海租一栋房子住下，剩下的事情由我来解决。"

福基："毕竟……对于传统的清国人，再娶一位妻子，是要经过家长和原配夫人同意的，万一家里不同意可怎么办？"

李叔同："我的父母已经去世，所谓家长，就是我同父异母的二哥。二哥是老派文人，讲究传统和规矩，当初阻止我去世的母亲进入李家祖坟，我们发生过激烈的争吵。后来，因为我的坚持，他还是妥协了，并不是因为他惧怕我，而是他认为，那件事我做得无错。我猜想，他之所以阻止，是做给别人看的。我们的父母都已去世，只剩下兄弟相依，我想，他是爱我的，不会强加干涉，最多埋怨我几句而已。"

福基:“那你的夫人和孩子们呢?对他们来说,毕竟……我是一个外来者。”

李叔同:“我的妻子俞氏是一个通情达理之人……相信我。”

福基:“其实,以你优异的学习成绩,非凡的艺术才华,完全可以在日本谋职,没有必要回国。”

李叔同:“日本再强,也不是我的国,日本再好,也没有我的家。当初那么多中国留学生到日本学习,他们学金融、学科学,学医学,学军事,但却没有几个学艺术。因为艺术剥离了功利,无法让他们回国后当官发财。正因为如此,我才主动学绘画、学音乐,我认为唯有艺术才可以启迪祖国那些麻木之人的心灵,它的感召力并不比其他学科小。”

福基:“你回国后有什么打算?”

李叔同:“用我所学的艺术投身教育事业,将来创办一所艺术大学,让艺术的星火传遍中国的角角落落。”

福基:“你有一颗爱国之心,让我深深感动。”

李叔同:“我们每一个人都应该爱国,更应该爱每一个人,爱无国界,艺术无国界。拿什么去爱?给他们最需要的东西,最美好的东西,这才是爱。”

福基:“可是你的身体并不好,肺病需要静养,不可太劳累。”

李叔同:“二十岁左右我就患上了神经衰弱,现在不也挺好的吗?肺病也不是要死的病,只要按时休息,应该没有大碍,我会多加注意的。”

福基:“你是一个做起事来不要命的人。”

李叔同:“我的命不是自己的,是所有爱我的人的,放心,我会爱惜自己。”

福基:“希望一切顺利。”

李叔同:“请相信我,等我回来。”

李叔同设计的杂志封面

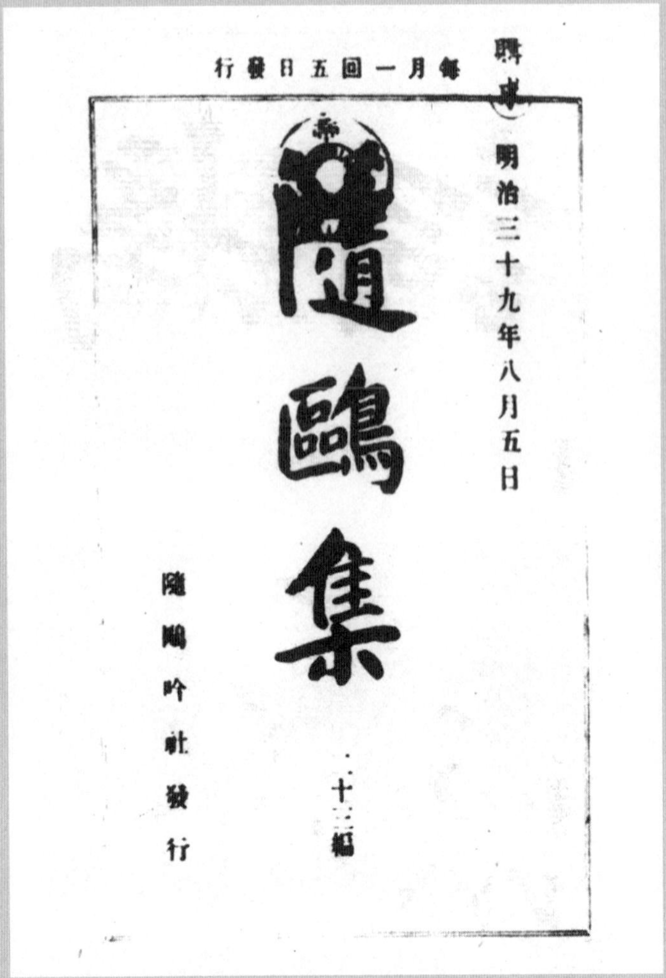

李叔同在《随鸥集》上刊登诗作
该图片为《随鸥集》封面

《白马会画集》封面，其中收录李叔同画作

李叔同日本留学期间画作

日本留学时期的李叔同

李叔同与曾延年剧照

水彩画《沼津风景》正面

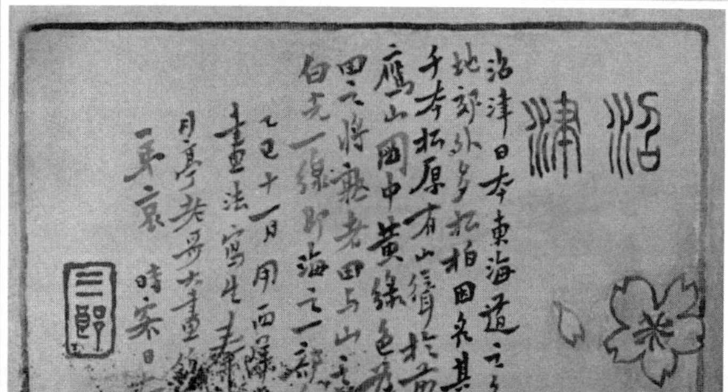

水彩画《沼津风景》背面

此后李叔同在上海《太平洋报》副刊担任编辑和广告部负责人。经过几个月精心筹划，李叔同以《〈太平洋报〉破天荒最新式之广告》的通栏大标题，在《太平洋报》一九二一年四月一日创刊号，第一版的下方全文连续三天刊出。以此向社会各界宣布，此举为上海四十年来所未见，中国开辟以来四千余年所未见。

广告语极具煽动性，这也符合青年李叔同与时俱进、大胆创新的精神气质。广告登出，立即轰动上海报界，也轰动中国各地的企业，纷纷前来洽谈广告业务。创刊当天，接到广告订单上百件，第一炮打响了。很多商家都是冲着李叔同去的，因为他制作的广告可以有效地促进销售，将产品的价值利益最大化。

难以启齿的爱

一九一一年三月，李叔同凭借总分第一的成绩，毕业于东京美术学校，结束了为时六年的学业。四月李叔同独自回天津与亲人团聚。

天津塘沽码头，初春的冷风吹拂在李叔同的脸上，刚下船，他便看见了人群中迎接他的妻儿。

俞氏接过李叔同手里的皮箱，轻声问道："路上一切顺利吧？"

李叔同左手牵着长子李准，右手牵着次子李端，边走边回答道："还算顺利，几年未见，两个孩子都长这么大了，辛苦你了。"

俞氏："再不回来，孩子们都快忘记你长什么模样了，老大自从上次坐船染了风寒，一到冷天就咳嗽，老毛病了，不好治愈。老二五岁，已经认识很多字，会背《三字经》《千字文》。"

李叔同："我这次回来，先在天津找份教师的工作，后面的事也说不好。"

到家之后，李叔同把曾住的"意园"与洋书房精心布置一番。园内添置了竹盆、华缸、石榴树、水石盆景。书房内添置了钢琴、中式家具、四周墙壁悬挂旅日所绘油画。还将福基做模特的裸体油画挂了出来。

这天傍晚，俞氏来到洋书房，看着墙上的那张裸体油画欲言又止。李叔同看出了俞氏的难言之隐，他知道，是时候说出他和福基的事了。

俞氏："那一年，咱们的儿子李准出生后，你为我写过一首词，你还记得吗？"

李叔同："梧桐树，西风黄叶飘，夕日疏林杪。花事匆匆，零落凭谁吊。朱颜镜里凋，白发悉边绕。一霎光阴底是催人老，有千金也难买韶华好。"

俞氏："我家是经营茶叶生意的，自小也上过私塾，你的这首词我读懂了。"

李叔同："上海那六年，是我人生中最快乐的时光。"

俞氏："自从婆婆病逝以后，你就离开家去日本留学，我知道，你是为了逃避。所谓的出国留学，不过是借口罢了。我到底哪里做得不好，让你如此厌恶？"

李叔同："我想到外面散散心，并非是躲着你。"

俞氏："所以你就又纳了一房小妾，是这样吧？你纳妾我管不了，但你至少要提前告诉我一声，我毕竟是你的结发妻子，你连这一点尊重都舍不得给我吗？"

李叔同："人是会变的，每一个阶段有每一个阶段的变化和需求，在东京的六年，除学业、演出之外，我还认识了一位日本姑娘，后来我们结婚了……"

俞氏站在那幅油画面前仔细端详，忽然笑了："画上的这位姑娘，就是你的那位新欢吧？你为她画了一张画，我能感觉到，你非常爱她。”

李叔同：“你们都是我爱的女人，希望你们可以友好相处，她背井离乡，无依无靠，跟我来到中国，我相信你不会为难她。”

俞氏凄然一笑：“最好的解决方式，就是不要让我跟她见面，免得发生不必要的摩擦。但是，她未必能进李家的门，这还需要你去求二哥。当然，如果她不在意这个名分，倒也无所谓。”

李叔同：“二哥那边由我去说。谢谢你的大度，这让我感到非常自责。”

俞氏：“从婆婆去世的那天起，我就知道，今后在这个世界上没人再能管得了你。所以无论你做什么，我都无条件支持，然而纳妾这件事，我不支持也不反对。只希望你要记得，你的家在天津，你还有两个孩子，你要承担一个做父亲的责任。”

李叔同：“谢谢你的通情达理，无论我跟谁在一起，我依然是你的丈夫，依然是两个孩子的父亲。”

俞氏再未多言，默默地走出洋书房，那一刻，她知道自己再也无法挽回丈夫那颗游走的心。与其绑架爱情，倒不如索性放手，说不定双方都可以活得自由一些。

看着俞氏的背影，又看了看画中的福基，李叔同的心情有些黯淡，他站起身去找二哥商量纳妾之事。

在天津谋职

几年前阻止李叔同之母入宅一事，让兄弟二人心有嫌隙，李文熙也彻底了解三弟说一不二的性格。所以当他听说李叔同纳妾，并没有反对，只是说要处理好与俞氏的关系，尽量减小对她心灵上的伤害。

李文熙问李叔同下一步如何打算？李叔同坦言，到家之后重新装修意园，本来是想过段时间接日本妻子回老宅居住，现在恐怕是不太可能了。自己也许会与日本妻子在上海安家落户。

李文熙希望兄弟留在天津，他特地到严修公馆登门拜访，一起磋商筹划，为弟谋求更适合之职位。严修是李叔同少年时代的忘年交，严家和李家也是世交，所以严修非常重视这件事。

四月中旬，严修与天津教育家林墨青，一起又去见在滦矿公司天津总局任职的李叔同的老师赵元礼，在赵元礼处严修遇到前来拜访的李叔同。

诸友久别重逢，叙新话旧，畅谈留东学习生活诸事，泛论津门人事变迁之种种，并探讨李叔同今后在天津谋职发展之打算。

严修告诉李叔同，其时之天津，是全国新式教育最发达的地区之一，截至 1911 年，天津办有大学堂一所，高等学堂三所，中学堂七所，男小学堂八十九所，女小学堂二十三所（包括中小学），其他各类学堂二十四所，外国人创办的学堂六所，豢养院三所，共计一百五十六所。

新式学堂的开办，需要大量的师资，尤需精通西学实用诸科之教师，像李叔同这样的艺术科老师在各校中更是奇缺，学校大都通过延请外籍教师，以解燃眉之急，而李叔同的归去来兮，自然会成为学界争相邀请以事教职的热门人选。

其中天津直隶高等工业学堂，是由袁世凯一手促成的官办新式学堂，设正科、速成两类，正科学业年限为预科二年、本科三年；速成科学业年限为预科一年、本科二年；有化学、机器、图绘等科，辟染色、织染、木工、金工、造纸、制革、制碱、化学制造等实业工场，教职员中近三成是日本、英国等外籍教员，生源亦较广，有三成学生来自直隶外的十多个省份。

校长邢端是贵阳人，毕业于日本大阪高等工业预备学校及东京法政大学，与李叔同有着同样的留日背景，相信邢校长对李叔同一定求贤若渴。

晚上，李叔同的好友，任职于玉皇阁初等工业学堂的周啸麟在"德义楼"宴请李叔同，并约严修、赵元礼、林墨青等一起作陪，为李叔同接风洗尘，兴致不减日间，直至九时方才散去。

一周后，赵元礼、直隶高等工业学堂教务长顾石臣，直隶水产学堂校长孙凤藻和林墨青等人，相继来到严修府上就聘请李叔同出任直隶高等工业学堂教职等事晤面相商。谈毕，严修在家里招待各位共进午餐。餐后，众人又到坐落于粮店后街六十二号的李宅，登门拜访李叔同，就李叔同任教职诸事相谈半日，直至傍晚。次日上午，为落实李叔同任教职一事，严修先去高等工业学堂晤见校长邢端、顾石臣、陈承修、赵元礼等，又去水产学堂找孙凤藻，紧接着再去初等工业学堂访周啸麟和李绍莲，意在促成李叔同赴任直隶高等工业学堂图绘教员一事。

四月二十六日，李叔同一早便登门严修府上，允诺就任直隶高等工业学堂教员一职，但亦有前提条件若干，言校方须满足李叔同提出的三条要约后方可赴任教职：一、课程须己所长者方可担任；二、到堂须暑假后；三、每日钟点须不过三小时。

四月二十七日，教务长顾石臣与校长邢端商议后答应了李叔同所提诸条件，决定拟聘李叔同为直隶高等工业学堂图绘教员，当天下午顾石臣即往严修寓所，将校方的决定告知严修，请严修代为转达至李叔同。

二十八日上午，严修直奔李宅去见李叔同，将邢端、顾石臣捎带之话尽数转陈。李叔同谋职直隶高等工业学堂一事，在严修的用心经营下，至此终于圆满。

李叔同于四月底，在天津办妥出任直隶高工学堂图画老师之职聘后，再度返赴日本。这年八月，李叔同在上海安顿好日本妻子后，再次回到了天津，开始了他在直隶工业学堂的图案教师生涯。

重返上海

一九一一年十月，武昌起义，一九一二年一月，中华民国临时政府在南京成立。统治中国二百九十六年的清政府退出历史舞台，长达两千年之久的君主专制制度终结。随之而来的是军阀割据的民国乱世。中国北方，革命党热血激进，辫子兵到处流窜，天津大街小巷充斥着死亡的气息。

行医归来的李文熙急匆匆地推开门，一副受到惊吓的样子，呆呆地看着李叔同："三弟，变天了，这场革命，让天津的盐商都垮掉了。咱家入股的义善源钱庄全部投资于盐业，这场变故，家里损失五十万白银，五十万，足可以让李家倾家荡产。"

李叔同："不是还有源丰润号钱庄吗？先拿钱救急。"

李文熙："祖辈用血汗经营得来的财富，就这样葬送在我们这一代的手里，真是愧对列祖列宗啊。钱庄？你说的钱庄估计也马上倒闭，最后能留下一座宅子就不错了。"

看着李文熙面临绝境的沮丧，李叔同劝解道："大难不死必有后福，相信李家可以渡过这一劫，我们不可能就这么倒下的。"

李文熙："三弟，从明天起，我们就是名副其实的落魄子弟，养活这一大家子的重担，就要靠我们兄弟来扛了。”

李叔同紧紧地握着李文熙的手，那一刻他心里五味杂陈，多年来在期许的“革命”，没想到最终让自己遭受破产和失业，那种复杂的感觉难以言说。接下来，他要面对的是赚钱养家，确切地说是要养活天津的家和上海的家，这对于养尊处优的他来说，无异于赶鸭子上架。好在李叔同已经做好了心理准备，他坚信，凭借自己的才学养家糊口还是没有太大问题的。

这一天，“天涯五友”之一的袁希濂前来探望李叔同，袁希濂在天津司法部门任职。两位老朋友在意园畅谈，许幻园仕途不顺，混得很惨，还需父母接济度日。蔡小香忙于悬壶济世，少有联系。张小楼去了扬州，联系甚少。一别数年，聚合离散，数次哽咽，唏嘘感慨。

就在李叔同举步维艰之际，收到上海挚友杨白民寄来的邀请信，诚邀李叔同任教城东女学教国文。困境之中的李叔同思前想后，最终决定重返上海谋职。李叔同的出发点是，很多人脉都在上海，有份工作可养家，最主要的是可以与福基相聚。

“沪学会”期间，李叔同在同学黄炎培引荐下，结识了城东女学校长杨白民，两人很快引为知己。李叔同在日本留学的时候，杨白民曾利用赴日考察的机会与李叔同相聚，交谈中透露出将来一起共事的设想。

李叔同在东京求学期间，曾给杨白民写过四封信，每一封信中都可以看出两人关系非同一般。

第一封信写于一九零五年，李叔同告诉杨白民，如果愿意到天津调查学务，他可以写信介绍。当时天津教育界严修、赵元礼等重要人物都是李叔同的好友，协助杨白民做教育考察可谓举手之劳。

第二封信写于一九零六年，李叔同信中附带着一封介绍信，嘱咐杨白民，到天津直隶高等工业学堂考察，可以去找他的朋友周啸麟，都是自己兄弟，定会鼎力帮忙。

同时，李叔同又给周啸麟写信嘱托，他的朋友上海城东女学校长杨白民先生，近日到天津参观学务，希望周啸麟能陪同前往。杨白民人生地不熟，讲的南方话天津本地人又听不懂，一定要多加照应。

第三封信写于一九零七年二月，李叔同收到了杨白民寄来的学报，称杨白民约稿尽快完成寄回上海。

第四封信写于一九零七年八月，李叔同回忆了不久前与杨白民在东京欢聚的美好时光，并称，近日东京酷热，温度实在高得难以想象。

留学期间，李叔同给城东女学校刊《女学生》发表了四篇文章，其中《艺术谈》三篇，《释美术》一篇，以实际行动支持杨白民办学。

《艺术谈》系列文章，李叔同结合在日本接受西洋艺术后的所思所悟，以及个人对于近代美术的一些真知灼见。谈到近代美术与科学技术的关系、中西美术画法的异同及其各自的旨趣等等，较为系统全面地梳理了近代美术的特点与发展状况。

李叔同谈道，天地万物，皆具自然之美。凡吾人目所见者，可以自由摹写。其摹写之美恶，实与其技术之巧拙相关系。非自然物有美恶之别也。故作画者首重视力，辨别宜精细。

对于自然物，宜忠实，不可杜撰。学画之人往往有中途辍业者，皆由于薄视自然。故取法自然，为学画者第一义。

趣味人各不同。名手画家有专写下等社会之形状，及污秽之物者，然其趣味自高雅。盖绘画之趣味虽关于天然物，亦关于作画者之素养。记忆力亦重要。太阳之光线随时变化，吾人所见之自然物亦因之变化。无记忆力，必不能画瞬间之美。

在《释美术》这篇短小的文章中，李叔同阐述了自己心中所理解的“美术”，事实上，他对美术的理解也正是美术最真切、最本质的含义。李叔同在文章中，纠正了以往人们对美术的一些偏见和误解，从更广义的角度阐释了美术对于人类社会文明进步的积极作用。

在李叔同心中，美，就是好，就是善。宇宙万物，除丑恶污秽的东西外，无论天然、人工，都可以称为美术。日月霞云，山川花木，就是天然的美术；房屋衣服、交通工具日常器物，就是人工的美术。自然中没有美术，则整个世界就是一片混沌；人世中没有美术，则人类就要灭亡。上古时代的人类，住在野外洞穴，发展到今日，文明日日进步。这是美术思想发挥了很大作用。所以凡是房屋衣服、交通工具日常器物，几乎被视为人生本来就有的，而不知道这是古人美术的遗物。古人既创造美术的物品，遗留给我们后人。后人模仿创造，每个人都竭尽心思智力，弥补前人的遗憾，日益进步，互相以美术竞争。美的胜，恶的败，胜败此起彼伏，而文明因此得以进步。所以说，美术，是文明的代表。观英、法、德等国，其政治、军备、学术、美术，都以同一程度，进步到最高的位置。他们视美术是奢靡，是妖艳，是外观美，都是狭隘片面的见解，不足以概括“美术”二字的含义。术，就是方法。美术，就是追求好的方法。人不要好，就没有什么顾忌；物不要好，就没有进步。

杨白民的邀请等于是雪中送炭，既然天津无立足之地，倒不如到上海去谋生，于是李叔同辞别家人再次踏上上海滩。这一次辞别天津，再也没有返回。

广告先行者

一九一一年末，《太平洋报》在上海创刊。姚雨平任社长，朱少屏任经理，叶楚伧任总编，柳亚子任文艺主笔。报纸急需一个广告负责人，朱少屏推荐朋友李叔同。

朱少屏早年留学日本，在东京观看“春柳社”的演出，那时就与李叔同相识。柳亚子久闻李叔同大名，对李叔同早年在津沪两地以及日本的艺事活动耳熟能详，能请到李叔同这样的人才加盟报纸，当然是求之不得。

李叔同接受了《太平洋报》的邀请，除了负责广告设计制作外，还担任副刊《太平洋文艺》的编辑。李叔同亲自为《太平洋报》题书报额，接着在副刊发表隶书笔意创作《莎翁墓志》：“好朋友！看上帝的面上，请勿来掘这里的骨灰。祝福保护这些墓石的人，咒诅搬移我骨的人。”墓志铭上有中英两种文字，并有“李叔同书”字样。

经过几个月精心筹划，李叔同以《〈太平洋报〉破天荒最新式之广告》的通栏大标题，在《太平洋报》创刊号，第一版的下方全文连续三天刊出。以此向社会各界宣布，此举为上海四十年来所未见，中国开辟以来四千余年所未见。广告语极具煽动性，这也符合青年李叔同与时俱进、大胆创新的精神气质。广告登出，立即轰动上海报界，也轰动中国各地的企业，纷纷前来洽谈广告业务。创刊当天，接到广告订单上百件，第一炮打响了。

李叔同对《太平洋报》美术广告设计的创新体现在以下几个方面：

首先是化繁为简，简单明了，突出视觉中心。运用比较粗壮的线条和黑白相衬的效果，使之醒目，突出主题。例如，广东《太平洋报》广告，主图案是粗重的黑色线条勾勒的树干，树干一侧的空白处突出“广东太平洋报”几个字。南社通信处广告，主图是两枝挺立的荷花，在花间写“南社”二字，用灰调子的衬地将主题突出。天津造胰公司广告，主图案是一株剪影效果的花卉，图中间用“开光”法，在白底上写黑字，简洁洗练，一目了然。

其次是画面优美清新，意境深远。李叔同的设计完全是手绘，不是描出和涂出的，更不是靠绘图工具描出的那种无生命的线和几何形。他不用刻板的点和线，而是讲究笔趣墨趣的生动性。例如，广东《太平洋报》和《太平洋报》启事以及各种文艺消息、文艺批评题花等，都既是图案也像黑白画。李叔同设计的美术广告，像是一幅画，这是他与众不同独具一格的地方。

再次是趣味性。为了照顾那些识字不多的读者，李叔同设计的美术广告图文结合，尤其是商行广告。《成记西式理发广告》中，他运用漫画的表现手法，勾勒出一个穿西装的外国理发师，正在与顾客交谈的场景，顾客的身后趴着一只等待主人的小狗，如此巧妙的构思，让读者看着就倍感生动有趣。

又次是书法篆刻融入其中。呈现在报纸上的广告，除了图案之外，字体的表现也非常讲究，有的字写得比印刷体都要标准，有的字则有篆刻的味道。李叔同很小就跟名师学习书法和篆刻，这些童子功成为他后期设计广告的基石。借鉴书法和篆刻来设计广告，这无疑是李叔同独具匠心的创意。

最后一点是正气。因为从小接受传统教育，所接触的又都是道德修养极高的名师，写字有精神，有个性，字风正。写诗有情怀，有情操，诗风整。刻印下刀准，角度新，印风正。设计广告也不例外，有意境，有内涵，不见洋腔洋调和市侩气味，风气端正。无论如何构思，如何渲染，如何设计，最后都不能丢掉本质的东西，那就是艺术的核心，不模仿，不流俗，有美感，耐寻味。

李叔同的艺术观点，美学观点，充分体现在《太平洋报》的广告版上。他设计制作的美术广告（包括书法广告），如果以单幅计算，共有二百五十多件，分为十一大项：一、《太平洋广告》；二、文化艺术活动广告；三、学校广告；四、社会团体广告；五、报纸广告；六、杂志广告；七、出版机构图书广告；八、医药广告；九、商业广告；十、禁烟广告；十一、其他广告。

其中为《太平洋报》所做的广告最多，其次是各地报纸和出版机构的广告。李叔同制作的这一批美术广告，其中包含了诸多历史信息。报纸广告一项中，涉及上海、北京、天津、广州、河南、沈阳、黑龙江、南京、扬州、安庆、烟台、杭州、绍兴、福州、汉口等省市和地区，可见《太平洋报》在当时的影响力，也充分证明了李叔同的广告制作能力,很多商家都是冲着李叔同去的,因为他制作的广告可以有效地促进销售,将产品的价值利益最大化。

编发《断鸿零雁记》

一九一二年四月，李叔同在《太平洋文艺》担任编辑，发表过旅日期间创作的漫画《曾存吴之面相种种》，李叔同将“曾”字绘成喜怒哀乐十二种表情，每一种面相都含有一个“曾”字。曾存吴指的是曾延年，曾与李叔同一起创办春柳社。接着又发表陈师曾等漫画作品，发布《征求滑稽讽刺漫画》启示，通过公开评奖的形式，推广中国漫画。

除此之外，李叔同还将南社社友苏曼殊的自传体小说《断鸿零雁记》在副刊推出。《断鸿零雁记》曾在南洋爪哇的一家华文报纸上发表过开头部分，李叔同此次把这部小说进行连载。应李叔同之邀，画家陈师曾为小说量身定做了几幅插图。

《断鸿零雁记》是一部自传体小说，写一个孤儿漂泊流浪，并到海外寻母的故事。作品写得凄楚动人，心理描写亦极细腻。小说根据作者苏曼殊的真实经历写成。

苏曼殊的父亲是茶商，母亲是日本人。母亲生下苏曼殊三个月后就离开了他，苏曼殊由其父带回国，单亲家庭的阴影伴随苏曼殊一生。

十五岁时，苏曼殊随表兄去日本横滨求学，顺便寻找生母。与日本姑娘菊子一见钟情。他们的恋情遭到苏家强烈反对。菊子投海而死，苏曼殊万念俱灰。回国后，苏曼殊去蒲涧寺出家。这些真实的经历，都被苏曼殊写到小说里。

孤独而悲惨的童年，成为一道阴影，笼罩苏曼殊的前半生，所以他自云："思维身世，有难言之恫""每一念及，伤心无极"。在《答萧公书》中他直言："不慧性过疏懒，安敢厕身世间法邪！惟老母之恩，不能恝然置之，故时归省。"

母爱是他在沉浮的人生中抓住的一根救命浮木，明知不能拯救他悲苦的人生，苏曼殊还是抓住死死不放，他一生是一只断鸿零雁，以一种寻找母亲的飞行姿态在失重的生命里四海为家，居无定所。

所以，苏曼殊以这样流浪的方式来追寻一种精神上的安慰，通过《断鸿零雁记》来自述自己的恋母情结，来缅怀母亲的温暖，小说一开始就具体描写了三郎对自己身世的疑惑以及对母亲刻骨铭心的思念："人皆谓我无母，我岂真无母邪？否，否，余自养父见背，虽茕茕一身，然常于风动树梢，零雨连绵、百静之中，隐约微闻慈母唤我之声。顾声从何来，余心且不自明。恒结辖凝想耳。"

不幸的苏曼殊，一生都沦陷在童年的伤痛中，出不得进不得，只能在虚幻的境界里，在文学的慰藉下，在自我性格的分裂中自我哀悼。

李叔同之所以编发这部小说，主要有两个原因。

第一，李叔同童年的经历与苏曼殊有相似的地方，比如出身于封建大家庭，父亲去世后与母亲相依为命，小小年纪还要面临母亲与其他太太争宠的窘境。更为巧合的是，李叔同是李家的三少爷，母亲从小就称呼他为三郎，而小说主人公也叫三郎。所以李叔同能从小说中产生情感上的共鸣，字里行间弥散的忧伤感染着他，可以闻出他童年的气味，让他对这部小说非常偏爱。

第二个，李叔同曾经写过一部名为《若人欤，若人》的小说（已失传），他对小说的创作技巧和处理方式颇有心得，也可以看出苏曼殊这部小说的优点和缺点，从而提出更为客观的评价。这部小说不属上乘之作，有许多地方，太不自然，太不写实，做作得太过。但主人公的故事却曲折离奇，荡气回肠，浓烈的情绪和沉郁的氛围，让小说具有直指人心的力量。是饱满的情感激活了这部悲伤的小说，这是李叔同喜欢的另一个理由。

经过李叔同的编发，《断鸿零雁记》被文坛关注，苏曼殊也借此成为名副其实的文学家。而两人的关系也仅限于编辑和作者的关系，并没有更加深入的交往。

南社与文美

在朱少屏介绍下，李叔同加入南社。南社是中国近代著名的文学社团。一九零九年十一月，由柳亚子、高天梅、陈去病发起成立于苏州虎丘。宗旨为：鼓吹辛亥革命，推翻清廷。活动中心在上海。社员总数一千一百八十余人，大多为同盟会会员，有“中国同盟会文学部队”之称。南社一九二三年解体，以后又有新南社和南社湘集、闽集等组织。前后延续三十余年。

南社的主要作家有柳亚子、陈去病、高旭、苏曼殊、马君武等。南社通过每年春秋举行社员雅集、编印社刊《南社丛刻》而展开文学活动。南社盟主柳亚子看重李叔同的才华，让他设计《南社通讯录》的封面，三天后李叔同将设计好的样稿送到柳亚子面前。那是两套封面，供柳亚子选。柳亚子觉得哪张都好，就说两张一起使用，一张放在封面，一张放在封里就是了。

加入南社后，李叔同要忙《太平洋报》编务，城东女学授课，后期又到杭州浙一师执教。只参加过四次活动。第一次：一九一二年三月十三日，上海愚园南社第三次雅集。第二次：一九一五年五月十六日，杭州西泠印社南社临时雅集。第三次：一九一六年九月二十四日，上海愚园南社第十五次雅集。第四次：一九一七年九月二十六日，会同二百零四名南社社员联名发表《公启》，提请社员仍选柳亚子连任南社主任。

李叔同在《南社丛刻》以李息、李凡之名，发表过《玉连环影·题陈师曾为夏丏尊绘小梅花屋图》《贻王海帆先生》《菩萨蛮·忆杨翠喜》《满江红·民国肇造杂感》等少量词作。

民国年间，文人浮躁，积习难改，风头最健的要数南社社友。柳亚子主持《太平洋报》期间，工作之余常常带着编辑们到歌场酒肆寻欢作乐，题诗品妓，彻夜不归。唯有李叔同孤高自持，绝不参与，他在那间狭小的办公室画广告，看来稿。此时的李叔同，似乎已看空色相了。因此，李叔同与南社的关系不远不近，若即若离。

此后，李叔同加盟《太平洋报》，将副刊《太平洋文艺》打造成为南社社员发表作品的重要阵地，报社成为南社成员组织活动的重要场所和社员聚会的大本营。

李叔同每次到上海，都能焕发出旺盛的艺术精力，这次也不例外。在《太平洋报》、城东女学工作的同时，他还联合叶楚伧、朱少屏、柳亚子、曾延年等南社成员成立文美会。文美会宗旨为：研究文学、美术为目的。每月雅集一次，内容包括展览作品、当庭联句、为书作画、名家演说、交换作品。

一九一二年五月，由李叔同策划主持，文美会在上海三马路天兴楼举行大会兼首次雅集。到会者有书画名家陈师曾、范彦珠、严诗庵、黄宾虹、吴昌硕、李梅庵等二十余人。大会议程包括三个方面：第一、到酒楼展室参观展品。包括会员提供的诗书画作交换品、出卖品、收藏品、共计数十件。第二、当场交换作品。由李叔同、曾延年主持，抽签决定交换者双方。

在场艺术家都有各自倾慕的对象，李叔同最想得到范彦珠的诗扇，恐担心抽签失败，不免心中惴惴。好在天遂人愿，范彦珠的诗扇终于落入李叔同手中。曾延年所得，是李叔同的书法。这种紧张活跃的气氛，让在场的每个人都感到新奇和兴奋。

第三是传阅李叔同新编的《文美杂志》，刊登作品全为会员手迹。文章有李叔同《李庐印谱序》、姚鹓雏《文美杂志序》、曾延年《与某记者论西洋书画》等。书画有曾延年《马》、陈师曾《太平洋广告图案集》、李叔同《盼》。

文美会创办将近四个月，终因李叔同分身乏术，不得不于六月并入国学商兑会。文美会的艺术活动宣告结束。

国学商兑会发起人有李叔同、叶楚伧、姚雪钧、柳亚子、胡朴安、余天遂、林百举、陈脱庵、周伟等，除文雪吟之外都是南社社友。会址先设在张堰姚家，后搬高燮闲闲山庄。其宗旨就是国学商兑会章程："扶持国故，交换旧闻。"

国学商兑会公开选出经史子文，评辑员各一位，常会一月一次，大会一年两次，会议主题是"讨论学术，发明文艺"。成立大会商定五项事务：一、向教育部立案。二、各省设立分会。三、沪上文美会并入本会。四、于本会先筹设藏书楼。五、每年出选集四册。

应聘到杭州

一九一二年八月，李叔同应经亨颐校长之聘，辞掉上海城东女学教职，转赴杭州浙江两级师范学校担任图工科和音乐科教员。这是李叔同一生的重要阶段，由于博学多能，多才多艺，因而威信超群，只要一提起他的名字，全校师生乃至工役没有人不起敬的。

经亨颐曾留学日本，接受过西式教育，深受法国启蒙思想家卢梭的影响，归国后立志改革封建教育。担任杭州浙江两级师范学校校长后，逐渐形成自己的教育思想，尝试推行教育改革各项措施。

经亨颐认为，师范生如果不具备高尚的道德品质，便不配为人师表。他主张用发展的眼光看待学生的品行，如先优而后劣，则劣；先劣而后优，则可不咎既往。品行优良的学生，在学期终了时可每人得奖学金。

这让李叔同想起在南洋公学时，老师蔡元培的办学理念，蔡先生在课堂上告诉学生们，中国的国民在极度痛苦中，还没有知道痛苦的由来，没有能站立起来，用自己的力量解除痛苦，这是中国的根本弱点。你们将来出校，除办学校之外，还要唤醒民众，开发民智。

蔡元培认为,艺术能养成人的一种美的精神。美育可以陶冶活泼敏锐之性灵,养成高尚纯洁之人格。听了一支歌,看了一张画、一件雕刻,或读了一首诗、一篇文章以后,常会有一种说不出的感觉;四周的空气会变得更温柔,眼前的对象会变得更甜蜜,似乎觉得自身在这个世界上有一种伟大的使命。这种使命不仅仅要使人人有饭吃,有衣裳穿,有房子住,他同时还要使人人能在保持生存以外,还能去享受人生。知道享受人生的乐趣,同时便知道了人生的可爱,人与人的感悟便不期而然地更加浓厚起来。

美感有两种,一为优雅之美,一为崇高之美,从容恬淡,超利害之计较,泯人我之界限,例如游名胜者,初不作伐木制器之想;赏音乐者,恒以与众同乐为快;这样的超越而普遍的心境涵养惯了,还有什么卑劣的诱惑,可以扰乱他吗?崇高之美,又可分为伟大与坚强之二类;存想恒星世界,比较地质年代,不能不惊小己的微渺;描写火山爆发,记叙洪水横流,不能不叹人力之脆薄;但一经美感的诱导,不知不觉,神游于对象之中,于是乎对象之伟大,就是我的伟大;对象的坚强,就是我的坚强;在这种心境上锻炼惯了,还有什么世间的威武,可以胁迫他吗?

经亨颐和李叔同聊得非常投机,经亨颐非常赞同蔡元培的办学理念,他认为学校不是贩卖知识的商店,提倡教育当以陶冶人格为主,强调学生须德智体美全面发展。并说道:“以大厦比喻国家,人才比喻栋梁是老话了,但我以为,构成大厦还有个重要的东西,那就是此凸彼凹的榫头。如果没有榫头，再好的栋梁有什么用？现在的中国，栋梁之材够多的了，所缺的是默默无闻的榫头。我这个学校，不光要培养栋梁，更要培养能为全社会所用的榫头……”

谈到具体课程，李叔同直言不讳，说出个人对图画的理解。画图画可以使人养成注意周密，观察敏锐，知识准确，记忆强健，想象确实，判断健全，审美心高尚等优点。如今冷峻的实利主义，主张审美教育，目的就是陶冶人的情操，启发人的情趣，使其人品高尚。

图画的效力关系到智育的部分。善于画图画的人其嗜好一定高尚，其品性一定高洁。凡是卑污丑陋的欲望，无不加以扫除和淘汰，所以把图画利用在宗教、教育、道德上，效果特别显著，这是图画的效力关系到德育的部分。又比如到户外写生，在郊野旅行，呼吸新鲜空气，饱览山水美景，运动肢体，放松精神，手眼并用，怎么想就怎么做，心旷神怡，这是图画的效力关系到体育的部分。

最后李叔同接下了经亨颐递来的聘书，笑言道：“那就这样决定了，我祖籍浙江平湖，离杭州不远，这次到杭州教书，也算是冥冥之中的缘分啦。杭州气候宜人，人民友善，寺庙众多，堪称佛地，佛法之盛，必然能遇到贵人，遇到好事。”

经亨颐说：“杭州有浙江规模最大的新式学堂，有夏丏尊、姜丹书等学贯中西的名师，又有李先生最擅长的图画和音乐课程，选择我们学校绝对是明智之举，也一定不虚此行，收获多多。”

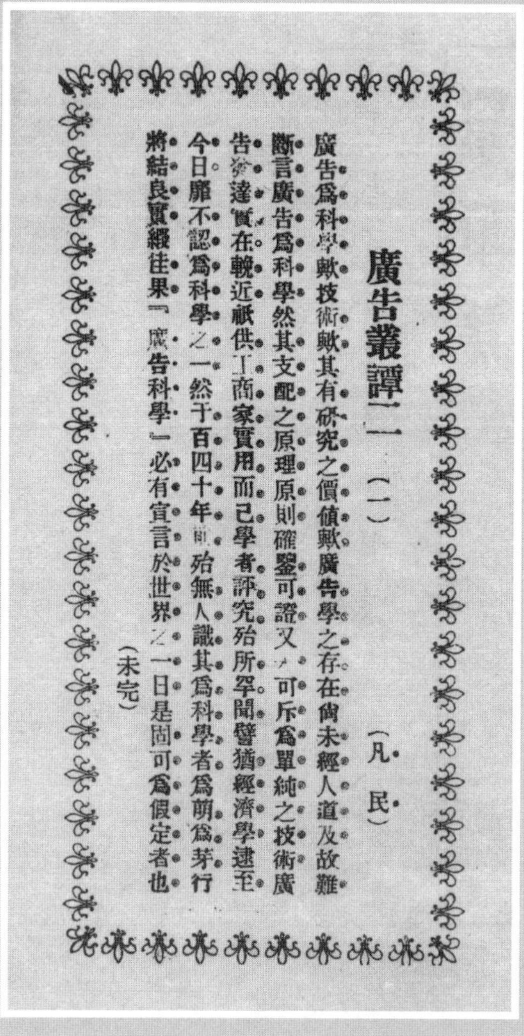

廣告叢譚二（一）　（凡民）

廣告爲科學歟技術歟其有研究之價値歟廣告學之存在尙未經人道及故難斷言廣告爲科學然其支配之原理原則確鑿可證又不可斥爲單純之技術廣告發達實在輓近祇供工商家實用而已學者評究殆所罕聞譬猶經濟學逮至今日靡不認爲科學之一然于百四十年前殆無人識其爲科學者爲萌爲芽行將結良實綴佳果『廣告科學』必有宣言於世界之一日是固可爲假定者也

（未完）

《太平洋画报》刊载李叔同《广告丛谭二》

第五章 在浙江

在宋代，杭州约有三百多家寺院，大都在山顶上，在这等地方与山僧闲话，可消磨一个下午的时光。若去游览这些寺院，往往需要几天时间。江南的天气，一年四季都引人外出游玩。杭州有西湖，有茶，有美女，有诗情画意，有庙宇，有苏东坡。山峦、建筑，白云倒映水中。杭州有朋友，有知己，有爱和自由。

李叔同在学生中有很好的威望，他像菩萨那样有“后光”，即深厚的学问功底和全面的文艺才华。他将图画音乐，看得比国文、数学还重，这是有人格做背景的缘故。他教图画音乐，而他所懂得的不仅是图画音乐。他的诗文比国文先生的更好。他的书法比习字先生的更好。他的英文比英文先生的更好。

李叔同在杭州出家，此后又在温州、慈溪等地闭关著述，讲经说法，与这片土地结下了不解之缘。这里有他曾经任职的学校，有他的朋友和学生，有西湖美景，有虎跑寺的钟声，在浙江，李叔同找到了宾至如归的感觉。

让人敬畏的李先生

到杭州执教之前，李叔同向经亨颐提出一个苛刻的条件，每个学生要有一架风琴，绘画室石膏头像，画架等不能有缺。这等于给校长经亨颐出了一个难题。一来学校缺钱，二来市上缺货，每人一架风琴的要求实在太高。李叔同的理由是，同学们毕业后要教唱歌，不会弹琴肯定不行。教授时间有限，练习全在课外，学校办不到，我怕难以遵命。经亨颐理解李叔同苦心，只好想办法弄到大小风琴五六十架（仅够要求的半数），排放在礼堂的四周、自修室、走廊后，再请李叔同察看，李叔同这才点头应允。

当时的师范学校最看重英文、国文和算术。而图画、音乐课是向来不受学生重视的。学生们上课时很随便，而直到李叔同的到来，才让学生们产生一种严肃的感觉。

第一堂课，李叔同推门而入，灰色粗布袍，黑色马褂，布底鞋子，黑色铜边眼镜。整体朴素大方，毫无寒酸之感，一副为人师表的形象。给人以温和而又严厉的感觉。

开课前几天，李叔同把学籍登记册拿回屋里，背熟学生姓名，默记照片上外貌特征，等到上课时已能喊出许多人的名字，这让学生们很惊奇。上完几节课，点过几次名，就对每个学生都认识清楚。

五十分钟一节课，他要精心备课半天，凡需要学生记住的大纲要目，都一一用楷书写在黑板上，黑板有两层，用完一块推到一边，再露出下边一块。教一支歌必然结合音乐史介绍作者，赏析艺术特色之后再唱。教绘画也提前把美术概论、美术史、画家评传、具体技法做有机结合，循序渐进、有条不紊。

不等铃响，李叔同已端坐于讲台上等候学生走进教室，铃声响起，人员齐备，没有迟到者。不等铃声结束，他便向学生一鞠躬，随即开始讲课，侃侃而谈，那些知识，那些真知灼见，仿佛不是说出来的，而是从他的口中自然流露。每讲十分钟左右，便看一次手表，把时间利用得经济、合理、准确。估计老师总要迟到一会儿的学生们，或唱、或笑、或骂、或喊、或闹，一到课堂门口见到李叔同，顿时鸦雀无声，低头屏气悄悄溜进教室入座，过了一会儿才敢抬头偷看老师一眼。讲桌上的点名册、备课讲记、粉笔、书籍摆放得整整齐齐。钢琴一打开，架上端放着乐谱，琴头上放着一块金表，课堂气氛庄严肃穆。

第一次上音乐课时，李叔同发了一张问题表，问学生学过几年音乐？想学到怎样程度？学生们普遍感到奇怪，从未见李叔同弹过琴，但有什么疑难的曲节去问他，他总能立刻把指法弹给学生们看。而且他弹琴十分严格，无论附点、切分音、休止符、强弱等等都非常注意，非常准确。学生们每周交作业的时候，结果使他满意的，他就在本子上写一个“佳”或

“尚佳”等字样。或者站起来,对学生说“还好,还好”!或说:“还可以慢一点,这里还要延长一点。”这些话他只说一遍,绝对不再讲第二遍。

所以同学们对李叔同都非常敬畏。说他严厉吧,倒是很客气;说他客气吧,有时候又有点儿不大好讲话。虽然他满面慈祥,但是见了总是有点害怕。不单是学生,就是同事中对李叔同也是非常敬畏。

有一次,几个同学到日本教师本田利实先生的房间里,要求他给每人写一幅书法屏条。可是他那里文具不完备,他不肯写,学生们请他到李叔同的写字间里去写,本田利实连说不好。后来他探知李叔同出去了,才勉强答应,叫学生们在外面放哨。扶梯上、走廊上、房门口都站了人,如果叔同师回来须立刻通知他。

一名学生说:“李先生知道后绝不会因此发怒的。”

本田利实:“在李先生面前是不可以随便的。李先生的道德文章固然不必说,连日本话也说得那样漂亮,真了不起!”

等到字写好了,学生们故意吓唬本田利实:“李先生来了。”

本田利实立刻狼狈地逃到自己房间里去。

教学之余,李叔同很少在校园里露面,他不爱串门,极少进教员休息室。由宿舍到教室上课,下课即返回宿舍,默然速行,不左顾右盼。床上被子单薄,隆冬不生火盆,那时候的他患有哮喘、胃病和神经衰弱症,身体不宜多穿衣服,烤火容易感冒,故养成了冬天只穿单衣的习惯。

李叔同住两间套房，里面有一间大台子，上面几乎是空的，专供他用来写字，偶尔也画画，但数量不多。空床上堆放着宣纸、洋纸、画布、画框，屋角地板上摆放着装满墨汁的茶杯和瓶瓶罐罐。他平时很少进里屋备课，和夏丏尊、姜丹书两位先生聊天，找学生谈话都在外间。临近学期结束，让校工闻玉为他磨出大量墨汁，关起门写字，有时候一连几天都不出来，被喊进去拉纸盖章的多是学生李鸿梁和丰子恺。

平时，李叔同在卧室里写各体古碑，主要有《张迁碑》《张黑女碑》《石鼓文》《天发神谶碑》等等，皆能神形兼备，情韵交融。同事和学生求索，均慷慨馈赠，从不吝啬。

当时国内缺西洋画工具，连干块水彩颜料和铅画纸也需到上海去买。木炭条、石膏模型、油画色、油画笔等，每学期皆由学校统一从日本邮购，然后分给学生们使用。李叔同常常把这类用品赠送给丰子恺、李鸿梁、吴梦非等学生。

执教以来，李叔同几乎每周末回上海的家中与福基团聚，星期日下午再返回学校，从来不请假。每次从上海来，一定带点糖果和水果，时常写条子让校工闻玉请他看中的学生共食。

绘画激活想象力

李叔同到“浙一师”之前，学生上图画课还是依照商务印书馆出版的《铅笔画帖》及《水彩画帖》而临摹。执教之后，李叔同撇开这些课本，让学生直接画石膏模型。上第一堂图画课时，李叔同从讲桌下取出一盆馒头，这使学生大为吃惊，后来才知道是发给大家当橡皮擦用的。

美术课上最受学生喜爱的当然是绘画实习。由于西洋画与国画的学习有本质区别，是从训练石膏模型写生入手而非临摹，这让全班的学生都不知该从何下笔。李叔同便细心地穿梭于学生们的画架之间，一一给予指点，并和学生们一同作画，然后把作品挂在黑板上给学生们看，让学生们通过对比来领会写生的要领。

李叔同让学生们认识到写生的真实含义，即直接以实物或风景为对象绘画，而不是简单地临写别人的画作。他告诉学生，一定要脱离黑板和画帖，通过实物和风景写生，练习绘画的基本功夫。

写生分为室内写生和户外写生，细分为实物写生和人体写生。实物写生有利于学生练习目测，是学习西洋画的入门课。人体写生是绘画内容中的基本部分，也是绘画艺术的基本技能。

为了方便学生户外写生，李叔同建议学校专门打造了两条小船。船下水那天，李叔同和舍监夏丏尊，带领学生在西湖上聚餐欢庆。也许是由于兴奋过度，夏丏尊下船时立脚不稳，一头栽进水中。李叔同慌乱之中一把抓住他的一只脚，但夏丏尊身体本来就笨重，加上正值冬天，穿了皮袍，一浸水更重，再者船身小，身体活动不开。学生们喊着让李叔同先放手，然后七手八脚地把夏丏尊拉上来。夏丏尊全身湿透，还丢了一块金表。

一个学期后，李叔同积累了丰富的教学经验。写了一篇《石膏模型的用法》，较为系统地介绍了这种在国内尚未普及的美术教学方法，内中涉及用石膏模型写生教学的优点、模型的收藏方法、写生教室的选定和布置等多个方面。

李叔同认为，习画手眼并重，目力尤为重要，否则不能掌握物体的正确形态。故不论培养专门家及普及美术知识，实物写生比临画重要。临画利用小巧之手技似甚简便，然能杀灭初学者之独创力，生依赖定式之恶习惯。

初学者练习画线，以单纯之直线曲线构成之物体为宜。又练习阴影，以纯白之物质为宜。石膏模型，仿实物之形状，以美妙之直线与曲线构成，其色纯白，阴影处无色彩错乱之虞。阴阳浓淡之程度容易判别。所以石膏模型为第一完全之范本。要用古今名作复制品做教具，骨相纯正有利于审美力的培养，仿实物创造的模型次之。

写生用教室须高广，向北一面开玻璃窗。如以寻常教室充用，当由一面取光线。倘由二面或三面光线混入，模型之阴影将紊乱，初学者甚困难。收藏模型，要避免破损油污尘埃斑点，不画时收起，使学生见到模型时有新鲜感。

一九一四年秋，按照教学进度，李叔同首次安排了人体写生课。这在中国可以说是破天荒的大事。

写生当天，学生们带着好奇，早早进入画室。教室的窗子都用窗帘遮住，显得略微幽暗。少顷，李叔同进入画室，把门插好。走上讲台说道，大家都来了，这就很好，这就很好。

没多久，一位男子羞涩地走到大家面前，他身上披着一件薄棉被，肌肉很发达，线条非常优美。男子将被单取下，一丝不挂地展示在众人面前。

经过李叔同的心理疏导，学生们消除了心理障碍，勇敢地抬起头，注视着站在课桌上的模特。此时，从洞开的气窗中射进来的阳光，有如新式舞台上的一束追光，正集中在模特儿的身上，他像一尊雕塑般矗立在教室中，给人以力和美的激动。

学生们在画板上勾勒了起来，画室里传出画笔摩擦纸张“沙沙沙沙”的美妙声音。李叔同站在进门处一侧，欣慰地看着学生们认真作画的样子。也许李叔同根本没有想到，他这一天大胆的艺术尝试，成为中国美术史浓墨重彩的一笔。

创办校刊《白阳》

教学之余，李叔同以“浙师校友会”名义，创办校刊《白阳》。设立题字、文集、说部、诗集、词集、曲集、文学篇、音乐篇、绘画篇、印稿、画稿等栏目。创刊号封面由李叔同设计，全部文字也由他用毛笔书写石印。创刊号有李叔同《白阳诞生词》:“技进于道，文以立言。悟灵感物，含思倾妍。水流无影，华落如烟。掇拾群芳，商量一编。维癸丑之春，是为白阳诞生之年。”

李叔同主编《白阳》期间，来稿主要是向本校师生征集。校长经亨颐题词“美意延年”，教员夏丏尊翻译小说《写真贴》，学生邱白梅写《写生日记》，学生吴梦非写《人体画法》，学生李鸿梁写《音乐大家像》《绘画大家像》。另有邱白梅、吴梦非、李鸿梁画稿。

如来稿数量不足以成卷，则由李叔同以自己的作品填充。有散文《音乐序》(即东京创办之《音乐小杂志序》)、《西湖夜游记》《喝火令》《近世欧洲文学之概观》《西洋乐器种类概说》《石膏模型用法》《春游》等。

其中《近世欧洲文学之概观》，是一部最早出现的由中国人撰写的近代欧洲文学史。李叔同在《概观》开头，以小引式的文字，简要介绍了几种文学思潮，对中国人来说，是一种闻所未闻的新鲜知识：“中世古典派文学瑰伟卓绝，磅礴大宇，及十八世纪初期，其势力犹不少衰。操觚簪笔家佥据是为典则。其后承法兰西革命影响，而热烈真挚之诗风，乃发展为文艺界一大新思潮，即传奇派。迨至十九世纪，基于自己之进步，现实观之发达，乃更尚精致之描写，及确实之诗材，而写实主义与自然主义遂现于十九世纪后半期。及夫末叶，反动力之新理想派，乃萌芽于欧洲。”

第一章则按历史顺序评述了，自十八世纪末至二十世纪初三十多位英国作家的创作及其特征，言简意赅，精准到位：“当十八世纪之末叶，冷索单调之诗文，浸即衰废。研究古诗民谣者日益众，故其文学富于清新之趣。至一七九八年华兹华斯与柯勒律治合著之《抒情诗集》乃现于世。两氏唱诗文之革新，为真挚文学之先驱，世称为近世诗学之祖，又谓一七九八年为英吉利文学诞生之年。华兹华斯之作品不炫奇异，然清新高远，热情奔放为其特长。柯勒律治学问深邃，思想幽渺，且具锐利之批评眼，其作品以格调之真挚、押韵之自由为世所叹赏，门人友戚受彼之感化者甚众。”

谈到雪莱、济慈、狄更斯等人，李叔同评价独到：雪莱亦因教权之压抑，避居南欧，为薄命理想之诗人。其作品幽婉高妙，且示神秘之倾向。承大革命影响之诗风，止于雪莱。其时又有以卓绝之才识开辟一新诗风者，即济慈所著之诗，凡古典之精神及绚烂之色彩，两者兼备。故外形内容皆纯洁完美，无毫发憾。本世纪之小说界，司各特颇负盛名，至维多利亚时代，狄更斯及萨克雷两大家族，前者善描写市街之光景及下民之状态，后者善以轻妙之语调描写上流绅士社会之表里，共于小说界放一异彩。”

李叔同文章中提到十九世纪剧坛名家有皮内罗、亨利、阿瑟·约翰斯等最负盛名。李叔同所作《概观》，从篇章结构到行文方式和语言表达，完全是后来常见的文学史的写法。李叔同之所以视野开阔，见解独到，与其在日本留学期间，大量阅读日本版或英文版的西方文学著作有关。他的这种见解，比中国研究西方文学史的专家，提前了将近二十年。他是这一领域早期的拓荒者，而他能用简洁精准的语言，描述概括作家的特征和文学地位，与其写诗有关。诗歌对语言的要求很高，考验的是作者语言提纯的能力，对李叔同来说，这种能力早在青年时期就已具备。

推广书法篆刻

在李叔同的感召下，浙一师全校上下学习美术音乐，诗书画印蔚然成风。一九一四年十一月，李叔同委托学生邱白梅创办乐石社，该社为研究书法篆刻的艺术团体。社员有李叔同、经亨颐、夏丏尊、堵申甫、费龙丁、周承德、柳亚子、楼启鸿、杨凤楼等二十五人。组织架构为：主任李叔同，会计杨子岐，书记邱白梅，庶务杜成丹、戚继同、陈达夫、翁慕匋。

乐石社多次举行活动，并且精选佳作出版作品集。一九一五年七月，李叔同在编辑《乐石社社友小传》时，写过一篇《乐石社记》，大意为：追怀古代的先圣，自天地开辟后大有作为。创造写字的六书，以供给世人应用。后代贤人继承前人的事业，依附在艺术的园地。金石雕刻，实在是以缪篆为祖师。上起秦汉，下到珠申文质兼备，将近两千年。可称得上繁盛。世道衰微，读书人不乐意学习。一种艺术的基本章法，还要求助于日本。兽蹄鸟迹，到处都是。毁方为圆，引进蛮夷的思想来改变中国。等到典范的东西都沦丧完，大概就没有人讥笑了。

我很愚笨，少年时沉迷不良嗜好。烦恼犹存，但往日的情谊没有忘记。以前因为人事的原因，寄居在杭州，混迹在师校。同学邱白梅，年少英发。既痴迷书法，更嗜好印文。校对查证秦汉古字，专心爱古。于是约集同人，成立这个乐石社。树立风气，以喜好金石为号召。相互研讨勉励，开始仅限于校友。以后阵容壮大，从他人那里取得教益。志同道合，志趣和性格投合。自冬天到春天，规模渐渐完备。又借用旧日宫室，作为我们的社址。而西泠印社诸位先生，刚直进步。不弃葑菲，从各方面帮助。乐于看到别人成功，这很让人感叹。

我懂的道理不多，见识愚钝，文采没有底蕴。如同前鱼老马，尸位多年。想到雕虫篆刻，大丈夫不屑于做这样的小事。而正道废弃外敌入侵，贤人感到羞耻。又赶上癫狂衰败的时代，结交困苦寂寞的伴侣。足音空谷，又如同幽深的草丛清凉的美玉。纵然不敢讲自己依附于国粹之林中，或许比下棋要好一些。于是陈述梗概，以备他人阅览。

这篇序表达了李叔同创办乐石社的初衷，是为了倡导传统艺术，这再一次体现了他毕生所追求的国粹主义。

李叔同发起乐石社后，曾到位于杭州孤山的西泠印社拜访创始人叶为铭。承蒙叶为铭支持，李叔同率乐石社成员到西泠印社，免费参观金石书画展览，并得到叶为铭所赠《西泠印社印人传》和《印学丛书》等。一九一五年，李叔同向叶为铭递交申请书，加盟西泠印社。

人格教育

看某个人的人格魅力是否高尚，首先要看周围的人对他的态度。李叔同桃李满天下，各式各类的学生都有，他对学生总是提供力所能及的帮助，学生们对他非常尊敬。在这些学生当中，有三位学生天赋极高，性格鲜明，深得其心。他们上学时，曾不同程度接受过李叔同的帮助，当他们踏入社会后，以一颗感恩之心，报答老师的恩情。人以群分，物以类聚，什么样的老师，教出什么样的学生。诚实守信、知恩图报、忠义厚道，是师生骨子里共有的特性，这不需要言传，身体力行即是榜样。

一九一二年冬天，刘质平拿着音乐处女作请李叔同指正。李叔同看完没有任何反应，表情肃穆地说，今晚八点三十五分，请到音乐教室，我有话讲，你可以回去了。刘质平感到困惑，但并没有多问，只等着晚上一探究竟。

刘质平踏着夜色，如约来到教室，在门外站着，等李叔同到来。大约过了十多分钟，教室里的灯忽然亮了，门吱呀地被人推开。李先生还是那副严肃的表情，淡淡地说道，你准时赶到，饱尝了风雪的寒冷，现在可以回去了。刘质平沉默良久，忽然明白，李先生在考察自己。

李叔同一生信奉二字：一个是“诚”字，一个是“信”字。他做事、交友、授业也遵守这两个字。李叔同时间观念很强，厌恶不守时之人。刘质平的态度打动李叔同，至此师生二人结下一生的情谊。

一九一四年丰子恺考入浙一师初师部，李叔同教丰子恺音乐课。

当时的浙一师实行军事化管理，校规非常严格。早晨六点钟寝室总长吹起床警笛，七点钟锁闭总门。

教导主任对学生态度粗暴，丰子恺感到极不适应。一次杨某的言辞激怒了丰子恺，丰子恺动手打了教导主任，校方准备严惩丰子恺。

会议室陷入沉寂。李叔同站起来说，学生打先生，是学生不好，但先生也有责任——没教育好。考虑到丰子恺平日遵守校纪无大错，如开除似太重。而且丰是个人才，将来必大有前途，如开除则毁了他的前途，对国家是一损失。我意此番记一大过，我带他一道向主任赔礼道歉，不知大家是否同意？

此时会场上一片同意声。

在人生的关键时刻，李叔同拉了丰子恺一把。

事后李叔同将丰子恺叫到住所，打开《人谱》，念了一段：唐初，王勃、杨炯、卢照邻、骆宾王皆以文章有盛名。人皆期许其贵显。

裴行俭说，读书人的堪当重任，应当首先在于度量见识而后才是才艺。王勃等虽有文才，而气质浮躁浅露，哪里是享受爵位俸禄的材料！

李叔同是告诉学生，从事艺术工作，首先要道德高尚，人格伟大。做一名好的艺术家，要先做好人，否则只是徒有虚名罢了。

李鸿梁是李叔同众多学生中，比较特别的一个，他生性憨直胸无城府。就是这样一位学生，各项成绩优秀，很受老师器重。李叔同常对人讲，鸿梁最像我。对待李鸿梁这样的“异数”，李叔同采取的还是一贯的温而厉的方式。

一次上写生课，李鸿梁没注意到李叔同正在后面为同学改画。他走到石膏模型前面，看上面的说明卡，挡住李叔同的视线。李叔同大声说，请走开！这伤害了李鸿梁的自尊心，他回到座位上，把画板故意敲得很响以示不满。然后走出画室。

午饭过后，校工闻玉递给李鸿梁一张纸条，并对他说，李先生请你去。李鸿梁心说不好，李先生小心眼，因为上午的事，要找自己算账。心中忐忑不安，但还是硬着头皮去了。到了李叔同住所，正好夏丏尊也在。见李鸿梁进来，李叔同轻轻地问他，你上午有点不舒服吗？下次不舒服请假好了。说完把门拉开又说，你去吧，没别的事了。以后的几天里，李鸿梁不敢和李叔同讲话，他有种羞愧，但又不知道该如何表达的感觉。

李叔同说李鸿梁像自己，大概指脾气秉性和艺术修养吧。也许李叔同还有另外一层深意，最像我者，最不像我……

除了对学生身体力行的教育，李叔同给夏丏尊推荐的教育理念也是异于常人。

一次，学生宿舍失窃，查来查去，始终没有搜到证据。夏丏尊身为舍监，自觉管理不力，破案无方，陷于深深的苦恼。一天自修课上，夏丏尊跟同学讲，学校发生盗窃事件，一位同学的箱子被人撬开，丢了钱。这简直是在丢“浙一师”的脸。诸位同学念的师范，将来走入社会是要教书育人的，身不正，如何起示范作用？请诸位同学与我齐心协力，彻底查出盗窃者。同时，我也提醒那位盗窃者，相信你也是一时鬼迷心窍，快点把钱还给失主，或者放到办公室找我，我保证不再追究，也不会透露你的姓名。如果你还是执迷不悟，怀着侥幸心理，那对不起了，一旦我被我查出来，必定开除学籍，我说到做到。

一晃三天过去了，盗窃者并没有主动自首，那笔钱依旧石沉大海，夏丏尊彻底没有办法了。便去找李叔同商量对策，李叔同听完事情经过，淡淡说道：“这件事好办，你宣布自杀，便可以引出盗窃者。”

夏丏尊大吃一惊：“我是舍监，负责查处盗窃者，我凭什么自杀？”

李叔同：“不跟你开玩笑，我可是认真的。你写一张布告贴在校门口，说盗窃者的人快出来自首，如三天内不自首的话，足见舍监无德，不足以服人，便以死殉道。如果真能这样，盗窃者必定被感动，也一定主动自首。当然，你的内容，必须要写得发自肺腑，坦诚感人才有效果。”

夏丏尊皱着眉头，将信将疑：“三天后要是无人自首呢，难道我真的就自杀吗？”

李叔同严肃而认真：“如果盗窃者不主动自首，那你就真的要自杀。为师者决不能言而无信，否则还如何传授学生知识。”

夏丏尊:“让我去自杀,亏你能想得出这样的妙计,自杀,我可下不了手。”

李叔同:“假如你真的自杀,盗窃者一定会被感动。”

夏丏尊:“我知道你是认真的,但我就是一个俗人,真的不敢冒这个险。”

李叔同:“佛陀舍身饲虎,是我们这些凡夫俗子的榜样。”

夏丏尊:“我确实做不到。”

李叔同:“你是能说不能做的,所以事情不圆满。”

今宵别梦寒

民国时还没有专业音乐教材，李叔同自编“学堂乐歌”，给“浙一师”的学生们当作教材。学堂乐歌指二十世纪初期中国各地新式学校音乐课程中大量传唱的原创歌曲。这些歌曲多以简谱记谱，曲调来自日本以及欧洲、美国，由中国人以中文重新填词。

通过乐歌的传唱和学校音乐教育，西方基本音乐理论和技能开始系统地、大范围地在中国传播。

李叔同编的乐歌都是自己选曲填词，或者作词作曲。由于曲调优美，歌词意境深远画面感强，深受学生喜爱。这一时期，李叔同创作出《送别》《春游》《忆儿时》《早秋》《西湖》等名作。

其中《送别》影响力最大，歌词清新淡雅，意象幽远，情真意挚，凄美柔婉：“长亭外，古道边，芳草碧连天，晚风拂柳笛声残，夕阳山外山。天之涯，地之角，知交半零落。一觚浊酒尽余欢，今宵别梦寒。”

《送别》曲调取自美国人奥德威作曲的《梦见家和母亲》。李叔同在日本留学时，日本歌词作家犬童球溪采用《梦见家和母亲》的旋律填写了一首名为《旅愁》的歌词。

美国人奥德威，一八二四年出生在美国马萨诸塞州北部的塞勒姆市，他的职业是一位医生，在从医的同时还从事歌曲创作，经营音乐出版业。一八五九年，奥德威毕业于哈佛医学院，是参加南北战争的外科医生志愿者，还曾经是波士顿教育委员会的成员，当选过马萨诸塞州议会议员，反对学校体罚学生，一八八零年在波士顿去世。

《梦见家和母亲》，是一首“艺人歌曲”，这种歌曲十九世纪后期盛行于美国，由白人演员涂黑了脸扮演成黑人领唱，音乐也模仿黑人歌曲的格调创作而成。

奥德威是“奥德威艺人团”的团长，曾写过不少此类歌曲。确切地说，《梦见家和母亲》是一首思念亲人的民谣。不仅曲调优美抒情，歌词富有浓厚的乡情，还成了南北战争及战后一段时间的流行歌曲。

歌词大意是：“梦见童年，家里的老房子，和我的母亲。和兄弟姐妹在山上漫步，在山谷追逐，那甜蜜幸福的快乐时光。天使已经来了，安慰我休息，我感觉到她们的存在，她们祝贺你家庭幸福。梦中回到童年，我亲爱的母亲，我梦想着家和故乡的蝴蝶。我的兄弟姐妹他们还好吗？请让我闭上眼睛，在梦中与家人团聚。我梦见家和母亲，醒来后是甜蜜的味道。”

日本人犬童球溪是一位诗人、词作家、教育家。一八七九年出生于熊本县的人吉市。一生中作词、作曲的作品多达三百六十余首。其中翻译自西洋歌曲的多达二百五十首。犬童球溪翻译的歌词，往往具有超越直译的胆识和境界，力求符合日语的约定俗成。他大半生从事教育工作，《旅愁》是犬童球溪的代表作。

创作《旅愁》时，犬童球溪正在兵库县的一所中学教书，他曾抱着极大的热情，力图推进西洋音乐的教育，原本以为会受到学生的拥戴，但适得其反。社会上掀起一股以“软弱”为由抵制欧美音乐的风潮，最后甚至发展到了排斥作者本人的运动。

《旅愁》歌词，道出了犬童球溪当时的心境，伤透了心的犬童球溪被迫调动工作，他一辈子都没有走出这个阴影，最终选择在生命的起点人吉市，以自尽的方式结束生命。

犬童球溪对《旅愁》的旋律做了微妙的改动，去掉了每四小节末尾出现的切分倚音，如此改动使原曲的气氛大为不同，变得富有东方韵味。

李叔同在《送别》中沿用了这一改动，又根据当下的经历和心境，重新填写了歌词。《送别》是李叔同送给福基的离别歌，歌中滋味只有他们两人知道，所以也不必过度阐释，离别之因，爱与慈悲，全在歌里。

透露出家之意

一九一六年夏天，夏丏尊从日本杂志上看一篇题为《断食的修养方法》的文章，说断食是身心更新的修养方法，断食可改恶从善，产生强大的精神力量。自古以来诸如释迦牟尼、耶稣、穆罕默德等宗教伟人，都曾有过断食实验。因而断食被人们奉为更新身心与治疗百病的自我修养法。

文章还列举了断食实验的具体办法和注意事项，夏丏尊向李叔同推荐了这种方法。此时的李叔同深受神经衰弱和哮喘顽疾的困扰，他正在寻找缓解的办法，看完那篇文章后，李叔同开始谋划断食的时间和地点。

断食体验，最适宜在寒冬进行，于是李叔同将断食时间定在十二月。此外，还需要找一处幽静的场所。李叔同向西泠印社好友叶为铭求助。叶为铭告诉李叔同，西湖附近的虎跑寺游客稀少，环境十分幽静，可作为断食体验的地点。李叔同说，到虎跑寺去，总要有人介绍才对，否则难以成行。

叶为铭向李叔同推荐他的朋友丁辅之，说丁辅之是居士，也是虎跑寺的大护法，他可以提供帮助。十一月，李叔同亲自到虎跑寺考察，从寺院到虎跑泉，有一条约二里长的石板路，两旁山林茂密，一条溪流从山上蜿蜒而下，发出潺潺的响声。寺中僧舍很多,木门紧闭,方丈楼上住着一位出家人,此外无僧人居住。

李叔同断食的完整过程,前期五天,正期七天,后期六天,共计十八天。断食期间,不见任何亲友,不拆任何函件,不问任何事务。家中有事,由侍者闻玉答复,处理完毕,待断食期满再告之。断食中尽量谢绝一切谈话。整天就是练字、作印、静坐三个段落。食量:早餐一碗粥,中餐一碗半饭,一碗菜。晚餐:一碗饭及小菜,这是平日三分之二的食量。晚间,准备笔、墨、纸,转天开始习字。

李叔同试图通过断食体验,使自己的身心发生变化,从而获得新生,这是他的初衷,也是他的期望。事实上,也确实发生了某些变化。比如食量大增,能吃整块的肉。而平日里,李叔同每日餐食清淡为主,不多食肥腻肉类。身心有飘飘欲仙之感,写字笔力未减,所写有魏碑、篆文、隶书、从未间断。感觉非常灵敏,能听人所不能听,悟人所不能悟。李叔同感觉神清气爽,脱胎换骨,宛如婴儿新生,故改名李婴,字欣欣道人。

断食体验,让李叔同深入了解僧人的日常起居,吃斋念佛,参禅打坐,为此他非常羡慕。心里那颗佛种,只需一场雨露,便会生根发芽,破土而出。返校后,李叔同还像之前那样,教书育人,参加各种活动。但却研究起了《菜根谭》《道德经》和“程朱理学”。

断食体验之后,李叔同返回上海与福基团聚。这一天毕业后的李鸿梁到家中看望老师。李叔同租住的是一栋小洋楼，除靠墙的书架之外，还有一座可以旋转的方形两层书架，摆在进门的右角。上面有一个圆盆，里面栽着松竹梅岁寒三友，半盆泥土低陷下去铺上一些细粒的白色小石头，李叔同告诉李鸿梁，这是代替水的。

断食之前的李叔同本来清瘦得像一只鹤，现在变成了一根绿竹，但是精神很好。李叔同对李鸿梁讲起断食的经过和种种益处，说整个过程太寂寞了，有时候会唱些曲子。

李叔同兴致非常高，请李鸿梁到外面吃饭，点了好多菜。

李鸿梁问："先生，还有几位客人？"

李叔同："就是我们两个，并没有别的客人。"

李鸿梁："要不了这么多菜，这些菜足够很多人吃的了。"

李叔同："你能喝酒，我虽然不能喝，可是我懂得喝酒的趣味。"

说罢，李叔同向堂倌要了一斤黄酒，等到菜上齐，他用调羹吃菜，还吃了三碗饭。

李鸿梁劝先生不宜吃得太饱。

李叔同说："我现在胃口很好，再吃两碗饭也没问题。"

临走时，李叔同送给李鸿梁一本他在断食期间所写的《日本天理教经典》。

一九一七年春节前，李叔同去拜访佛学家马一浮，对马一浮说虎跑寺环境多么幽静，僧人照顾来客何等细心。年关将近，恰逢马一浮好友彭逊之打算闭关修行，请马一浮介绍住所，虎跑寺便成为首选的去处。

这年二月，再有两天就是除夕，李叔同收到马一浮的来信，信中说道："昨游殊有胜缘，今晨入大慈山，入晚始归……故人彭君逊之耽玩羲易有年，今初发心，修习禅观，已为请于法轮长老，蒙借闲寮，将以明日移入，他日得与仁者并成法侣，亦一段因缘尔。"

春节期间，李叔同没有返回上海，以居士身份再次到虎跑寺学习佛法，开始皈依三宝，恰好遇到了彭逊之。彭逊之叩见虎跑寺当家方丈，请求落发为僧，法轮长老主持了彭逊之的剃度仪式。此情此景，让李叔同大为感动，不久便皈依了悟和尚为师，法名演音，号弘一。

此时的李叔同只是皈依佛门，属于在家的居士，而他正在为正式剃度出家默默地做着准备，并把出家的打算告诉了在日本求学的刘质平。

李叔同在信中写道："鄙人拟于数年之内，入山为佛弟子，或在近一二年亦未可知，时机远近，非人力所能处也，现已陆续结束一切。"

在另一封信中，李叔同就资助刘质平学费之事，进行了坦诚的交流。每月薪水一百零五块银元，除去上海家用四十元，天津家用二十五元，自己所用二十元外，每月可余二十元。此二十元可作学费。

李叔同说："我家无恒产，靠薪水养家。如患大病，不能任职，或由学校辞职，或因时局不能发薪水。倘有此种变故，那就听天由命。"

随后李叔同嘱咐刘质平，下列数条，必须由君承认实行乃可：一、此款系以我辈之交谊，赠君用之，并非借贷与君。因不佞向不喜与人通借贷也。故此款君受之，将来不必偿还。二、赠款事只有吾二人知。不可与第三人谈及。君之家族、门先生等皆不可谈及。家族如追问，可云有人如此而已，万不可提出姓名。三、赠救期限，以君之家族不给学费时起，至毕业时止。但如有前述之变故，则不能赠款。（如减薪水太多，则赠款亦须减少。）四、君须听从不佞之意见，不可违背。不佞并无他意，但愿君按部就班用功，无太过不及。注重卫生，俾可学成有获，不致半途中止也。君之心高气浮是第一障碍物（自杀之事不可再想），必须痛除。

虎跑寺出家

一九一八年八月前，李叔同一直非常忙碌，他在积极地处理出家的善后工作。李叔同先是给天津家中去信，说明出家打算，二哥坚决反对，原配夫人俞氏既不支持也不反对，只是淡淡地对李文熙说："这件事您不用管了。"

与此同时，李叔同又向日籍妻子福基说明情况，福基对中国佛门清规不甚了然，以为也像有些日本僧人一样荤食娶妻，便也没有过于在意，刻意阻拦。

三月，恰逢母亲祭日，李叔同到虎跑寺念《地藏本愿经》为母亲回向。四月，李叔同给刘质平写信，告知出家在即，要他提前回国晤面。

津门故友王仁安担任杭州道尹，应李叔同之邀到虎跑寺相聚。归来的王仁安，确定李叔同不久后要出家，他也曾劝阻过，结果无功而返。王仁安也成为天津诸友中，最早知道李叔同有出家意愿的人。王仁安将此行的感悟写在《虎跑寺赴李叔同往返得诗》一诗中："步步弯环步步奇，常愁路有不通时。却怜叠嶂层峦处，一曲羊肠到始知。兴来寻友坐深山，竹院逢僧半日闲。归到清波门外路，又将尘梦落人间。"

王仁安在诗中，已将李叔同称之为"僧"，足见李叔同出家意愿之强烈之彻底。

五月，李叔同身穿提前做好的海青，与刘质平和丰子恺两位得意门生拍了一张合影。

李叔同提前完成学生考试，把昔日装裱成卷轴的朱慧百、李苹香所赠书画扇，以及《高阳台·赠金娃娃》横幅赠给夏丏尊。

六月，李叔同写“南无阿弥陀佛”条幅赠予杨白民，介绍回国的刘质平入城东女学担任艺术专修科主任。

将临摹古碑书法上千张及金表赠给夏丏尊，给经亨颐一幅画。

绘画书籍赠予丰子恺，音乐资料赠予刘质平，书法作品赠予堵申甫，笔砚碑帖赠予周承德，油画作品赠予北平美术专科学校。上海寓所钢琴诸物留给福基。

七月，李叔同将出家之事告知日本东京美术学校，称七月一日入杭州大慈山虎跑寺为沙弥，寺在深山，交通不便……

一九一八年八月十九日(阴历七月十三)，李叔同在虎跑寺正式出家，十月在灵隐寺受戒，灵隐寺向新戒弟子弘一颁付《护戒牒》及僧人的身份证。至此，李叔同成为严格意义上的出家人，这一年他三十九岁。是两个女人的丈夫，两个孩子的父亲，若干学生的老师，是中国艺术精英中的一份子，是一个经历过大喜大悲，大彻大悟的杰出的智者。

李叔同的出家引发种种猜测，有人说，李叔同厌世；有人说，李叔同繁华生活过腻了，想去尝试尝试恬淡的生活；还有些人以为李叔同天生好变，从公子变为艺术家，又变为教师，现在又变为和尚，将来难保不再变，可能还会还俗。

对此李叔同自己说，他出家是为了以教化自己和世人，是追求一种更高，更理想的方式。每个人的故事、原则、兴趣、方式方法，以及对事物的理解，本就永远不相同。他不想过多解释，说了他人也不会理解，所以干脆不说，慢慢他人就会淡忘。

周孟由居士

一九二一年，一位身穿褪色玄衣的僧人，乘着海轮，风尘仆仆地到了温州，来到了积谷山麓的庆福寺。这位僧人就是弘一大师。弘一大师在温州一住就是十二年，并把温州称为“第二故乡”。弘一大师在温州居住过庆福寺、江心寺、伏虎寺、宝严寺、景德寺等地。

弘一大师对温州情有独钟，随缘感应，有着多方面的缘由。温州气候温暖，夏无酷暑，冬无严寒，山水清幽，林木苍翠。

温州有尊敬爱戴弘一大师的朋友和学生，如周孟由、周群铮、吴璧华、林同庄、陈祖经等居士。弘一大师抵达温州后，粗茶淡饭，习静研律，闭门究经。除此之外，还要外出讲经弘法，并编纂、刻制、翻印大量的佛学经书。

弘一大师，生活简朴，芒鞋一双，僧衣一件，僧房内仅一破桌、一旧床、一草席和一旧蚊帐，别无他物。没有任何经济来源，这就需要信仰佛学的家境殷实并值得信赖的有缘人布施，有此基础，方可心无旁骛，潜心修行。然而对出家人的经济资助要顺其自然，既不能勉强，又不能使捐赠者为难，更不能因此而弄得众人皆知。

这一时期，从资金上资助弘一大师的施主有老朋友杨白民、学生刘质平、吴梦非，但这些远远不够。这时，温州富商同时也是虔诚佛教徒的周孟由主动承担了供养弘一大师的责任。周孟由是名门望族之后，接受过高等教育，曾东渡日本在早稻田大学求学，与青年时代在日本留学的弘一大师有很多共同语言。两人一见如故，成为莫逆之交。

弘一大师得知，周孟由不仅热衷于教育，还经常搞慈善，后来被佛法感化，拜印光法师为师。至此专修净土，吃斋念佛，行善济世，潜心研佛，竭力弘法。

周孟由的慈悲心完全发自内心，并非伪善。自他成年后，每当除夕，都要叫家人登上积谷山山顶，看看谁家的烟囱未曾冒烟，他就准备一份过年食物，派人送至其家，使之也能欢欢喜喜过个年。

到温州之前，周孟由与温州当地吴璧华、林同庄诸居士，到杭州力邀弘一大师赴温讲法弘律。弘一大师欣然应允。由此，生活供养费用概由周孟由与周群铮兄弟按月提供，使其得以悉心研佛、专心治律。

弘一大师到温州后，即发愿闭关治律，特撰《闭关谢客启》，与同僚僧众约法三章："余初始出家，未有所解，急宜息诸缘务，先办己躬下事，为约三章，敬告同人：一、凡有旧友新识采访者，暂缓接见；二、凡以写字作文等事相属者，暂缓动笔；三、凡以介绍请托诸事相属者，暂缓承应。惟希同人共相体察，失礼之罪，希鉴谅焉。"

并在潜修处窗口贴有"虽存犹殁"四字，以示来访者。温州道尹张宗祥只身持名片求谒，浙一师学生孙选青拜访，都被弘一法师以称病谢绝。而只有周孟由等极个别挚友方可与他接近。

按照修律的规定，出家人修律，必须拜礼学地寺主为依止师，弘一大师欲拜庆福寺住持寂山长老为师，寂山念其具足智慧，虽出身豪富之家，出家后能严持戒律，刻苦精修，倍加钦敬，虽起初婉言谢绝，后在周孟由的再三劝说下，寂山终于应允。

也正是在这一时期，弘一大师与周孟由经常聊起他的师父印光法师。弘一大师说道，一年前，在新城贝山闭关时，写信请教过印光法师写经之法，每次练习写经，均寄给印光法师开示。此后弘一大师刺血写经，印光法师来信开示，尽快终止，否则会因血亏导致免疫力低下，夏不耐暑，冬不耐寒。

弘一大师对印光法师评价极高，称其为二百年来，一人而已，诚不刊之定论也。并提出要皈依印光法师教化，此后在周孟由的进言下，印光法师终于答应了弘一大师的请求。

弘一大师在庆福寺编纂《四分律比丘戒相表记》过程中，少年高文彬专门服侍弘一大师的日常生活，他被弘一大师精研佛学的意志所感动，也要求出家。弘一大师见他诚心学佛，便请寂山长老许其出家，由周孟由、吴璧华二居士负责担保，最后促成此事。高文彬就是后来的因弘白伞法师。

弘一大师与周孟由之间的情谊，还可从他亲笔赠送给周孟由的“千古觅来难得友，三人行处易寻师”这副对联中得到验证。这是明代蕅益大师的佛偈，弘一大师极为推崇蕅益大师，故以世祖教诲赠联周孟由，呼周孟由为师友。弘一大师引化孔子的“三人行必有我师”，把周孟由引为师长，也是他对周孟由人格品德的充分肯定。这在弘一大师的朋友圈中是绝无仅有的。

四分律比丘戒相表记

弘一大师是中近代精研律宗，梵行卓绝的佛学研究者，也是一位阐扬佛法，以身弘教的高僧。他在温州期间，除了闭关修炼外，还重视精研佛经要典，将佛学精神发扬光大。

一九二一年岁首，弘一大师在杭州搜寻《四分律》，深感到其中戒相繁杂，难以记诵，决定撮其要点，列表表述，使内容明晰，以便利于初学者，命名为《四分律比丘戒相表记》。当时尚未脱稿，至温州后，弘一大师读律之暇，不时挥毫摘录编辑，到了六月，草本完成。八月形成定稿。这部一百四十大页的《四分律比丘戒相表记》，弘一大师亲自用工楷写成，其封面题签由当时年轻的护关侍者因弘法师书写。

弘一大师在自序中说："（辛酉）三月来永宁，居城下寮。读律之暇，时缀毫露。逮至六月，草本始讫，题曰《四分律比丘戒相表记》。""数年以来，困学忧悴，因是遂获一隙之明，窃自幸也。尔后时复检校，小有改定，惟条理错杂，如治棼绪，舛驳之失，所未能免……"

佛陀遗训后世修学当以戒为师，但佛门律则本身却需要精专的研学。具体地说，为了便于僧人依律修持，必须对止持、作持两方面的戒行规条内容，进行完整而准确的分疏。正基于此，弘一大师认为《四分律》中名目繁多的比丘戒相，有必要以简明的形式，作一列表式的摘记。通过不懈努力，一部佛教戒律学入门之著应世而刊，初步解决了初学律者“研寻本律（即《四分律》），每以罪相之文，繁复纷杂，融贯为难”的老大难问题，为出家比丘僧提供了一部种种细微戒相均“朗然昭列”的学律用书。

从凡例可知，弘一大师所撰之《四分律比丘戒相表记》，具有三大特点：

首先，依《四分律》摘录比丘戒相，条理律文，在列表摘记的方式加以科列。突出戒相，是本著的最大特点。弘一大师注重律文本义，以律行为则，对于律文繁冗者，加以删节；对于字句简略者，依义增释；对于字句未明者，申明律意。经过上述分释，达到晓畅易诵的实用性。

其次，对于每戒所例犯缘，弘一大师大都准以正制、别制、附制三种形式，列表说明。对于《四分律》初分比丘戒相相属并列的具体戒相，另引它书加以略记，以示全面、准确，方便佛教僧人依律修行。

最后，表明自己宗归南山律学的弘阐取向。弘一大师诠解《四分律》皆以道宣、灵芝为宗归，凡戒目标名、具缘成犯之句，悉依南山《行事钞》，别参灵芝，完全忠于南山道宣系对《四分律》的释义立场。当然，弘一大师研律虽以南山为宗归，同时亦重视灵峰《毗尼事义集要》及《灵峰宗论》中有关持戒的劝诫语类。他认为，学人常加披览，依此而修，定可获益无尽。

此书由穆藕初居士慷慨捐资七百元，委托中华书局缩影印千部，分赠各寺院，原稿交由穆氏收藏。弘一大师并预立遗嘱，附印于书后："本衲身没，毋庸建塔及其他功德，只乞募资重印此书，以广流传，于愿已足。"

此书是弘一大师生平巨著之一，佛教界十分重视。戒、定、慧为佛家"三无滞学"，由戒生定，由定生慧，而以戒为首要。戒律自唐以后，一千数百年间，僧缁渐趋末流，大都忽略戒律。但是，弘一大师不畏艰辛，刻苦钻研，以重振南山律为己任，成为近代律宗之巨擘。

据日本人内山完造回忆，弘一大师从温州到上海时，曾同夏丏尊拜访内山完造，将《四分律比丘戒相表记》交给他，请他分赠给相关人士。内山完造分别寄赠给日本东西京两大学以及大谷、龙谷、大正、东洋、高野山等各大学图书馆，以及各方面来索取的，合计共赠送了一百七十余部。

俗侄李圣章

弘一大师出关后，于一九二二年给他分别十多年的俗家侄子李圣章写信，叙述了他近年来的人生经历和出家前后的情形，娓娓道来，言辞真切，字里行间带着视晚辈为知己的情感。

弘一大师说："二十年来，音问疏绝。昨获长简，环诵数四，欢慰何如。任杭教职六年，兼任南京高师顾问者二年，及门数千，遍及江浙。英才蔚出，足以承绍家业者，指不胜屈，私心大慰。弘扬文艺之事，至此已可作一结束。戊午二月，发愿入山剃染，修习佛法，普利含识。以四阅月力料理公私诸事：

凡油画、美术书籍，寄赠北京美术学校（尔欲阅者可往探询之），音乐书赠刘质平，一切杂书零物赠丰子恺（二子皆在上海专科师范，是校为吾门人辈创立）。布置既毕，乃于五月下旬入大慈山（学校夏季考试，提前为之），七月十三日剃发出家，九月在灵隐受戒，始终安顺，未值障缘，诚佛菩萨之慈力加被也。出家既竟，学行未充，不能利物；因发愿掩关办道，暂谢俗缘（由戊午十二月至庚申六月，住玉泉清涟寺时较多）。庚申七月，至新城贝山（距富阳六十里）居月余，值障缘，乃决意他适。于是流浪于衢严二州者半载。辛酉正月，返杭居清涟。三月如温州，忽忽年余，诸事安适；倘无意外之阻障，将不它往。当来道业有成，或来北地与家人相聚也。音拙于辩才，说法之事，非其所长，行将以著述之业终其身耳。比年以来，此土佛法昌盛，有一日千里之势。各省相较，当以浙江为第一。附写初学阅览之佛书数种，可向卧佛寺佛经流通处请来，以备阅览。拉杂写复，不尽欲言。”

大概是此前，李圣章在来信中希望弘一大师回天津探亲，所以弘一大师在信中答应侄子，将来道业有成，一定回津与家人相聚。弘一大师还在信中推荐李圣章多读佛学类的书，以种善根，以启智慧。从信中看出，弘一大师因亲手培养出刘质平、丰子恺、李鸿梁、吴梦非等艺术精英的快慰之情，这等于为浙江乃至中国播撒下艺术之种，是功德无量的事。

此后的四五年间，弘一大师与李圣章保持着书信来往。一九二四年，弘一大师由衢州莲华寺返回温州，在信中谈到自己身染风寒三月未愈，返回温州后谢客静养的经过：“昨承来旨，委悉一一。荷施资致返莲华，感谢无尽。四月初，衢州建普利道场，朽人入城随喜。以居室不洁，感受潮秽之气，因发寒惹热（非是疟疾），缠绵未已；延至五月初八乃愈。又其时并患咳嗽痰滞。迄今已将三月，虽颇轻减，仍未止息，想已转成慢性疴疾。然决对不大碍，希为释怀。朽人于四月十九日自衢州起行，二十五日达温。比拟继续掩室，一以从事修养，一以假此谢客养疴。朽人近年已来，神经衰弱至剧，脾胃心脏，并有微恙，故须节其劳瘁，息心静养也。居此费用，周居士继续布施（前居温州二年亦受其施），情不可却。前承仁者允施者，今可不须，俟他日有别种须用时，再以奉闻。谨致谢意，不尽欲言。”

弘一大师告诉李圣章，所患神经衰弱，脾胃不和，心律不齐等症，是因为研读佛经过度劳累所致，必须要安静修养。弘一大师提到，周孟由居士继续为他提供资助，暂时不缺钱，待以后需要用钱的时候，再接受李圣章的布施。

大概是认为李圣章有佛缘，弘一大师在一九二四年的信中，向李圣章推荐《印光法师文钞》《了凡四训》两部善书，他重点介绍了《印光法师文钞》，要请第四次新版，卷首有他的题词，附载《普劝发心印造经像文》。

弘一大师在《普劝发心印造经像文》中，阐述了印造经像的功德、印造经像的机会、印造经像的方法以及发愿文的书写格式等，并提出了写经画像时需要注意的事项，并劝告人要多做善事，积累功德。为此，他略举印造经像可获得的十大利益——

（一）从前所作种种罪过，轻者立即消灭，重者亦得转轻。

（二）常得吉神拥护。一切瘟疫、水火、寇盗、刀兵、牢狱之灾，悉皆不受。

（三）夙生怨怼，咸蒙法益，而得解脱，永免寻仇报复之苦。

（四）夜叉恶鬼，不能侵犯。毒蛇饿虎，不能为害。

（五）心得安慰，日无险事，夜无噩梦。颜色光泽，气力充盛，所作吉利。

（六）至心奉法，虽无希求，自然衣食丰足、家庭和睦、福寿绵长。

（七）所言所行，人天欢喜。任到何方，常为多众倾诚爱戴、恭敬礼拜。

（八）愚者转智，病者转健，困者转亨；为妇女者，报谢之日，捷转男身。

（九）永离恶道，受生善道。相貌端正，天资超越，福禄殊胜。

（十）能为一切众生，种植善根。以众生心，作大福田，获无量胜果。所生之处，常得见佛闻法。直至三慧宏开，六通亲证，速得成佛。

弘一大师在文中开示："其家境富裕者，可以任刊刻经像等事。即资用不充者，亦可自己抄写映画。及量己力所及，请已经印就之经像等，转施他人，以结善缘而增福德。虽施经一部、施像一纸，倘出以至诚恳切之心，其功德亦无量也。"

一九二七年弘一大师从温州返回杭州，李圣章前来看望。李圣章此行的目的，除了转达亲属们的思念之情外，还有劝弘一大师还俗之意。弘一大师先是为俞氏亡故，未能回津奔丧对李圣章做出解释。之后邀请李圣章陪他住了一个星期。一周之内，李圣章亲眼看到弘一大师艰苦的僧侣生活：早晨用咬扁的柳条蘸点盐水刷牙，每天只吃两顿饭，菜里没有什么油水，穿的是打满补丁的破旧僧衣。

想起小时候，与三叔在一起的欢乐时光，一起玩僧人放焰口的游戏，过着衣食无忧的日子，再看看现在苦行僧的生活，李圣章不禁心酸落泪，再次恳求弘一大师还俗。弘一大师淡淡一笑，没有说话。临行时弘一大师送给李圣章书写的经文和对联，还特地送了一件新的僧袍，说是送给他出生不久的二儿子的礼物。

一九二七年之后，再未看到叔侄二人的书信来往，或许是因为信件没有保存，或者是因为家人的阻止。因为，在李家所有家人看来，家里不能再出第二个和尚了……

世间没有不好的东西

一九二四年九月初，弘一大师从温州途经宁波，原打算去安徽九华山，但从温州到宁波后，江浙军阀之间爆发战争，弘一大师因战争而滞留宁波。先在某小旅馆内暂住了两天，第三天挂褡于七塔寺，入住七塔寺云水堂。

在宁波省立第四中学担任国文老师的夏丏尊，前来看望老朋友弘一大师。

云水堂中住着四五十个游方僧，铺有两层，是统舱式的。弘一大师住在下层，见了夏丏尊后微笑招手，两人在廊下板凳上坐下。

弘一大师："到宁波三日了，前两日住在小旅馆。"

夏丏尊："旅馆住着不舒服吧？"

弘一大师："很好！臭虫也不多，不过两三只。主人待我非常客气呢。"

此后，弘一大师又和夏丏尊说了一些在轮船统舱中，茶房怎样待他和善，在此地挂褡怎样舒服等等的话。

夏丏尊有些心酸，随之邀请弘一大师到上虞白马湖"晚晴山房"小住几日。弘一大师初说再看机会，最后拧不过夏丏尊，便欣然答应。

弘一大师随身行李非常简单，铺盖用破席子包着。到了白马湖后，打扫完房间，他自己打开铺盖，先把那破席子珍重地铺在床上，摊开了被，再把衣服卷了几件作枕头。拿出黑且破得不堪的毛巾走到湖边去洗脸。

夏丏尊忍不住说："这毛巾太破了，替你换一条好吗？"

弘一大师淡淡微笑："不破不破，还好用的，和新的也差不多。"

说罢，弘一大师把那破毛巾郑重地张开来给夏丏尊看，表示还不十分破旧，还可以继续用。

弘一大师是过午不食了的。第二天未到午，夏丏尊送了饭和两碗素菜过来，弘一大师坚持说只要一碗，夏丏尊执意又加了一碗。然后坐在旁边，静静地看着弘一大师吃饭。

碗里盛的是些最普通的萝卜白菜，在弘一大师眼中却是美味佳肴，只见他吃一口饭，然后夹起一块萝卜，脸上浮现出发自内心的喜悦之情。那一刻，夏丏尊的眼泪快要掉了下来。

第二天，另一位朋友送了四样素菜过来，夏丏尊也同席。其中有一碗菜做得非常咸，夏丏尊说："太咸了，这怎么吃？"

弘一大师却说："不碍事，不碍事，咸的也有咸的滋味，挺好。"

夏丏尊的家与弘一大师的住处相隔有一段距离，弘一大师不想麻烦老朋友，从第三天起，就不用再来送饭，他自己过去吃，并笑着说出家人本来就是要出去乞食的嘛。

夏丏尊说："平日里你过来吃，赶上下雨天仍给你送去。"

弘一大师说："不要紧！下雨天我有木屐哩。"

弘一大师说出“木屐”二字时，那神情仿佛是拥有一件了不起的法宝似的。“每日走些路，也是一种很好的运动。”

夏丏尊不好再说些什么了。

在夏丏尊看来，弘一大师眼中，这世间竟没有不好的东西，一切都好，小旅馆好，统舱好，挂褡好，破的席子好，破旧的毛巾好，白菜好，萝卜好，咸苦的蔬菜好，什么都有味，什么都了不得。这是何等的境界。

宗教上的话且不说，琐屑的日常生活到此境界，那就是生活的艺术化。世人说他在受苦，夏丏尊却觉得他在享乐。

当他亲眼看到弘一大师吃萝卜白菜时那种愉悦安宁的光景，心里就想：萝卜白菜的全滋味，真滋味，恐怕只有弘一大师才能品尝出真正的味道。对于一切事物，不为因袭的成见所缚，都还他一个本来面目，如实观照领略，这才是真解脱，真享乐。

那简直是艺术的生活。凡被利益或成见所束缚，不能把日常生活咀嚼玩味的，都是与艺术无缘的人。真的艺术，不限在诗里，也不限在画里，到处都有，随时可得。不会作诗，不会作画，也不要紧，只要对于日常生活有观照玩味的能力，无论是谁，都能有权去享受艺术之神的恩宠。

与弘一大师数日相聚，夏丏尊深深地感到这点。他忽然意识到，自怜囫囵吞枣地过了大半生，平日吃饭着衣，何曾尝到过真的滋味。乘船坐车，看山行路，何曾领略到真的情景。虽然愿从今留意，但是去日苦多，又因自幼未曾经过好好的艺术教养，即使自己有这个心，何尝有十分把握，言之怃然。

护生即是护心

佛教的根本精神在于戒律的尊严，在于佛教弟子们对于戒律的尊重与遵守。所以凡为佛子，不论在家，或者出家，一进佛门的第一件大事便是受戒。否则，即使自称信佛学佛，也是不为佛教所承认的。换句话说，那是一个门外汉。

基于此，弘一大师出家选择了最难修持的律宗，意在告诫自己：唯有以戒为师，才能自己持戒，并能够协助他人持戒与保护他人持戒。否则，多数的人不持戒，持戒的人反将失去了应得的保障，那真是所谓“法弱魔强”了。

而杀戒是佛弟子应该遵守的第一戒，故《大智度论》中说：“诸余罪中，杀业最重，诸功德中，不杀第一。”

一九二七年十一月，由温州云游至上海的弘一大师，暂住在学生丰子恺家中。丰子恺生日那天，在弘一大师的见证下皈依佛法，法号婴行，成为在家的居士。此后两人制定了一个出版计划，准备出版一部劝诫杀生的画集。具体由丰子恺作画，弘一大师题写诗文，意在提倡仁爱、劝人戒杀从善，建立人与动物平等的观念，促进人与自然的和谐发展。

画集最后取名为《护生画集》，所谓护生，实际是在护心，要去除残忍心，长养慈悲心，然后拿此心来待人处世，这种爱生敬养的思想对现世亦有一定的积极意义。

丰子恺如此定位《护生画集》，顽童一脚踏死数百蚂蚁，我劝他不要。并非爱惜蚂蚁，或是想供养蚂蚁，只恐这一点残忍心扩而充之，将来会变成侵略者，用飞机载了重磅炸弹去虐杀无辜的平民，故读《护生画集》，须体会其“理”不可执着其“事”。

此后，弘一大师带着丰子恺去拜访印光法师，见印光法师身后站着一个青年，恭恭敬敬地侍候。此人名叫李圆净，是一位居士。李圆净和丰子恺打招呼，聊天中得知《护生画集》的事，李圆净主动提出承担编辑印刷的工作。随着李圆净的加入，《护生画集》的创作工作正式启动。

一九二八年后半年，弘一大师在温州与丰子恺通信数十封，反复推敲讨论《护生画集》的编辑工作。指出画面的创作要尽量减少刺激残酷的形式，就感动人心而论，则优美之作品似较残酷之作品感人较深。因残酷之作品，仅能令人受一时猛烈之刺激。若优美之作品，则能耐人寻味，似食橄榄然。弘一大师的意图非常明确，意在导俗，不尚文辞。只要对众生有切实的利益，大师愿意牺牲浮华的词采，以直白通俗之言让普通老百姓读懂。

弘一大师事无巨细，甚至具体到纸张和装订“画集虽应用中国纸印。但表纸仍不妨用西洋风之图案画，以二色或三色印之。至于用线穿订，拟用日本式。即是此种之式，系用线索结纽者。与中国佛经之穿订法不同。朽人之意，以为此书须多注重于未信佛法之新学家一方面，推广赠送。故表纸与装订，须极新颖醒目。俾阅者一见表纸，即知其为新式之艺术品，非是陈旧式之劝善图画。倘表纸与寻常佛书相似，则彼等仅见《护生画集》之签条，或作寻常之佛书同视，而不再批阅其内容矣。故表纸与装订，倘能至极新颖美观夺目，则为此书之内容增光不小，可以引起阅者满足欢喜之兴味。内容用中国纸印，则乡间亦可照样翻刻，似与李居士之意。亦不相违、此事再乞商之。”

为了让读者没有阅读障碍，弘一大师除摘选古诗词之外，还亲自作白话诗数首，分别为《夫妇》：人伦有夫妇，家禽有牝牡。双栖共和鸣，春风拂高柳。盛世乐太平，民康而物阜。万类咸喁喁。同浴仁恩厚（弘一大师注：按此诗虽不佳，而得温柔敦厚之旨。以之冠首，颇为合宜）。《暗杀一》：若谓青蝇污，挥扇可驱除。岂必矜残杀，伤生而自娱。《蚕的刑具》：蚕杀百千命，完成一袭衣。唯知求适体，岂毋伤仁慈。《忏悔》：人非圣贤，其孰无过。犹如素衣，偶著尘涴。改过自新，若衣拭尘。一念慈心，天下归仁（弘一大师注：按此诗虽无佛教色彩，而实能包括佛法一切之教义，仁者当能知之）。

弘一大师在信中坦言对“白话诗”的态度：“朽人已十数年未尝作诗。至于白话诗，向不能作。今勉强为之。初作时，稍觉吃力。以后即妙思泉涌，信手挥写，即可成就。其中颇有可观之作，是诚佛菩萨慈力冥加，匪可思议者矣。但念生死事大，无常迅速。俟此册画集写毕，即不再作文作诗及书写等。唯偶写佛菩萨名号及书签。以结善缘耳。此画集中，题诗并书写，实为今生最后之纪念。而得与仁者之画及李居士之戒杀白话文合册刊行，亦可谓殊胜之因缘矣（但朽人作此白话诗事，乞勿与他人谈及）。”

弘一大师对所作之诗并不满意，他自评道：“就艺术上而论，颇有遗憾。一以说明画中之意，言之太尽。无有含蓄，不留耐人寻味之余地。一以其文义浅薄鄙俗，无高尚玄妙之致。就此二种而论，实为缺点。但为导俗，令人易解，则亦不得不尔。然终不能登大雅之堂也。”

弘一大师认为，阅读《护生画集》的读者，并非是愚夫愚妇及旧派之士农工商，而是新派有高等小学以上毕业程度之人。他告诉丰子恺：“今此画集编辑之宗旨，前已与李居士陈说。第一，专为新派智识阶级之人（即高小毕业以上之程度）阅览。至他种人，只能随分获其少益。第二，专为不信佛法，不喜阅佛书之人阅览。（现在戒杀放生之书出版者甚多，彼有善根者，久已能阅其书。而奉行惟谨。不必需此画集也。）近来戒杀之书虽多，但适于以上二种人之阅览者，则殊为希有。故此画集，不得不编印行世。能使阅者爱慕其画法崭新，研玩不释手，自然能于戒杀放生之事，种植善根也。”

翻开《护生画集》第一册，基调是伤感的，五十幅画是丰子恺和弘一大师对杀生的一种无声抗议。丰子恺的画，贵在画面生动有故事，搭配弘一大师的题字后，文字的渲染更容易将画面的气氛烘托出来。比如一幅题为《今日与明朝》的画，左边画的是风和日丽的今天，鱼、鸭在河水里活泼地嬉戏；右边则是明天，鱼、鸭被系着头吊在绳上陈列在市集……鲜明的生死对比，令人唏嘘不已。

《护生画集》第一辑于一九二九年由开明书店出版，弘一大师书，丰子恺画，编辑李圆净，序作者为马一浮。这一年恰逢弘一大师五十寿辰，弘一大师与丰子恺约定从一九二九年大师五十岁起，每十年作一集，各为五十幅，六十幅，七十幅，八十幅，九十幅和一百幅，与弘一大师年龄同长。丰子恺对恩师做出承诺："世寿所许，定当遵嘱。"

在《护生画集》中，丰子恺所描绘的猪牛羊鸡鸭、鸟兽蚁蝼，乃至一切有生命的生灵，寥寥数笔，笔到意先。感召人们关爱动物，不要伤及它们的生命，宣扬"护生就是护心，救护禽兽虫鱼只是手段，倡导仁爱和平是目的"。

弘一法师在跋中曰："李、丰二居士发愿流布《护生画集》，盖以艺术作方便，人道主义为宗趣。每画一叶，附白话诗，选录古德者十七首，余皆贤瓶闲道人补题。并书二偈，而为回向：我依画意，为白话诗。意在导俗，不尚文词。普愿众生，承斯功德。同发菩提，往生乐国。"依照佛教戒律，出家人不宜创作诗书画等艺术，故弘一大师在跋中隐去真名，署以"贤瓶闲道人"。

看待宗教的角度

一九二七年二月，弘一大师从温州返回杭州，挂单在常寂光寺闭关，由"浙一师"老同事堵申甫担任护法。不久，国民革命军东路军收复杭州，浙江临时政治会议成立，暂行全省职权。激进派人士灭佛驱僧，收回寺院，勒令僧尼结婚。

目睹佛门浩劫，弘一大师提前出关，委派堵申甫邀请激进派诸君到常寂光寺喝茶。一个叫宣中华的激进派，是弘一大师当年浙一师的学生，也应邀到场。

诸君坐在客堂，弘一大师从关房出来，将提前写好的佛号字幅一一分赠予会来宾。然后独自落座，手捻佛珠，沉默不语。宣中华平日能言善辩，善于宣传鼓动，殊不料在老师的慈悲威慑下，竟感到汗流浃背，无地自容。至此，灭佛驱僧之议销声匿迹。

几乎是同一时间，弘一大师在南洋公学求学时的老师蔡元培，在厦门闽南佛学院做《佛学与佛教及今后之改革》的讲演："佛法出世间，不离世界觉。故佛法于社会上，亦应有相当的义务。兄弟现在住于青年会，青年会不是现今非宗教运动所攻击的机关吗？然而凡青年会，皆努力于社会事业，而厦门之青年会，尤为热心，尚招一班人之反对；况佛教徒之饱食终日、无所事事者乎？民国初建，或主张改庙寺为工厂，而寄禅辈以信教自由之宪法以抗之。而今者国民政府成立，一切宗教，均在催陷廓清之例，保教者又当根据何法以反对之耶？兄弟有极诚恳之条件，以贡献于诸君：佛陀贵为王子，国宝盈庭，以何不尽其所有留自受用，或遗弟子等，而皆一一放弃之耶？而今之佛教徒，将庙产占为私有，甚至弃佛教本身之公益亦不作，如是自私之怀抱，将以何根据而云然，又况庙产本为集产之性质乎。"

同时，蔡元培还对佛学佛教做了明确的分析，而且还设计今后的改革走向：（一）提倡佛化教育，以讲明佛法真义。有青年聪俊之僧徒，亦应资送往普通学院，或留学外国，以深造其世学，而提高佛法之人世精神；（二）将少数寺庙改为工厂，但一般无业僧人，得半工半修行之工作。

可见，蔡元培对当时存在的佛教徒不做社会公益，将庙产占为私有等现象很是痛心。

蔡元培在讲演里，特别举了太虚法师故事。他说："佛学流入中国，将数千余年，讲学如玄奘、道安者几人，获果如寒山、拾得者又几人。近之太虚法师，引法办学，僧众反引为无上隐忧。"盖当时太虚法师改革佛教，倡导人生佛教。

蔡元培早年留学德国，受西方文化的洗礼，一生从事于民主革命活动和科学教育事业，属于向西方寻求救国救民真理的一派人物。他认为宗教只是人类进程中间一时的产物，并没有永存的本性，所以将来的中国，也是同将来的人类一样，是没有宗教存在的余地的。

同时认为宗教具有与美术、文学相同的慰情作用，对于困苦的人生，不无存在的价值，因此提出了“美育代宗教”的口号，证明蔡元培对于任何宗教都不持信仰态度。但是，蔡元培对宗教文化又不是全盘否定，而是以科学的、理性的方式，对复杂的宗教进行细致的分析，求得他最后的元素，不过一种信仰心，就是各人对于一种哲学主义的信仰心，所以他称之为“哲学的信仰”，形成以哲学主义替代宗教信仰的思想。

他强调对宗教中陈腐、诡诞、倚赖鬼神、委巷不经的迷信思想应予坚决剔除；而对其中合理性的，与科学可以相成的哲学思想，特别是他所称誉的佛法，应以科学方法积极地证明。因此他坚决反对教会学校“用种种暗示”，宣传他们的宗教信仰，反对“以传教为业的人”从事教育业和在大学中开设神学课程。但又主张“于哲学科加设宗教中、比较宗教学等”，促使佛教哲学走上高等学府的讲坛。另一方面，又以科学为依据，对佛法进行整理和论证，“以完成自度度人的弘愿”。

由此可见，蔡元培是支持激进派灭佛驱僧的。

弘一大师正是看到了蔡元培的这一论述，写信提出了自己关于整顿佛界的意见。他认为如果让俗家之人来整顿，因限于对有关情形的不了解，难免出现隔阂，即信中所云“现代出家僧众，诚属良莠不齐，但仁等于出家人中之情形，恐有隔膜，将来整顿之时，或未能一一允当”。所以，建议由佛界的有德僧人太虚法师和弘伞法师负责整顿。

信中说：“旧师孑民，旧友子渊、彝初、少卿、钟华诸居士同鉴：昨有友人来，谓仁等已至杭州，建设一切，至为欢慰。又闻孑师等在青年会演说，对于出家僧众，有未能满意之处。鄙意以为，现代出家僧众，诚属良莠不齐，但仁等于出家人中之情形，恐有隔膜，将来整顿之时，或未能一一允当。鄙意拟请仁等另请僧众二人为委员，专任整顿僧众之事，凡一切规划，皆与仁等商酌而行，似较妥善。此委员二人，据鄙意，愿推荐太虚法师及弘伞法师任之。此二人皆英年有为，胆识过人，前年曾往日本考察一切，富于新思想，久有改革僧制之弘愿，故任彼二人为委员，最为适当也。至将来如何办法，统乞仁等与彼协商。对于服务社会之一派，应如何尽力提倡。此是新派。对于山林办道之一派，应如何尽力保护。此是旧派，但此派必不可废。对于既不能服务社会，又不能办道山林之一流僧众，应如何处置；对于应赴一派，即专作经忏者，应如何严加取缔。对于子孙之寺院，即出家剃发之处，应如何处置；对于受戒之时，应如何严加限制；如是等种种问题，皆乞仁者仔细斟酌，妥为办理。俾佛门兴盛，佛法昌明，则幸甚矣。此事先由浙江一省办起，然后遍及全国。弘伞法师现住里西湖新新旅馆隔壁招贤寺内，太虚法师现住上海，其住址问弘伞法师便知。谨陈拙见，诸乞垂察。不具。”

信中提到的太虚法师，为中国近代佛教史上的革新者，提倡“人生佛教”，强调以大乘佛教“舍己利人”“饶益有情”的精神去改进社会和人类，建立完善的人格、僧格。弘伞法师，俗名程中和，出家于杭州虎跑寺，为弘一大师之师弟，与弘一大师关系密切。

根据佛教界的情况，弘一大师将之分为服务社会的一派、隐入山林办道的一派、专作经忏的一派和既不能服务社会又不能办道山林的一派四类,对于专门从事出家剃度的场所及如何严加限制受戒等事,弘一大师都有提及,可见其对僧众教育的重视与关注。

病中的选择题

弘一大师寓居上虞法界寺期间，先后两次染患大病，最后都转危为安。第一次是在一九三零年八月，患伤寒，发热甚剧，兼有痢疾，腹泻不止，二病附体，不省人事。弘一大师一面念佛，一边服药，就这样卧床八天后痊愈。

第二次是在一九三一年四月，这次弘一大师向寺方写下遗嘱："弘一谢世后，凡寄赠法界寺之佛典及佛像，皆赠予徐安夫居士。其余之物皆交法界寺库房。"随后，弘一大师专心念佛，祈求往生极乐世界。

就在此时，宁波白衣寺住持安心头陀前来法界寺。这一年陕西大旱，安心头陀邀请弘一大师到陕西弘法赈灾，为众生祈福。弘一大师身在病中，身体虚弱，无奈安心头陀跪地请求，他只好答应。但想到自己病体支离，恐难禁得住长途奔波，便悄悄立下一份遗嘱，托人带给在宁波浙江四中任教的学生刘质平："余命终后，凡追悼会、建塔及其他纪念之事，皆不可做。因此种事与余无益反失福也。倘欲做一事与余为纪念者，乞将《四分律比丘戒相表记》印二千册流通。"

刘质平见遗嘱后骤然变色，想到恩师病体羸弱，恐有闪失，便赶往宁波海伦码头阻拦。他冲上即将起锚的客船，终于在客舱中找到恩师，不容分说，便把弘一大师背下客轮。

刘质平埋怨道："《清凉歌集》《华严集联三百》还未完稿，法师却带病执意出行，万一不测，立下的弘愿如何兑现。"

弘一大师："质平居士，撰写歌集固然重要，弘法赈灾亦重要，况且安心头陀跪求西去，我已答应，岂能反悔？"

刘质平："疲惫之躯若透支，后果不堪设想，先完成歌集与集联，待身体完全康复后再出门远行。"

说罢，刘质平拦住弘一大师，摆出一副誓死不放行的样子。弘一大师岂能不知学生的良苦用心，两人名为师生，实际上比父子情义还深。师生二人抱头大哭，弘一大师西行之事暂缓。

返回上虞法界寺后，弘一大师在佛像前发愿，弃舍有部，专学南山，并随力弘扬，以赎昔年轻谤之罪。他在《学南山律誓愿文》中写道："弟子演音，敬于佛前发弘誓愿，愿从今日，尽未来际，誓舍身命，愿护弘扬南山律宗，愿以今生尽此形寿，悉心竭诚，熟读穷研《南山律钞》及《灵芝记》，精进不退，誓求贯通，编述《表记》，流传后代，冀以上报三宝深恩，速证无上正觉。"

弘一大师的佛学修行，也从"新律"转向"旧律"。

佛教流传过程中，一个无法回避的问题就是僧团的戒律问题。僧团的纲纪是"以戒为师"，但中国佛教早期对戒律的理解与诠释却存在着种种不同的分歧，在实践上更是各行其是。道宣就指出："自律部东阐六百许年，传度归戒，多迷体相，五部混而未分，二见纷其交杂。海内受戒，并诵法正之文，至于行护随相，多委师资相袭，缓急任其去取，轻重互而裁断。”

有鉴于此，许多法师西出阳关，就是要实地考察印度本土僧团的修行实践，从东晋法显至唐时义净，莫不如此。义净法师西行求法就是想用印度“正统”的典范来修正或规约当时中土僧团的偏失。回国后他系统翻译了根本说一切有部的律典达二百余卷。这就是弘一大师所称的“新律家”。在中国律学史上所谓的“新律”，便是指义净三藏所译《有部律》(《根本说一切有部毗奈耶》)，因《有部律》是由梵文汉译中国律典中最后一部新典，有别于《四分律》等四部旧译，所以称为“新律”。

《说一切有部》意图使中国僧众的戒律完全仿效印度僧团，义净法师说：“凡此所论，皆依根本说一切有部，不可将余部事见糅于斯。”他反对诸部混杂，要求持戒必须依于统一的律本，这样开遮持犯才有章可循，有法可依。

说一切有部是上座部中最早的和一个最大的部派，主要论著有《发智论》《俱舍论》《六足论》，论师有世友、法救、妙音、觉天。

《说一切有部》宗旨主要包括两个方面：一是宣说“法”一切有。把世界一个事物和现象，归结为色法、心法、心所法、不相应行法——皆属有生灭变化的“有为法”。二是宣说“时”一切有。认为过去、未来与现在一样皆有实体。

所谓“南山宗”，即南山律宗，又名“旧律”。为中国佛教宗派之一，因创立者唐代律祖道宣隐居终南山得名。相传释迦摩尼在世时，为约束僧众，曾制定各种戒律。传入中国者以《四分律》流布最广。道宣在终南山创立戒坛，制定佛教受戒仪式，把戒分为止持、作持两门。

道宣在《四分律行事钞》序文中阐述了自己立宗弘律的方法论原则，他认为古来释律著作，撰疏的只论废立，作钞的只逞问难，皆不能成为新学的行为指导。所以他才“统教意之废兴，考诸说之虚实”，以“辟重疑，遣通累，括部执，诠行相”为宗旨，着重会通诸律，以利行事。南山律的殊胜之处就在其会通大小的创见。

也就是说，南山律的殊异之处，恰恰在于会通诸部、杂糅各律。这是有部律与南山律最大之不同。

然而值得注意的是，弘一大师为何放弃有部律而弘宣南山律呢？

弘一大师所处的时代正是中国佛教内忧外患的年月，教界价值失范，纲纪无存，僧人素质低落，如沙散漫；社会人士争夺寺产，号为兴学助教。弘一大师认为“法门陵夷，僧宝殆绝，除了扶律，是不足以言振兴了”。

弘一大师的心愿就是为僧团树戒幢，为教界立规范，纯正持一的有部律与诸部混杂的南山律相比当，更为契合弘一大师当时求取严正清明律法的希冀。这是弘一大师最初选择有部律的原因。此后，他舍弃有部律，舍掉的是不合时宜的教规与理解上的拘谨。他选择南山宗，弘扬的是菩萨道，是中国固有的法统。舍有部崇南山，主要体现着一种时代特征与应机方便，而非律部本身的孰优孰劣。

所以当年，徐蔚如居士对弘一大师说，南山律依《四分律》而成，能适应中土僧众之大乘根器时，大师深契此心。故此，弘一大师改弘南山律是有着强大的文化心理做背景。弘一大师把毕生精力都用来研究南山律，以弘扬南山律为己任，终于使泯灭七百余年的南山律教得以重兴。

樂石社社友小傳
乙卯六月編印

李叔同在浙一师创办乐石社

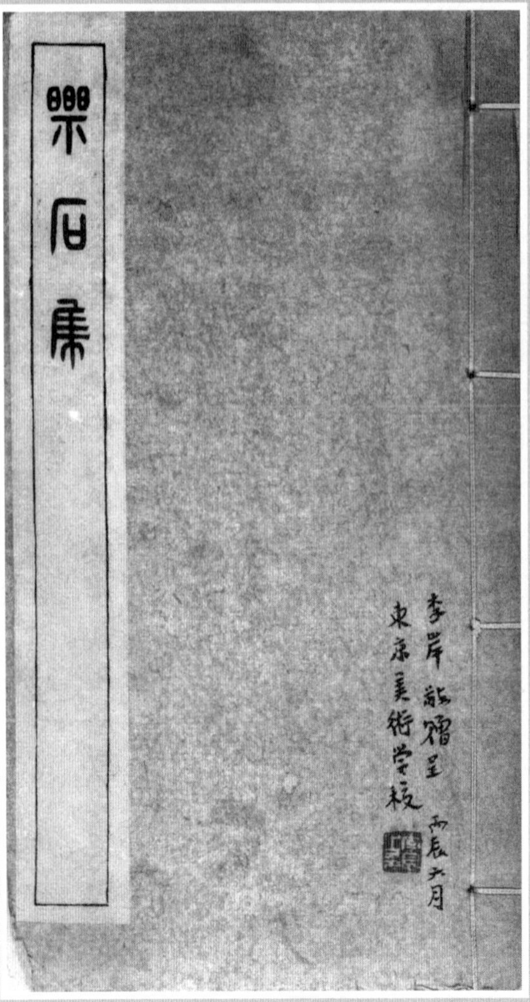

《乐石集》封面

弘一大师印章

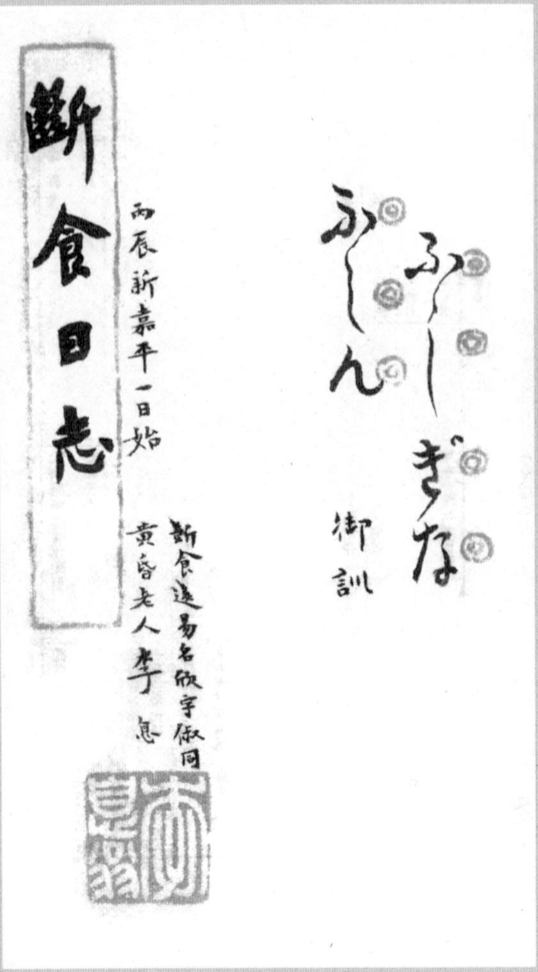

《断食日志》封面

李叔同与弟子刘质平和丰子恺合影

第六章

在福建

一九二九年，弘一大师在上海遇到尤昔阴居士，两人相约一起到泰国弘法。从上海到泰国要经过厦门。船在厦门停靠期间，弘一大师受到陈敬贤居士的热情接待。在陈敬贤居士的介绍下，前往南普陀寺，并被几位热情的南普陀寺法师留下，终止了泰国之行，决定到闽南久住。

弘一大师在人生最成熟的阶段选择了闽南，应该说是因为闽南这片土地曾经闪烁过契合大师心境的片片灵光，除了气候四季如春的原因外，更重要的是此地佛教界内部较为纯洁，佛教教育的风气十分浓厚，有益于弘法的大事业。

弘一大师足迹遍及厦门、漳州、晋江、泉州等名山胜水，挂锡弘法过的名刹五十多处。最后示寂于泉州温陵养老院“晚晴室”。临终绝笔“悲欣交集”所涵盖的深意，既体现了对芸芸众生的真切悲悯，也印证了他遗书中的偈语：“君子之交，其淡如水。执象以求，咫尺千里。问余何适，廓尔忘言。华枝春满，天心月圆。”

广洽法师

一九三二年底，弘一大师抵达厦门之后，收到俗侄李晋章的来信，李晋章是弘一大师俗家二哥李文熙次子，李圣章的弟弟，与弘一大师感情深厚。李晋章告诉弘一大师，上海的报纸刊登了弘一大师在福建圆寂的消息，家人十分挂念，特写信确认。

对于生生死死的谣传，弘一大师一笑了之，写信告诉李圣章："数年前上海报已载余圆寂之事，今为第二次。记载失实，报中常常有之，无足异也。"

寥寥数语，平和淡定，毫无乖戾之气，可见弘一大师并不在乎此事。随后弘一大师话锋一转，与李晋章聊起厦门的景致，天气甚暖，此季节里面穿一件小布衫，外面套一件夏布大衫足矣。出门需要打伞，与天津八月底的天气相似。石榴花、桂花、白兰花、菊花、山茶花、水仙花同时盛开。

又言，算命的人断言，我的寿命与你父亲相似，大概在六十岁或六十一岁。寿命长短，本不足道，姑且相信这是真的。所以我珍惜时间，刻苦修行，利用余生讲律布道，弘法利生，直至往生极乐世界。

这次到厦门，弘一大师见到了曾邀请他到闽南弘法的广洽法师，当时广洽法师三十一岁，担任南普陀寺副寺，协助太虚大师在南普陀寺推行佛教改革。广洽法师见到弘一大师后满心欢喜，万分珍惜与弘一大师相处的每一寸时光。

几年前，弘一大师与广洽法师相识于厦门。当时弘一大师随同尤惜阴和谢国梁乘船前往泰国弘法途中，三人抵达厦门后弘一大师因身体不适登岸休息，后经南普陀寺监院性愿法师恳切挽留，弘一大师决定放弃泰国之行，留居厦门南普陀寺，负责接待的是广洽法师，广洽法师周到细微的行事方式给弘一大师留下深刻印象。

这一次见面纯属偶然，之后的两次写信邀请则是顺应机缘。

第一次是一九三一年，弘一大师在上虞法界寺大病初愈，广洽法师来信邀请他到厦门弘法。弘一大师表示，过完中秋节返回法界寺料理一切，便可乘船到厦门赴约。孰料中秋未到，“九一八”事变爆发，弘一大师先从温州到上海，准备乘船赶赴厦门。上海诸友闻讯，赶来恳劝时局不宁，远行颇不相宜，务期暂缓动身。不得已，弘一大师只能据此复信广洽法师说明原委，因行李繁重，一人乘坐轮船，上下颇为困难，倘有因缘，来年当来厦门，亲近慈座也。

第二次是一九三二年，弘一大师在金仙寺料理完诸事，办理好行李托运后，给广洽法师写信：“拟于十天后，搭乘新镒利轮往厦。但此舱无有定期，或延迟亦未可知也。”

不巧发信当晚，弘一大师突患痢疾，腹泻不止，眼看预定行期无法启程，当月十五日，又写信告知广洽法师说明延缓行期:“广洽法师慈鉴:前寄函想已收到。吾自十四日夜间,急痢疾,至今未愈。倘近日可以痊愈,即搭次班新镒利轮船往厦。倘一时未能痊愈复元者,则更须延期也。所带行李不多,乞座下勿至码头迎接。因病犹未痊,动身之日难确定也。知劳远念,谨以奉闻。顺颂法安。”

所幸十一月二十六日痊愈,弘一大师即自温州乘上新镒利轮,于十一月三十日如愿抵达厦门,暂居妙释寺。

抵达厦门之日起,弘一大师便受到种种礼遇,衣食丰足,诸事顺遂。从此专心著述,无后顾之虑。留居南闽十载,直至温陵终老。弘一大师与广洽法师也结下诸胜因缘。

妙释寺首次弘法功德圆满,广洽法师满心欢喜,为了聆听弘一大师弘扬南山律,广洽法师邀请弘一大师讲授律学,弘一大师答:“机缘未到,静候佳音。”

一天夜里,弘一大师做了一个梦,梦中化身为一个少年与儒师同行,忽闻身后有人诵读《华严经·贤首品》偈。其声高亢凄清,感人至深。二人反身寻找,见十几人席地而坐,中间者操琴弹弦,另有一长髯老者朗声作歌。弘一大师知老者以歌说法,心生敬意,欲入座听法。便问有无空座?有人指点,说两端皆可坐。弘一大师正要脱鞋入座,忽然梦醒。忆及梦中老者所唱经偈,依稀在耳,急忙点录下经偈。后将此偈写成书法附跋赠予广洽法师:“菩萨发意求菩提,非是无因无有缘。于佛法僧生净信,以是而生广大心。不求五欲及王位,富饶自乐大名称。但为永灭众生苦,利益世间而发心。常欲利乐诸众生,庄严国土供养佛。受持正法修诸智,证菩提故而发心。深心信解常清净，恭敬尊重一切佛。于法及僧亦如是，至诚供养而发心。深信于佛及佛法，亦信佛子所行道。及信无上大菩提，菩萨以是初发心。”

一场奇梦之后，弘一大师答应了广洽法师请求讲律的要求。

一九三三年四月，弘一大师率领广洽法师等僧众移居厦门万寿岩，不久宣布成立南山律苑。该学苑是以护南山四分律宗弘传世间为弘愿，以重兴南山律为宗旨，以律学为精研修持为重点。以戒法、戒行、戒体、戒相为教理，以讲演律学为教学主要内容，以此促进僧伽教育的发展。

广洽法师自幼丧失父母，无缘感受家庭的温暖和父母的关爱，加之少年失学，无缘接受系统教育。面对这样一块璞玉，弘一大师因材施教，将毕生对律宗的研修心得倾囊相赠。

这对于一个仅读过两年私塾的僧人来说，简直不可思议。对于广洽法师来说，弘一大师就是他名副其实的老师。南山律苑成立后，弘一大师要求广洽法师勤修日课，恪守戒律，不可一日懈怠，必须日复一日修持。然后利用批改《学律心得》，笔答疑问等方式，反复检查广洽法师的修持情况。每当广洽法师因为修持精勤而喜获菩萨感应，弘一大师又及时给予嘉勉。在弘一大师的栽培下，广洽法师成长为南山律学院学律的高足，担任佛教养正院教导。

弘一大师自出家以来，坚持不任寺职，不蓄徒众，不向外化缘，不受外界布施。仅接受晚晴护法会施资请购佛书、付印著作、医疗费用等。因此弘一大师生活、交通等费用另由在俗的朋友和学生供养。所以，自弘一大师抵达厦门后，广洽法师便从惠施僧衣、食物、邮票、名香入手，直至惠施现金，主动供养。

一九三七年春，广洽法师带领佛教养正院师生募捐，为弘一大师出版《青年佛教徒应注意的四项》《闽南十年之梦影》《最后之忏悔》《养正院亲闻记》。这年日军侵华，佛教养正院停办。广洽法师辞别弘一大师，到新加坡弘法，至此这对师生只有通信，再未见面。

妙释寺的三次演讲

最崇敬净土法门

一九三二年十二月，弘一大师在厦门妙释寺作了主题为《净土法门大意》的演讲。

弘一大师出家后倾心华严、究明律学、深入净土。他对净土的弘扬不遗余力，他曾说，我于诸佛法中，最崇敬净土法门，于诸善知识中，最钦仰印光法师。

我人修净土宗者，以往生极乐为第一目标的，其现在所有讲经、撰述等种种弘法之事，皆在其次。时节到来，撒手便行，决不以弘法事业未毕而生丝毫贪恋顾惜之心。

净土宗是佛教中的一个宗派，以信仰西方弥陀净土为宗旨，专持弥陀名号，达到临终时往生西方极乐世界——阿弥陀佛国土的目的。后世就称此宗为净土宗。又因此宗肇始于东晋慧远大师在庐山东林寺首创莲社，故又称此宗为莲宗。

在这次演讲中，弘一大师将修净土法门最切要的几点着重叙述了一遍，即：发大菩提心、常读《普贤行愿品》、多做慈善事业。弘一大师鉴于俗世对净土法门常有的误解，劝告大家唯有严于律己、信受奉行方能有真实成就。

一、修净土宗者，须发大菩提心。《无量寿经》中所说三辈往生者，皆须发无上菩提之心。《观无量寿佛经》亦云：欲生彼国者，应发菩提心。净土宗以大菩提心为主，常应抱积极之大悲心，发救济众生之宏愿。愿以一肩负担一切众生，代其受苦……凡此一切世界之众生，所造种种恶业，应受种种之苦，我愿以一人一肩之力完全负担。决不畏其多苦，请旁人分任……乃经不可说久远年代，尽于未来，决不厌倦。因我愿于三恶道中，以身为抵押品，赎出一切恶道众生。众生之罪未尽，我决不离恶道，誓愿代其受苦。故虽经过极长久之时间，亦决不起一念悔心，一念怯心，一念厌心。我应生十分大欢喜心，以一身承当此利生之事业也。

弘一大师的菩提心理论与修行，是对前人的继承和发扬，对当代净土宗有很好的指导作用。

二、修净土法门者，亦应学教明理。弘一大师明确反对“专持一句弥陀，不须复学经律论等”排斥教理的错误主张。

三、修净土法门者，亦应读诵大乘经典。弘一大师说：“修净土法门者，固应诵《阿弥陀经》，常念佛名。然亦可以读诵《普贤行愿品》，回向往生……此经中说：诵此普贤愿王者，能获种种利益，临命终时，此愿不离，引导往生极乐世界，乃至成佛。故修净土法门者，常读诵此《普贤行愿品》，最为适宜也。”

四、积极鼓励专修念佛之人，多做慈善事业。他说：“至于做慈善事业，乃是人类所应为者。专修念佛之人，往往废弃世缘，懒做慈善事业，实有未可。因现生能做种种慈善事业，亦可为生西之资粮也。”

人之将死莫要悲伤

世间最悲哀痛苦的事情，莫过于死亡。对于死亡的事情，没有一人不知道，也没有一人可能免。若是只知道死亡是悲哀痛苦，而不知去求修学佛法，出离三界，永免死亡，此岂不是空劳悲痛，无所利益。

于是在一九三三年一月，弘一大师做了《人生之最后》的演讲。谈到人生走到尽头时的情形，弘一大师提到人处在这个阶段应该注意的一些事情。他按时间顺序先后讲了病重、临终、命终之后三个阶段，当事人以及周边人应该注意的细节。语言平实，情感真切，悲心动人，体现了弘一大师悲天悯人、无微不至的终极关怀。

弘一大师分七章演讲，即一、序言；二、病重时；三、临终时；四、命终后一日；五、荐亡等事；六、劝请发起临终助念会；七、结语。

弘一大师在开篇讲道：“厦门妙释寺念佛会请余讲演，录写此稿。于时了识律师卧病不起，日夜愁苦。见此讲稿，悲欣交集，遂放下身心，屏弃医药，努力念佛。并扶病起，礼大悲忏，吭声唱诵，长跽经时，勇猛精进，超胜常人。见者闻者，靡不为之惊喜赞叹，谓感动之力有如是剧且大耶。余因念此稿虽仅数纸，而皆撮录古今嘉言及自所经验，乐简略者或有所取。乃为治定，付刊流布焉。”

在第二章“病重时”，弘一大师特别开示，要专心念佛，求生西方。如寿已尽，决定往生。如寿未尽，虽求往生，而病反能速愈。因心至专诚，故能灭除宿世恶业也。

又言，如寿已尽，决定不能往生，因自己专求病愈不求往生，无由往生故。如寿未尽，因其一心希望病愈，妄生忧怖，不惟不能速愈，反更增加病苦耳。

弘一大师认为，病未重时，亦可服药，但仍须精进念佛，勿作服药愈病之想。病既重时，可以不服药也。

弘一大师分享了昔日患病时的感悟，余昔卧病石室，有劝延医服药者，说偈谢云：“阿弥陀佛，无上医王，舍此不求，是谓痴狂。一句弥陀，阿伽陀药，舍此不服，是谓大错。”表明平日既然信净土法门，谆谆为人讲说。绝不能自己患病，反舍此而求医药。

又言，若病重时痛苦甚剧者，切勿惊惶。因此病苦，乃宿世业障。或亦是转未来三途恶道之苦，于今生轻受，以速了偿也。

自己所有衣服诸物，宜于病重之时，即施他人。若依《地藏菩萨本愿经·如来赞叹品》所言供养经像等，则弥善矣。

若病重时，神识犹清，应请善知识为之说法，尽力安慰。举病者今生所修善业，一一详言而赞叹之，令病者心生欢喜，无有疑虑，自知命终之后，承斯善业，决定生西。

弘一大师所言，请善知识说法，赞叹一生善业，来自高僧大德开示。道宣律师、灵芝律师在他们的著作中均有陈述。道宣律师在《行事钞》中开示：“说法劝善者。十诵，应随时到病者所，为说深法。是道非道，发其智慧。先所习学，或阿练若、诵经、持律、法师、阿毗昙、佐助众事，随解行而赞叹之。”

灵芝律师在《资持记》中的《瞻病送终篇》开示道：“到病者所，为说深法，即说佛法。是道谓出世法，非道即世间法。启发病者智慧，依先习学，随其为诵经人，持律人等之解，而予以赞叹。”

弘一大师认为，为重病者助念，临终关怀是佛子应尽之义务，应大力倡导。慈悲喜舍之至，是为行菩萨道。

改正错误要讲究方法

一九三三年一月，弘一大师又做了《改过实验谈》的演讲，讲述了改正过错的过程及其方法。在过程上分学习、反省、改正三个步骤。在具体的方法上，弘一大师结合自己的亲身实践，列举了十例。从中不难看出“改过”之必要与“改过”之艰难。真想改过自新，就必须持之以恒、除过务尽。

具体包括：学。须先多读佛书儒书，详知善恶之区别及改过迁善之法。倘因佛儒诸书浩如烟海，无力遍读，而亦难于了解者，可以先读《格言联璧》一部。余自儿时，即读此书。归信佛法以后，亦常常翻阅，甚觉其亲切而有味也。此书佛学书局有排印本甚精。省。既已学矣，即须常常自己省察，所有一言一动，为善欤，为恶欤？若为恶者，即当痛改。除时时注意改过之外，又于每日临睡时，再将一日所行之事，详细思之。能每日写录日记，尤善。改。省察以后，若知是过，即力改之。诸君应知改过之事，乃是十分光明磊落，足以表示伟大之人格。故子贡云：“君子之过也，如日月之食焉；过也人皆见之，更也人皆仰之。”又古人云：“过而能知，可以谓明。知而能改，可以即圣。诸君可不勉乎。”

与之配套还有“改过十训”：

一、虚心。常人不解善恶，不畏因果，决不承认自己有过，更何论改？但古圣贤则不然。今举数例：孔子曰：“五十以学易，可以无大过矣。”又曰：“闻义不能徙，不善不能改，是吾忧也。”蘧伯玉为当时之贤人，彼使人于孔子。孔子与之坐而问焉，曰：“夫子何为？”对曰：“夫子欲寡其过而未能也。”圣贤尚如此虚心，我等可以贡高自满乎！

二、慎独。吾等凡有所作所为，起念动心，佛菩萨乃至诸鬼神等，无不尽知尽见。若时时作如是想，自不敢胡作非为。曾子曰：“十目所视，十手所指，其严乎！”又引诗云：“战战兢兢，如临深渊，如履薄冰。”此数语为余所常常忆念不忘者也。

三、宽厚。造物所忌，曰刻曰巧。圣贤处事，惟宽惟厚。

四、吃亏。古人云：“我不识何等为君子，但看每事肯吃亏的便是。我不识何等为小人，但看每事好便宜的便是。”古时有贤人某临终，子孙请遗训，贤人曰：“无他言，尔等只要学吃亏。”

五、寡言。此事最为紧要。孔子云：“驷不及舌”，可畏哉！古训甚多，今不详录。

六、不说人过。古人云：“时时检点自己且不暇，岂有功夫检点他人。”孔子亦云：“躬自厚而薄责于人。”以上数语，余常不敢忘。

七、不文己过。子夏曰："小人之过也必文。"我众须知文过乃是最可耻之事。

八、不覆己过。我等倘有得罪他人之处，即须发大惭愧，生大恐惧。发露陈谢，忏悔前愆。万不可顾惜体面，隐忍不言，自诳自欺。

九、闻谤不辩。古人云："何以息谤？曰：无辩。"又云："吃得小亏，则不至于吃大亏。"余三十年来屡次经验，深信此数语真实不虚。

十、不嗔。嗔习最不易除。古贤云："二十年治一怒字，尚未消磨得尽。"但我等亦不可不尽力对治也。《华严经》云："一念嗔心，能开百万障门。"可不畏哉！

《改过实验谈》是弘一大师出家修行十几年的所感所悟，是智慧和心血的结晶。主要针对的部分出家人僧性低劣，忽视戒律所导致的佛教衰微，僧教颓废的现象。意在劝诫出家人，要严守戒律，忏悔改过，积德行善，提升人生境界，完善道德修养，做一个脱离动物性的人，做一名合格的僧人。

律学的来龙去脉

一九三五年，弘一大师寓居泉州承天寺潜心修律，他陆续收到两个坏消息。

先是学生刘质平来信告知，一子伤逝。弘一大师去信抚慰，数月前闻仁者云：依星命说，今岁暑假期内，令堂或有意外之变故。今母存而子殇，或是因仁者之孝思，感格神明，致有此报啊？若母亡则不可再得，子殇犹可再诞佳儿。务乞仁者自今以后，放开怀抱，广积善德。

紧接着老朋友夏丏尊来信告知，他的长女吉子去世，弘一大师在寺中诵《华严行愿品》，又有友人诵《金刚经》，弘一大师将诵经证附在信中，让夏丏尊在灵前焚化。

由此弘一大师意识到，末法时代，众生离苦，仍需佛法消除恶业，故开始主动为信众讲律，这是不多见的。因为自从出家以来，他在浙江从不敢随便讲经或讲律，更不敢赴什么传戒的道场，原因是个人感觉着学力不足。刚到福建也曾讲过几次，但都不是专门针对律学，如今机缘成熟，所以他要专为求授比丘戒者讲些律宗历史，播散律种，种植善根。

作为出家人，首先要了解戒律传入中土之因缘，及古今律宗盛衰之大概。东汉至曹魏之初，僧人无归戒之举，唯剃发而已。魏嘉平年中,天竺僧人法时到中土,乃立羯磨受法,是为戒律之始。在当时可算是传授比丘戒的开始,渐渐达至繁盛时期。

大部之广律,最初传来的是《十诵律》,翻译斯部律者,是姚秦时的鸠摩罗什法师,庐山净宗初祖远公法师亦竭力劝请赞扬。六朝时此律在南方兴盛。

其次翻译的是《四分律》,时期和《十诵律》相去不远,但迟至隋朝乃有人弘扬提倡,至唐初乃大盛。

又次是《僧祇律》,东晋时翻译,六朝时北方稍有弘扬者。刘宋时继《僧祇律》后,有《五分律》,翻译斯律之人,即是译六十卷《华严经》者。文精而简,道宣律师甚赞,可惜罕有人弘扬。

至其后有《有部律》,乃唐武则天时义净法师的译著,即是西藏一带最通行的律。当初义净法师在印度有二十余年的历史,博学强记,贯通律学精微,非至印度之其他僧人所能及,实空前绝后的中国大律师。义净回国,翻译终毕,他年亦老了,不久即圆寂,以后无有人弘扬,实为可惜。

关于《有部律》,弘一大师研究多年,以后因朋友劝告即改研南山律,其原因是南山律依《四分律》而成,又稍有变化,能适合中国僧众根器。

唐代是《四分律》最盛时期,以前所弘扬的是《十诵律》《四分律》少人弘扬;至唐初《四分律》学者乃盛,共有三大派:一、相部律,依法砺律师为主;二、南山律,以道宣律师为主;三、东塔律,依怀素律师为主。

法砺律师在道宣之前,道宣曾就学于他。怀素律师在道宣之后,亦曾亲近法砺道宣二律师。斯律虽有三大派之分,最盛行于世的可算《南山律》。南山律师著作浩如渊海,其中《行事钞》最负盛名,当时任何宗派之学者皆须研行事钞。自唐至宋,解者六十余家,唯灵芝元照律师最胜,元照律师尚有许多其他经律的注释。元照后,律学渐渐趋于消沉,罕有人发心弘扬。

南宋后禅宗益盛,律学更无人过问,所有唐宋诸家的律学撰述数千卷悉皆散失。到了清初,惟存南山《随机羯磨》一卷,如是观之,大足令人兴叹不已。

明末清初有蕅益见月诸大师等欲重兴律宗,但最可憾者,是唐宋古书不得见。当时蕅益大师著述有《毗尼事义集要》,初讲时人数已不多,以后更少,结果成绩颓然。见月律师弘律颇有成绩,撰述甚多,有解《随机羯磨》《毗尼作持》,与南山颇有不同之处,都是不得见南山著作的原因。此外尚有最负盛名的《传戒正范》一部。到了民国,传戒之书独此一部,传戒尚存之一线曙光,惟赖此书。虽与南山之作未能尽合,然其功甚大,不可轻视。但近代受戒仪轨,又依此稍有增减,亦不是见月律师传戒正范之本来面目。

南宋至清七百余年,关于唐宋诸家律学撰述可谓无存。清光绪末年自日本请还一部分唐宋诸家律书,民国年间在天津刊印数百卷。此外《续藏经》中所收尚未另刊者犹有数百卷。

讲到此处,弘一大师感慨道:“今后倘有人发心专力研习弘扬，可以恢复唐代之古风，凡蕅益、见月等所欲求见者，今悉俱在；我们生此时候，实比蕅益、见月诸大师幸福多多。”

又言：“我虽然学律近二十年，仅可谓为学律之预备，及得窥见了少许之门径；再预备数年，乃可着手研究，以后至少须研究二十年，乃可稍有成绩。奈我现在老了，恐不能久住世间，很盼望你们有人能发心专学戒律，继我所未竟之志，则至善矣。”

在这次讲演中，弘一大师讲述了律学中比较重要的著作，以及律宗在发展过程中的兴衰起伏。大师着重提到了一些古已湮没今又复现于世的极为珍贵的律学著作，叮嘱大家万万珍惜这极为殊胜的因缘，最好能发心专学戒律，砥砺前行，重兴律宗。

草庵大病九死一生

位于泉州西南晋江罗山镇华表山麓的草庵，是中国唯一完整的摩尼教遗迹，世所罕见，而弘一大师到福建后曾三次来到草庵，与它结下了深深的缘分。

一九三三年，弘一大师应草庵庵主之请，由传贯法师陪同，第一次来草庵。为草庵写了两副楹联：草茄不除，时常眼前生意满；庵门常掩，毋忘世上苦人多。对联首字嵌“草庵”两字，表达了佛门济世之愿。石壁光明，相传为文佛现影；史乘载记，于此有名贤读书。“有名贤读书”，指的是明代嘉靖年间，在这里读书的十八硕儒，其中较著名的有大丞相杨景辰、左丞相陈翱翔、壮元庄际昌、探花张瑞图、进士王慎中等。

一九三六年，弘一大师第二次到草庵时生了一场大病，当时弘一大师在乡间弘法非常劳苦，过午不食，多为蔬菜，营养不良，抵抗力差。感染病毒后，发烧多日，下臂长出大疖疮，一天半光景，下臂溃烂的皮肤便超过一半，体温随之上升，流脓出血，上臂又迅速开始溃烂。几日后脚面又长出大疖疮，脚腿红肿，其势难收。两病得上一种都难保性命。

弘一大师昏迷三四日，醒后坦然写下遗嘱：“命终前，请在布帐外助念佛号，但亦不必常常念。命终后，勿动身体。锁门历八小时。八小时后，万不可擦身体及洗面。即兴随身所着之衣，外裹破夹被，卷好，送往楼后之山凹中。历三日，有虎食则善，否则三日后，即就地焚化（焚化后再通知他位，万不可早通知）。余之命终前后，诸事极为简单，必须依行，否则是逆子也。”

随后念佛不止，舌蔽唇焦。坚持几日，臂上疖面停止发展，脚趾间流下大量血水，虽肿未全消，但已能坐起。弘一大师给夏丏尊和刘质平写信，内容基本一致：“因往乡间讲经，居于黑暗室中，感受污浊之空气，遂发大热，神志昏迷，复起皮肤外症严重。此次大病，为生平所未经过。虽极痛苦，幸佛法自慰，精神上尚能安也。其中有数日病势凶险，已濒于危，有诸善友为之诵经忏悔，乃转危为安……”

这年正月，草庵养的四群蜜蜂，因误食山中毒花，死了一百多只，第二天病情略有好转的弘一大师与诸师行施食法，超度亡蜂。

弘一大师律学院的弟子广洽法师和传贯法师前来探望。

广洽法师问道：“法师的病好些了没有？”

弘一大师却说：“你不要问我病好没有，你要问我有念佛没有念佛，这是南山律师的警策。”

此后两位法师将弘一大师接到厦门南普陀寺，蔡吉堂居士请来曾留学日本的医学专家黄丙丁博士为弘一大师治病。见蔡吉堂流泪，弘一大师露出慈悲的笑容，说道：“生病受苦也是一种境地，好消旧业，何必难过？”

黄丙丁博士察看了病情，决定一天电疗两次，注射大量消炎药。弘一大师担心费用昂贵。黄丙丁语气恳切地让弘一大师不用考虑费用的问题,先治病,治好最重要。

广洽法师和蔡吉堂喊来人力车,将黄博士和弘一大师送到诊所立即治疗。经过三个月的治疗,弘一大师的病终于痊愈。黄博士为了表达对弘一大师的敬仰之情,坚持不收医药费。弘一大师不安地念叨着:“那不太好吧……”之后,弘一大师给夏丏尊写信,请从晚晴护法会支取五十元酬劳黄博士。夏丏尊很快把钱寄到,弘一大师委托蔡吉堂到日本药房去买礼券五十元交给黄博士。

蔡吉堂说:“黄博士坚持不收,买过券不好退又怎么办,还是先去问问再买吧。”

弘一大师说:“你告诉他,如果从日本买什么东西,我可以写信去委托朋友代办。”

蔡吉堂和广洽法师去找黄博士,黄博士还是坚持不收,最后说道:“弘一大师一代书家,能慧赐几件墨宝将不胜感激。”

弘一大师欣然命笔,为黄博士写了《心经》、横幅、佛号、联语多件,这是弘一大师除了挚友和学生之外,赠予他人墨宝最多的一次。

五月,弘一大师寓居鼓浪屿日光岩。虽然因病体力消耗太大,但依然宣讲律学、研究经典、编印佛经。当他得知,草庵将要重修的消息,撰写了《重兴草庵记》:“草庵肇建,盖在宋代。逮及明初,轮奂尽美。有龙象岩,其地幽胜。尔时十八硕儒,读书其间,后悉进登,位跻贵显。殿供石佛,昔为岩壁,常现金容。因依其形，劙造石像。余题句云：石壁光明，相传为文佛现影；史乘载记，于此有名贤读书。盖记其事也。胜清御宇，浸以零落；昔日金刹，鞠为茂草。中华建业十二载，瑞意、广空上人，伤其废圮，发意重兴。绵历岁时，营治堂宇。壬申十月，复建意空楼三楹，虽未循复旧观，亦可粗具规范。余于癸丙之际，岁暮春首，辄居意空，淹留累月。夙缘有在，盖非偶然。乃为述记，垂示来叶焉。”

为了时刻牢记草庵大病，无论移居何地，弘一大师都随身携带草庵钟计时。因此钟比正常钟慢两刻，故而经常被人指责时间不准。弘一大师解释道，草庵大病，以草庵寺钟为准计时，犹豫草庵寺钟比一般钟慢半个小时，因而弘一大师病床钟也慢半个小时。只要看到草庵钟，就会想起大病的情形，进而发大惭愧，不忘自己德薄业重。

弘一大师最后一次到草庵是一九三八年，在此讲《华严经普贤行愿品》。《普贤行愿品》属于《华严经》中的一品。《华严经》是佛教中一部非常重要的经典，被称为经中之王。弘一大师旨在告诉僧人们，学《普贤行愿品》，要学普贤的“愿”和“行”。行和愿如鸟的双翼，车的两轮，缺一不可。因为没有宏大而正确的愿，行就很盲目，在修行上就没有方向和目标可循。但如果光是发愿，而没有实际行动，发心只是一句空话。在学习《普贤行愿品》时，特别要注意行持。只有按照自己的发心，用实际行动去实践普贤大愿，才能功德圆满，最终成佛。

谢辞居士出家之请

一九三八年，弘一大师在厦门万寿岩修行，结识了宁波的郁智朗居士。此后郁居士给弘一大师写信，表明出家的意愿，请求弘一大师剃度。郁居士在宁楼茂记酱园当账房先生，性格内向，爱读佛经，已皈依印光法师成为在家弟子，赐法号智朗。

弘一大师告诉郁居士，剃度之师，找灵岩山妙真法师为宜，将来可以久居灵岩，由妙真法师护助，修行可以勇猛精进。又言，我自从出家后，屡次在佛前发愿，愿尽此形寿，绝不收剃度徒众，不任寺中监院或住持。二十余年来，未尝违背誓言。希望郁居士谅解。

不久，郁居士再次去信，恳请弘一大师剃度。弘一大师回复道，我出家后曾发誓不蓄剃度弟子，友人多知之，凡又来乞剃度者一概辞谢。今日重违仁者厚意，十分抱歉。

一年后，郁居士又来信恳请剃度，弘一大师依然婉转拒绝。他告诉郁居士，已写信委托性常法师与转法老和尚商量，如果可行，那是善缘。如果机缘未到，性常法师会再介绍其他良师剃度。弘一大师嘱咐不谙世事的郁居士，别忘记给性常法师写信致谢。

郁居士坦言，如果家里不同意，他就潜行出走。弘一大师劝诫道，此举万万不可行，如果这么做，将来恐怕多有纠葛。假如妻子前来寻觅，对你说，你如果不跟我回家，我就自杀在你面前。如果你任其自杀，则有伤慈悲，否则只能跟她回家。依我之见，拟定办法如下，供你选择。你先去酱园请假七日，回到家后撰写念观世音菩萨圣号，涕泣哀求，祈求菩萨垂慈，令妻室发心出家，令长兄和岳母于你们夫妻出家之事欢喜赞叹，不加阻碍。七日圆满，即写信给长兄和岳母说明此事，并在妻子面前传布出家之决定。如果是先令妻室出家为尼，并经长兄和岳母欢喜许诺，乃为稳妥。

弘一大师郑重说道，他当年出家以前，也是先向眷属宣布，其他友人有潜行出走而出家者，多不好结果。与其出家后而还俗遭人讥笑，还不如不出家。出家之事，慎之又慎，障人出家有大罪。

弘一大师在信中录《出家功德经》，经云："若为出家者作留碍抑置，此人断佛种。诸恶集身，犹如大海，现得癞病。死入黑暗地狱，无有出期。"让郁居士将这段经文给家里人讲解，或许有可能说服他们。

郁居士来信，说出家前想先辟谷。虽然弘一大师出家前也曾在虎跑寺进行过断食体验，但他却对郁居士说完全没有必要。随后，弘一大师再次劝诫，出家之事亦勿执着，惟自忏悔业障，厚植胜因才可。又引用莲池大师佛偈"求之既不可得，却之亦不可免"，希望郁居士深刻领悟此言，不要急于出家，耐心等待机缘。

弘一大师与郁居士最后的通信时间为一九四零年，依然耐心地劝说郁居士出家之事暂缓，不宜操之过急。后来，郁居士几次出家，皆因家人哭闹而未成行，从此精神不振，体力衰微，患病去世，临终时告诉家人：“如果答应我出家，或许我的病会好。”

按理说佛家慈悲为怀，普度众生，应该帮助那些有缘人出家，然而弘一大师为何屡次拒绝郁居士的剃度之请？还循循善诱其慎重出家？这似乎不符合他“不为自己求安乐，但愿众生得离苦”的宗旨。弘一大师的出发点并无问题，因为佛教鼓励出家，但并非要求人人出家。根据佛教教义和它的制度，出家应当是少数佛教徒的事。

第一，出家的动机要求真纯，确实是为了寻求解脱，决心舍弃世间贪爱而出家修道。

第二，出家后要求对教理及行持都够标准，如果有成家的欲望，应当自动还俗；如果犯杀盗淫妄四根本戒，应当排斥在僧伽之外。

第三，出家有许多限制，例如要征得父母、长兄、妻子同意，要年满二十岁，肢体和精神上没有缺陷，不是逃避刑罚债务的有缘人。

第四，出家受戒要得戒龄满十年的僧侣十人以上介绍、证明和会议通过，舍戒还俗容易，只需告知一人即可。

佛教徒本有四众，有出家男女二众，有在家男女二众。出家二众负责住持佛法的责任，在家二众负责护持佛法的责任，合成为双重的教团。所以佛教并是要求人人都出家，《维摩诘经》《优婆塞戒经》等大乘经典都赞成在家学佛。

通过几次通信，弘一大师认为，郁居士还没有完全明白出家的真正含义。

在俗世中，好多人错误地把寺院当作避难所，把出家当作解脱，以为进了寺院就能清净解脱，其实心净则处处净，心安则处处安。心中不明佛理，就是出家心里也不能清净。出家是承担如来家业，续佛慧命，是发自内心的崇高信仰，真正的帮助众生破除迷信，从心灵的黑暗走向光明，而不是躲挫折避烦恼，贪图个人的享受而出家。

每一个出家僧尼，出家的因由不一样，追求也不一样，果报也不一样，有的为了躲债，有的为了混饭，有的为了名闻利养，有的不孝养父母而被赶出家门，有的为了骗取钱财，有的为了追求神通等等，这样的发心出家，怎能让众生受益？

真正的出家要经过家人同意，师父在给弟子剃度之前，还要家访，必须征得家人的同意。佛教要求出家及受戒时，戒师会问你，父母有没有人照顾？假使只有你一个儿女，父母没有人照顾，你就不能去出家。父母有人照顾，家庭没有负债，这样才合乎出家的条件，才准许出家。

基于以上种种，是弘一大师劝郁居士暂缓出家的真正原因。从某种意义上讲，做在家的居士未尝不是一个最佳的选择，在不违背家人意愿的前提下修行，照样可以功德圆满，慈济众生。

六十岁寿诞收到诗礼

一九三九年十一月，正值弘一大师六十寿诞，弘一大师于普济寺所居精舍题壁“闭门思过，依教观心”以自勉。又集古诗句“山静似太古，人间爱晚晴”，为普济寺补壁。

为了纪念弘一大师六旬寿诞，海内外僧俗大士在战火中面临重重困难，以多种形式予以祝贺，表达对弘一大师的敬仰之情。

竺摩法师与范古农居士，分别在澳门《觉音月刊》与上海《佛学半月刊》主编《弘一大师六秩纪念专刊》。夏丏尊在上海开明书店主持编印《续护生画集》。性愿法师、广洽法师、性常法师分别于菲律宾、新加坡、永春率众募印《弘一大师手书金刚经》一千九百部。广洽法师在新加坡约请徐悲鸿绘图两幅图：一幅是释迦牟尼佛说法图，刊《弘一大师手书金刚经》卷首；一幅是弘一大师半身画像。徐悲鸿题记：“民国二十八夏，广洽法师以纪念弘一法师诞辰，属为造像，欣然从命。就吾所能竭尽驽钝于师，不知不觉之中，以答师之唯一因缘，良自庆幸。”

与此同时，弘一大师方外弟子李芳远，还向各地有关人士去信函请，征求弘一大师周甲贺诗，赋诗者为弘一大师出家前后的缁素挚友，赋诗陆续寄达李芳远转交。字里行间表达了对弘一大师的敬仰和思念。

柳亚子祝寿诗为《怀弘一上人》："君礼释迦佛，我拜马克思。大雄大无畏，救世心无歧。闭关谢尘网，我意嫌消极。愿持铁禅杖，打杀卖国贼。"诗前序曰："弘一大师……闭关闽海，其弟子李芳远来书，以俗寿周甲纪念索诗，为赋两截。"

作为南社社友和《太平洋报》同事，柳亚子意在提醒弘一大师，国难当头，无论僧俗，都应该为国家做点什么。

弘一大师回赠《为红菊花说偈》："婷婷菊一枝，高标矗劲节。云何色殷红，殉教应流血。"

弘一大师借菊抒怀，报偈明志，誓学菊花，永葆晚节，舍身殉教，在所不辞。

马一浮用一首六言诗致贺："世寿迅如朝露，腊高不涉春秋。宝掌千年犹驻，赵州百岁能留。遍界何曾相隔，时寒珍重调柔。深入慈心三昧，红莲化尽戈矛。"

作为弘一大师出家的引路人和见证者，马一浮对弘一大师出家后慈悲为怀，严守戒律，云游弘法表示赞许，同时他也坚信，弘一大师必然功德圆满，往生极乐。

江谦的祝寿诗为《寿弘一大师六十周甲诗》："鸡鸣山下读书堂，廿载金陵梦未忘。宁社恣尝蔬笋味，当年已接佛陀光。"

江谦是弘一大师在南洋公学时的校友，曾聘请弘一大师担任南京高等师范学堂图画教授，时隔二十多年，他在诗中回顾了当年在学堂加入"宁社"，从弘一大师学佛归信佛法的因缘。

吕碧城填《鹊踏枝·祝弘公大师无量寿》贺寿："冰雪聪明珠朗耀，慧是奇哀，哀慧原同调。绮障尽头菩萨道，才人终曳缁衣老。极目阴霾昏八表。寸寸泥犁，都画心头稿。忍说乘风归去好，繁红划地凭谁扫。"

吕碧城与弘一大师从未谋面，但却有诸多相似之处，比如先后加入南社，年轻时激进著文鞭挞时政，中年皈依佛门，云游弘法……吕碧城寄来祝寿诗，一来是表达对弘一大师的敬仰，二来也在提醒自己要加倍修行，勇猛精进。

郑翘松的贺寿诗为《寿弘一大师》："海岳仙人杖锡来，祥风一扫瘴云开。神医果有迦陀药，天匠能容瓠落才。率土山川瞻瑞相，诸天日月傍莲台，远公倘许东林住，准拟渊明尽醉回。"

弘一大师在永春普济寺一年半的时间里，坚持不开山门，不授徒，悉心诵经著述。弘法之余，结识了永春名士郑翘松，曾为他的《卧云楼诗集》题词："一言一字，莫非实相。周遍法界，光明无量。似镜现象，若风昼空。如斯妙语，乃契诗宗。"

杨云史《赠某上人诗》云："和尚应知苦病空，形神如鹤寿如松。本来无相何僧俗，多事袈裟着一重。""某上人"指的就是弘一大师。杨云史与吕碧城相识，两人均受李芳远邀贺弘一大师六十世寿。

王吟笙的寿诗为《怀弘一大师》："世与望衡居，夙好敦诗书。聪明匹冰雪，同侪逊不如。猥以十年长，谦谦兄视余。少即嗜金石，古篆书虫鱼。铁笔东汉字，寝馈于款识。唐有李阳冰,摹印树一帜。家法衍千年,得君益不坠。为我治一章,深情于此寄。忆自君南游,悠悠数十秋。树云思不已,岁月去如流。比闻君祝发,我发早离头。君为大大师,我犹浮生浮。老赓翰墨缘,远道寄楹联。经言开觉路,书法示真诠。笔墨俱入化,如参自在禅。装池张座右,生佛在吾前。”

全诗长达三十二句,一百六十个字,作为津门旧友,王吟笙回忆了青年时期与弘一大师在天津的欢聚时光,告诉世人,弘一大师书画篆刻获得成就的渊源。同时也透露了弘一大师晚年曾书写佛经联语寄给他,意在为老朋友种福田积福报。

书法就是佛法

晋江檀林福林寺闭关之余，弘一大师大写书法结缘,其书法数量之多,结缘面之广,均为弘一大师前所未有,而且做到不论地区,不论僧俗,不论内容形式,不论直接或是转托,皆有求必应,有请必书,与对方共生欢喜之心。此后,弘一大师云游至泉州,不作讲演,不赴斋请,不受他人供养,唯有写字传法。

云游泉州期间,弘一大师的足迹遍及百原寺、承天寺、大开元寺等地,凡遇来客请求讲演者,他一概谢绝,坚持以字传法。所写字幅内容,不是古今高僧佳言法语,就是佛经偈联。每天书写数十件,联句所书达千件。

弘一大师在给刘质平的信中写道:“余已残烬执念,又多疾病,甚愿为诸同学多谢字迹,留为纪念。”

当地一位军事长官以弘一大师为一代高僧,效法古贤尊师重道之意,委托弘一大师的朋友泉州名士叶青眼请大师为军官演讲,至为恳切。弘一大师叹为难得,但认为去演讲则须往来应酬,诸事烦苛,靡费物力,故未接受邀请,仅同意多多书写文字,替代讲演。

弘一大师说:“书法即是佛法。”

叶青眼答:“本地人都来向大师求字,少来求法,不无可惜。”

弘一大师说:“我的字即是法,居士不必过为分别。”

弘一大师的话,可以从两个层面来理解。第一,字的意蕴达到佛的境界,具有佛教艺术特征和感染力。佛法第一,写字只是弘法和结缘的善巧方便法门,佛法修养达到一定高度,字自然会好,推而广之,敬业修德很重要,道德境界提高了,字就会好。写字时要庄敬肃穆,专心致志,静虑迟慢,收视反听,用志不纷,与念佛修道是一样的精神境界。弘一大师广施法书,可以理解为法施和声闻之教,确实起到感化人心、导俗利生的作用。为何佛法好、品行好,字才会好?因为念佛让人心存敬畏、心地纯良、心无杂念、一心不乱,进入虔诚静穆、凝神专注的境界,而这正是写字所要求的心境。字的风格,正是人内心的自然流露,美的字是美的心灵的自然流露;内心纯洁才能和谐,和谐才能致美。

第二,书写的内容多是佛经文句和劝善的道德格言。这就需要书写者精研佛法,须知出家人不懂得佛法,只会写字,那是可耻的。出家人唯一的本分,就是要懂得佛法,要研究佛法。出家人字虽然写得不好,若是很有道德,那么他的字是很珍贵的,结果都是能够字以人传。

弘一大师所摘录的法语大多出自他编著的《格言别录》《晚晴集》《寒笳集》三部文集。

《格言别录》是弘一大师依清金缨《格言联璧》精心修编而成。弘一大师在讲演时曾向听众荐读《格言联璧》:“倘因佛儒诸书浩如烟海，无力遍读，而亦难于了解者，可以先读《格言联璧》一部。余自儿时，即读此书。归信佛法以后，亦常常翻阅，甚觉其亲切而有味也。”

《格言联璧》按内容共分学问类、存养类、持躬类、摄生类、敦品类、处事类、接物类、齐家类、从政类、惠言类、悖凶类共十一类，弘一大师切合当时社会实际和道德精神所需，筛选取舍，有的放矢。舍从政、齐家、摄生三类，并对所选原句文字作增减修改和归类调整，重要处更圈以红点以引关注，言简意赅，语近旨远；汇先贤睿思鸿博，集古圣机智精华，手书录成《格言别录》一卷。反映了他对自身持戒、修律、苦行，道德完善的执着追求；也反映了他对提升佛教界，以致整个社会的道德水平所做的不懈努力。

《晚晴集》是弘一大师晚年编选之作。他把佛经和他人著作中耐人思量的文句辑录在一起，形成一个册子。佛经、祖语、警句，共计一百零一条，代表大师的佛教思想体系和践行法门。全文没有一句废话，句句对佛弟子修养处世，待人接物都是金玉良言。

《寒笳集》可以看作是弘一大师二十四年僧腊岁月的写照。弘一大师的法脉和明代蕅益大师最相近，故大师对蕅益崇奉有加。弘一大师摘取蕅益大师《灵峰宗论》里警策议论，纂写改定为一集，即为《寒笳集》，又名《蕅益大师警训略录》。《寒笳集》内容包括原文、法语、答问、普说、偈录、书、论、缘起、序、题跋、传、祭文、铭、诗偈共十四部分。常被人引为座右铭的“以冰霜之操自励，则品日清高；以穹隆之量容人，则德日广大；以切磋之谊取友，则学问日精；以慎重之行利生，则道风日远”等名句，皆见于《寒笳集》。

将这些法语真言编辑出版，一来是费用昂贵，二来是传播有限，如果选取只言片语写成条幅，则可以起到事半功倍的效果。结缘者亦可从字里行间感受到佛法的殊胜。

关于以字弘法，这并非第一次。早在一九一八年，出家不久的弘一大师在嘉兴经严寺研究《大藏经》，当地缁素慕名上门求请墨宝。奈何出家前已发誓折笔舍弃一切艺事，一时难以应付。就去请教当地佛学会会长范古农居士，是否可以写字？范古农说，若能书写佛语，令人喜见，此亦佛事，有何不可？于是弘一大师重拾笔墨，专写与佛有关的经文和偈语，以写字作为善巧方便，结缘弘法。

弘一大师写的是书法，但他却说“写字”。在他看来，书法属于艺事，写字则属于佛事。所以，他在观念上抛弃了书法。之所以写字，是作为弘扬佛法的工具，绝不是为了艺术。

弘一大师只写字，不搞书法；只谈写字，不谈书法，恰恰回到了书法的本原状态，回到了极致。正所谓：“无论写字刻印等，皆足以表示作者之性格。朽人之字所示者：平淡、恬静、冲逸之致也。”

确定以字弘法后，弘一大师尝试刺血写经，印光法师写信告诉他，写经不可以像世俗的字，应十分庄敬。但也不一定非要刺血写经。“恐血亏身弱，难为进趋。入道多门，了无一定之法。其一定者曰诚、曰恭敬。写经不同写字屏，取其神趣，不求工整。若写经，宜如进士写策，一笔不容苟简。其体必须依正式体。若座下书札体格，断不可用。”

在印光法师的开示下，弘一大师的书法开始朝着精严工整方向转变风格。他早年习字，以篆书和魏碑体为主，本来就端庄严谨，只是平时写字，可能灵活一点。到了六十岁时，端庄精严出神入化，超凡脱俗。字迹返璞归真，稚拙如幼儿写字，亲切有味。

弘一大师谈及写字的方法，说道：“朽人于写字时，皆依西洋画图案之原则，竭力配置调和全纸面之形状。于常人所注意之字画、笔法、笔力、结构、神韵，乃至某碑某帖之派，皆一致屏除，决不用心揣摩。故朽人所写之字，应作一张图案画观之斯可矣。”

这些话颇能反映弘一大师晚年的艺术思想和书法观念，与其人生态度和佛学思想密切相关。所以弘一大师才会在人生的最后几年，广写书件，以字弘法。他的字就是佛法，他的佛法蘸上黑墨，在雪白的纸上写出慈悲与安宁，治愈着那些困扰在红尘中的灵魂。

最后的狮子吼

一九四二年五月，弘一大师回到泉州，先于铜佛寺小住，后在叶青眼居士的劝请下移居温陵养老院，并在那里度过了生命中最后几个月时光。

泉州古称泉南佛国，这里丛林繁密，香火旺盛。弘一大师曾在开元寺、承天寺、净峰寺、铜佛寺等寺庙住锡过。弘一大师的僧籍就落户于泉州承天寺，而他最后圆寂则是在泉州温陵养老院“晚晴室”。

温陵养老院前身是闽南第一个进士欧阳詹的家祠，后因南宋理学家朱熹曾在此讲学，创办“小山丛竹书院”而闻名于世，是曾经辉煌的泉州古四大书院之一。清末科举废，书院亦废。

到了民国后期，由于社会变革、军阀战乱、日本侵略，导致生灵涂炭。这时候有不少的爱国华侨包括泉州籍商人自发组织慈善项目，出资捐建了很多医药馆、育婴堂、养老院。譬如开元寺慈儿院、金粟寺养老院、崇福寺诊疗所等。

温陵养老院就是由旅沪商人伍泽民捐资筹建，而参与管理和发起者多为泉州佛教居士，温陵养老院院长叶青眼是弘一大师的皈依弟子。温陵养老院实际上赡养的都是体弱年迈的僧人和无家人儿女的老人。

在温陵养老院短期居住时，弘一大师仍尽力完成自己的未竟书稿。其间与友人书信往来，暗示即将不久于世。他也会与院里的老人聊聊家常，有人来求字，弘一大师便在纸上写下“南无阿弥陀佛”，从不让他们空手而归。

然而，温陵养老院仅适于谢客静养，不适合闭关著述。因此，弘一大师住了半个多月，便着手准备重返晋江檀林福林寺，目的是继续闭关编撰“南山律苑丛书出版预告”。

当弘一大师做好一切准备之时，突然间传来广谦上人在晋江檀林福林寺圆寂的消息，寺主广空法师以剃度师的名义，公开强迫广谦上人遗体速入铁笼，急速焚化，此举让弘一大师感到震惊。

广谦上人曾为晋江檀林福林寺住持，俗姓龚，退休后由传贯法师继任住持。广谦上人出家前有两个儿子，长子为传贯法师，俗名龚育恩，是弘一大师的学律弟子。次子龚胜信，是一名居士。弘一大师在檀林福林寺挂单，就是受到“龚氏父子”的邀请，与他们的感情非常深厚。广空法师是檀林福林寺住持的寺主，也是传贯法师的剃度师，与弘一大师相识。

弘一大师非常失望，认为广空法师此举违背佛法，事关出家人一生修持能否最后圆满，此时破坏，实在痛心。

此前弘一大师针对出家人临终事宜，专门讲过《人生之最后》，重点强调了助念、念佛等诸多细节，每一项都要做到，才能往生极乐净土。此后，弘一大师又进行过专门的阐述，他用心良苦，一再嘱咐道：“出家人圆寂时，在已停止说话，及呼吸短促，或神志昏迷时，即须预备助念应须之物。当助念之时，须先附耳通知余，我来助念，然后助念。如未吉祥卧者，待改正吉祥卧后，再行助念，助念时诵《普贤行愿品》赞，‘乃至所有十方世界中’等正文，末后再念南无阿弥陀佛十声。不敲木鱼，大声缓念。再唱回向偈‘愿生西方净土中’。乃至‘普利一切诸含识’。察窗门有未关妥者，关妥锁起。入龛时，如天气热者，待半日后即合龛，凉者则待二三日装龛。不必穿好衣服，只穿旧短裤，以遮下根。待七日后再封龛门，然后焚化……”

为了避免此事在自己身上重演，弘一大师当机立断，放弃檀林福林寺之行，移居泉州开元寺暂住。为对自己临终事预做准备，弘一大师去之前写信商讨圆寂事宜，自己将来圆寂时一切遵守遗嘱，不用他人固持己见。待开元寺诸法师明确回复后再订行期。但结果让他大失所望，开元寺诸法师的意见未能与弘一大师保持一致，至此，弘一大师便继续留在温陵养老院，他多次对陪护的妙莲法师说，我日后命终诸事，必须按照预写的遗嘱办理，恕不听从他人意见。

一九四二年十月。弘一大师由于连日宣讲《八大人觉经》，导致劳累过度，体内发热，四肢无力，减食至尽，只饮开水。大师自知风烛残年，即将往生，为避免他人干涉身后事，提前写好遗嘱，交给侍者妙莲法师，我归去后，所有细节都按遗嘱上的办。安排好身后事，立刻给夏丏尊、刘质平及在菲律宾弘法的律学弟子性愿法师提前写好诀别书：“君子之交，其淡如水。执象而求，咫尺千里。问余何适，廓尔亡言。华枝春满，天心月圆。”

弘一大师将临终佛偈写给以上三位是有原因的。夏丏尊是弘一大师出家的助缘人，又是生平最懂他的知己；刘质平是弘一大师的学生，自出家后陪伴他的时间最长，对佛法理解最深；性愿法师是弘一大师的律学弟子，是促成弘一大师三至厦门最终寓居闽南十余年的贵人。

这首偈是弘一大师与红尘的诀别诗，概括了他一生的信仰和底线，他相信，唯有以上三人才是最懂他的有缘人。

“君子之交，其淡如水。执象而求，咫尺千里”，讲的是弘一大师的交友观。无论是在天津时的严修、赵元礼、唐静岩、徐耀庭；在上海时的许幻园、杨白民；还是在浙江时的夏丏尊、马一浮、刘质平、丰子恺、李鸿梁；抑或是在福建的性愿、广洽、妙莲诸法师。弘一大师都用一颗赤子之心，毫无保留地对待这些君子，君子们反过来促成和帮助他修行、云游、弘法。他们之间的情谊纯洁无瑕，毫无杂质。朋友交往，如果只看表面，恐怕无法走进彼此的内心，离真朋友会越来越远。人生将尽，功德圆满，弘一大师是想通过这句话来表达，他对此生有缘结识的老师、朋友、学生们的感恩之情。

“问余何适，廓尔亡言。华枝春满，天心月圆”，讲的是弘一大师的修行观。弘一大师出家是为了去除动物性，培养慈悲心，从而参透生死，利益众生。出家后严守戒律，云游讲演，编著佛典，一心念佛，从而赞叹善业，视往生极乐世界为第一要务。所以，他的归宿是广袤无边的净土，功德越大，莲池内便生出一朵莲花，上面写着一个名字。那里花朵遍地，明月高悬，就是他想去的境界。

一九四二年十月十三日，弘一大师在泉州温陵养老院圆寂，一切事宜均遵照遗嘱办理。焚化之后，妙莲法师收拾灵骸，分装两坛，遵照遗嘱分送泉州承天寺与开元寺供养。百日期内，妙莲法师从碎骨灰中捡得舍利子一千八百颗。至此，一代高僧大德如愿以偿，往生西方。正所谓，生于绚烂，归于沉寂；浊世明灯，苦海慈航；万象如幻，超然离尘……

弘一大师集『华严经』佛偈

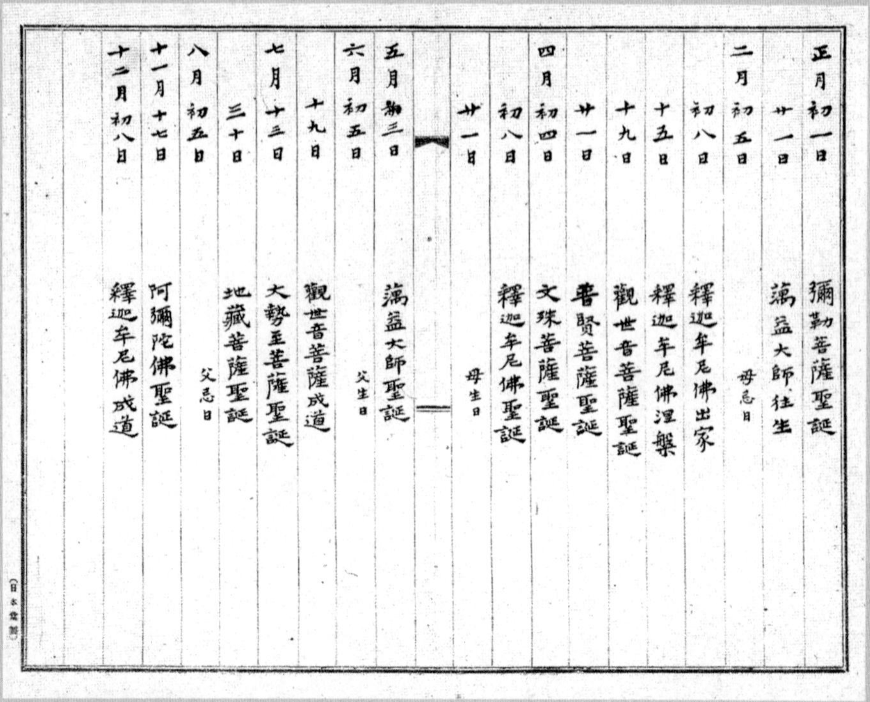

正月初一日　彌勒菩薩聖誕
廿一日　蕅益大師往生
二月初五日　母忌日
初八日　釋迦牟尼佛出家
十五日　釋迦牟尼佛涅槃
十九日　觀世音菩薩聖誕
廿一日　普賢菩薩聖誕
四月初四日　文殊菩薩聖誕
初八日　釋迦牟尼佛聖誕
廿一日　母生日
五月初三日　蕅益大師聖誕
六月初五日　父生日
十九日　觀世音菩薩成道
七月十三日　大勢至菩薩聖誕
三十日　地藏菩薩聖誕
八月初五日　父忌日
十一月十七日　阿彌陀佛聖誕
十二月初八日　釋迦牟尼佛成道
（日本紙製）

弘一大师纪念父母冥寿

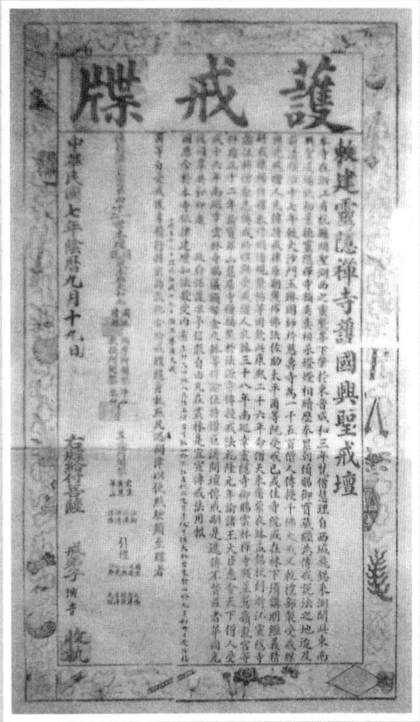

護戒牒

敕建靈隱禪寺護國興聖戒壇

中華民國七年陰曆九月十九日

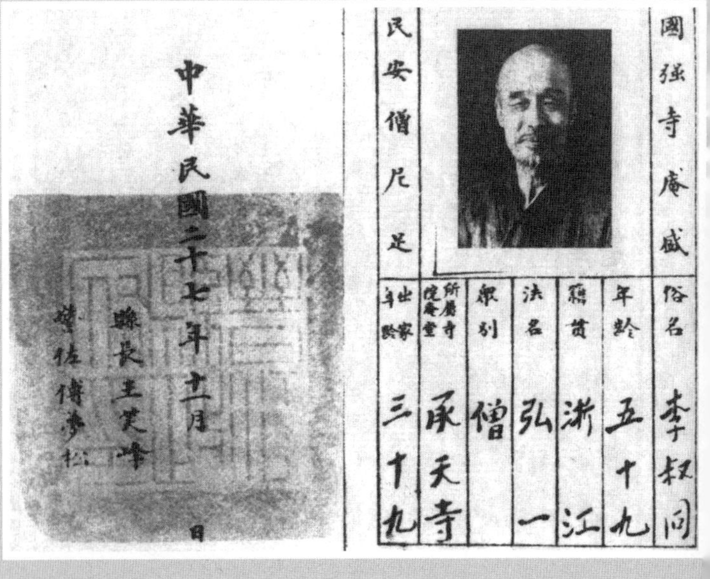

國強寺庵感

民安僧尼足

俗名	年齡	籍貫	法名	僧別	所屬寺院庵堂	出家年齡
李叔同	五十九	浙江	弘一	僧	承天寺	三十九

中華民國二十七年十一月 日

縣長 王笑峰

縣佐 傅夢松

弘一大师出家之护戒牒、身份证

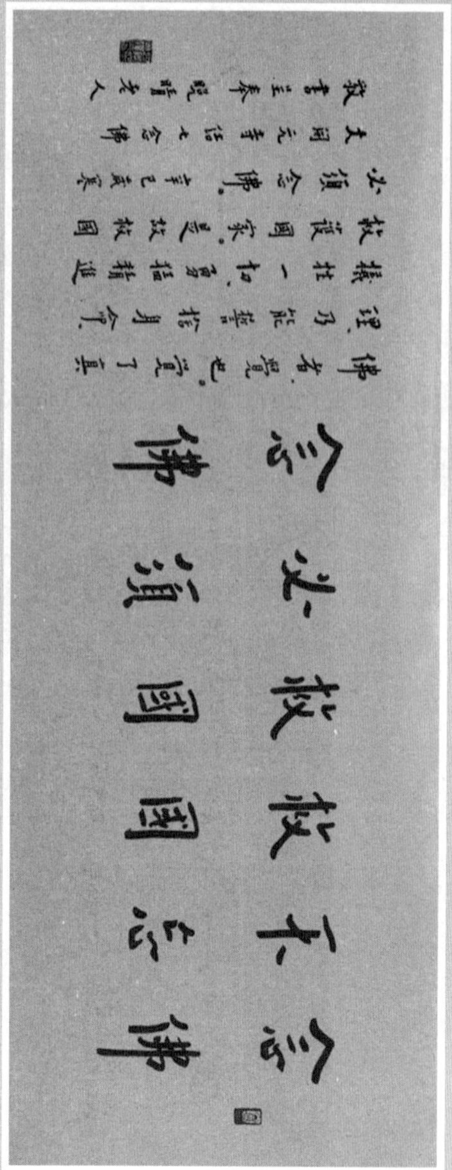

抗战时期弘一大师发声

弘一大师晚年道影

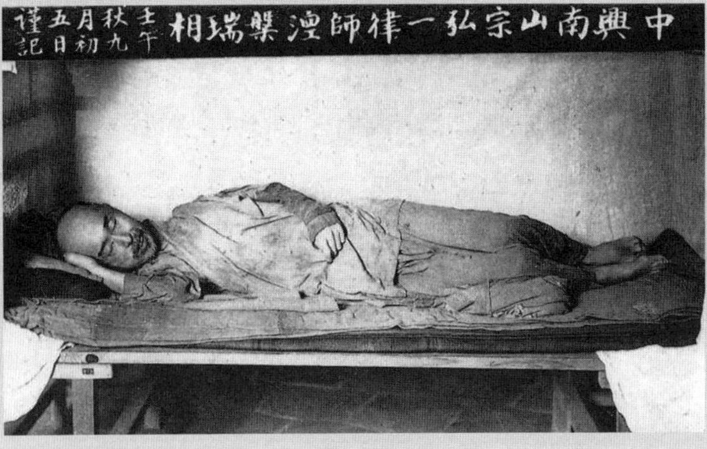

弘一大师在泉州圆寂

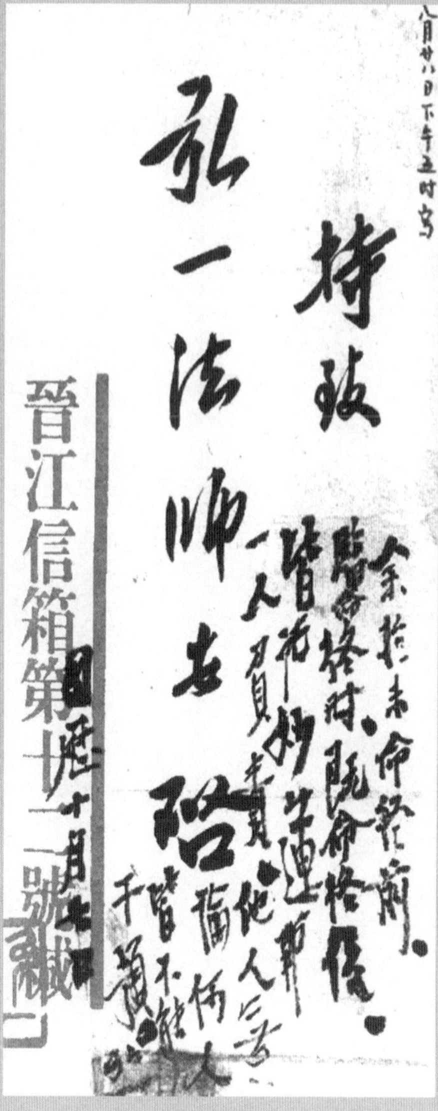

弘一大师委托妙莲法师处理后事

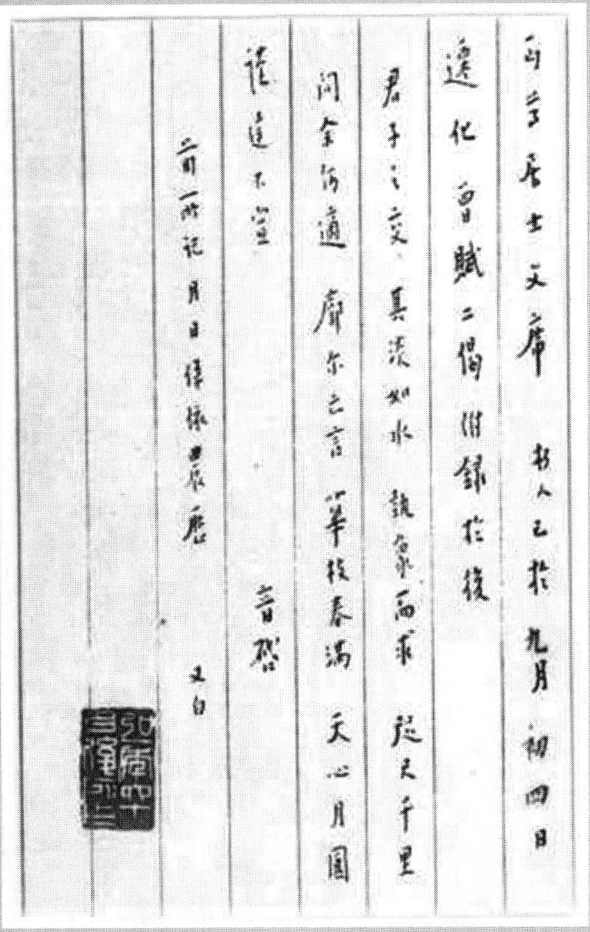

丏尊居士文席 朽人已於 九月 初四日
遷化 曾賦二偈 附錄於後
君子之交 其淡如水 執象而求 咫尺千里
問余何適 廓爾亡言 華枝春滿 天心月圓
謹達不宣 音啓
前所記月日係依農曆 又白

弘一大师写给友生遗嘱

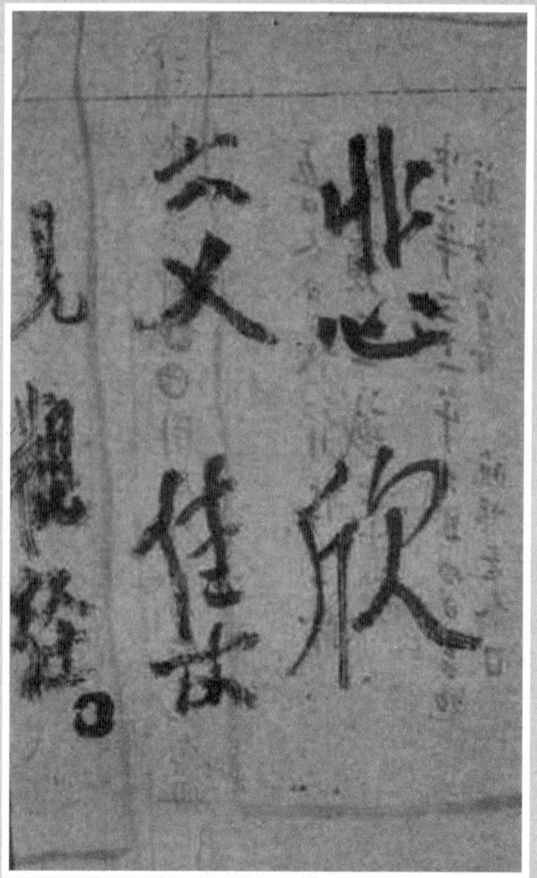

弘一大师临终绝笔

参考资料

本书编委会:《弘一大师全集修订版》(福建人民出版 2010 年版)
林子青:《弘一大师年谱与遗墨》(时代文艺出版社 2010 年版)
林子青:《弘一法师书信》(生活•读书•新知三联出版社 2016 年版)
秦启明:《弘一大师新传》(江苏人民出版社 2011 年版)
秦启明:《弘一大师与十法师》(江苏人民出版社 2011 年版)
陈慧剑:《悲欣交集——弘一大师李叔同的前世今生》(陕西师范大学出版社 2005 年版)
柯文辉:《旷世凡夫:弘一大师传》(北京大学出版社 2010 年版)
金梅:《弘一大师李叔同》(人民音乐出版社 2002 年版)
金梅:《李叔同影事》(百花文艺出版社 2005 年版)
赵朴初:《佛教常识问答》(外语教学与研究出版社 2012 年版)
杨少波:《李叔同:两世悲欣一扁舟》(大象出版社 2004 年版)
陈星:《李叔同身边的文化名人》(中华书局 2005 年版)
郭长海、郭君兮:《李叔同集》(天津人民出版社 2006 年版)
郭长海、郭君兮:《李叔同美术广告作品集》(黄山书社 2011 年版)
林清玄:《呀! 弘一》(海南出版社 2007 年版)
夏丏尊、蔡冠洛:《弘一法师永怀录》(时代文艺出版社 2009 年版)
葛剑雄:《李叔同讲佛学》(凤凰出版社 2010 年版)
张耀南:《李叔同谈艺录》(湖南大学出版社 2011 年版)
章用秀:《夕阳山外山——弘一大师赠言故事 100 例》(天津古籍出版社 2011 年版)
陈星:《李叔同——弘一大师影像》(上海三联书店 2017 年版)
杭州师范大学弘一大师•丰子恺研究中心《一月千潭——第五届弘一大师研究国际学术会议论文集》(上海三联书店 2016 年版)
刘英:《丰子恺图传》(湖北人民出版社 2005 年版)
田家馨:《未曾披露的李叔同天津县学考卷》(中国文物报 2016 年版)

附录：弘一大师嘉言韵语选

诗词歌

一、诗作

1. 断句

人生犹似西山日,富贵终如草上霜。

2. 咏山茶花

瑟瑟寒风剪剪催，几枝花放水云隈。
淡妆写出无双品，芳信传来第二回。
春色鲜鲜胜似锦，粉痕艳艳瘦于梅。
本来桃李羞同调，故向百花头上开。

3. 戏赠蔡小香(四首)

一

眉间愁语烛边情，素手掺掺一握盈。
艳福者般真羡煞，侍人个个唤先生。

二

云髻蓬松粉薄施，看来西子捧心时。
自从一病恹恹后，瘦了春山几道眉。

三

轻减腰围比柳姿，刘桢平视故迟迟。
佯羞半吐丁香舌，一段浓芳是口脂。

四

愿将天上长生药，医尽人间短命花。
自是中郎精妙术，大名传遍沪江涯。

4. 和宋贞(梦仙)题城南草堂原韵

门外风花各自春,空中楼阁画中身。

而今得结烟霞侣,休管人生幻与真。

5. 夜泊塘沽

杜宇声声归去好，天涯何处无芳草。
春来春去奈愁何，流光一霎催人老。
新鬼故鬼鸣喧哗，野火燐燐树影遮。
月似解人离别苦，清光减作一钩斜。

6. 到津次夜·大风怒吼,金铁皆鸣,愁不能寐

世界鱼龙混,天心何不平?
岂因时事感,偏作怒号声。
烛尽难寻梦,春寒况五更。
马嘶残月堕,笳鼓万军营。

7. 感时

杜宇啼残故国愁,虚名况敢望千秋。
男儿若论收场好,不是将军也断头。

8. 赠津中友人

千秋功罪公评在，我本红羊劫外身。
自分聪明原有限，羞将事后论旁人。

9. 津门清明

一杯浊酒过清明，觞断樽前百感生。
辜负江南好风景，杏花时节在边城。

10. 日夕登轮

感慨沧桑变，天边极目时。
晚帆轻似箭，落日大如箕。
风卷旌旗走，野平车马驰。
河山悲故国，不禁泪双垂。

11. 舟泊燕台

澄澄一水碧琉璃，长鸣海鸟如儿啼。
晨日掩山白无色，□□□□青天低。

12. 轮中枕上闻歌口占

子夜新声碧玉环，可怜肠断念家山。
劝君莫把愁颜破，西望长安人未还。

13. 书赠苹香(三首)

一

沧海狂澜聒地流,新声怕听四弦秋。
如何十里章台路,只有花枝不解愁。

二

最高楼上月初斜,惨绿愁红掩映遮。
我欲当筵拼一哭,那堪重听《后庭花》。

三

残山剩水说南朝,黄浦钟声夜卷潮。
《河满》一声惊掩面,可怜肠断玉人箫。

14. 和补园居士韵，又赠李苹香（四首）

一

慢将别恨怨离居，一幅新愁和泪书。
梦醒扬州狂杜牧，风尘辜负女相如。

二

马缨一树个侬家，窗外珠帘映碧纱。
解道伤心有司马，不将幽怨诉琵琶。

三

伊谁情种说神仙，恨海茫茫本孽缘。
笑我风怀半消却，年来参透断肠禅。

四

闲愁检点付新诗，岁月惊心鬓已丝。
取次花丛懒回顾，休将薄幸怨微之。

15. 和冬青馆主题京伶瑶华书扇(四首)

一

素心一瓣证前因，恻恻灵根渺渺神。
话到华年怨迟暮，美人香草哭灵均。

二

承平歌舞忆京华，紫陌青骢踏落花。
记得春风楼畔路，琵琶弹彻雁行斜。

三

鼙鼓渔阳感劫尘，莺花无复旧时春。
潇潇暮雨徐娘怨，忆否江南梦里人。

四

长安子弟叹飘零，曾向红羊劫里经。
莫问开元太平曲，伤心回首旧门庭。

16. 照红词客介香梦词人属题《采菊图》为赋二十八字

田园十亩老烟霞，水绕篱边菊影斜。
独有闲情旧词客，春花不惜惜秋花。

17. 重游小兰亭口占

一夜西风蓦地寒，吹将黄叶上栏干。
春来秋去忙如许，未到晨钟梦已阑。

18. 冬夜客感

纸窗吹破夜来风，砭骨寒添漏未终。
云掩月殢光惨白，帘飘烛影焰摇红。
无心难定去留计，有泪常抛梦寐中。
烦恼自寻休自怨，待将情事诉归鸿。

19. 甲辰二月望日歌筵赋此叠韵

莽莽风尘翠地遮,乱头粗服走天涯。
樽前丝竹销魂曲,眼底欢嬉薄命花。
浊世半生人渐老,中原一发日西斜。
只今多少兴亡感,不独隋堤有暮鸦。

20. 赠语心楼主人（二首）

一

天末斜阳淡不红，蛤蟆陵下几秋风。
将军已死圆圆老，都在书生倦眼中。

二

道左朱门谁痛哭？庭前柯木已成围。
只今憔悴江南日，不似当年金缕衣。

21. 七月七夕在谢秋云妆阁重有感谢诗以谢之（又名《前尘》）

风风雨雨忆前尘，悔煞欢场色相因。
十日黄花愁见影，一弯眉月懒窥人。
冰蚕丝尽心先死，故国天寒梦不春。
眼前大千皆泪海，为谁惆怅为谁颦。

22. 滑稽传题词(四首)

一

斗酒亦醉石亦醉,到心惟作平等观。
此中消息有盈朒,春梦一觉秋风寒。

二

中原一士多厅姿,纵横宇合卑莎维。
人言毕肖在须眉,茫茫心事畴谁知。

三

婴武伺人工趣语,杜鹃望帝凄春心。
太平歌舞且抛却,来向神州忾陆沈。

四

南山豆苗肥复肥,北山猿鹤飞复飞。
我欲蹈海乘风归,琼楼高处斜阳微。

23. 为沪学会撰《文野婚姻新戏册》既竟，系之以诗

一

床笫之私健者耻，为气任侠有奇女。
鼠子胆裂国魂号，断头台上血花紫。

二

东邻有儿背佝偻，西邻有女犹含羞。
蟪蛄宁识春与秋，金莲鞋子玉搔头。

三

河南河北间桃李，点点落红已盈尺。
自由花开八千春，是真自由能不死。

四

誓度众生成佛果，为现歌室说法身。
孟旃不作吾道绝，中原滚地皆胡尘。

24. 为老妓高翠娥作

残山剩水可怜宵，慢把琴樽慰寂寥。
顿老琵琶妥娘曲，红楼暮雨梦南朝。

25. 春风

春风几日落红堆,明镜明朝白发摧。
一颗头颅一杯酒,南山猿鹤北山莱。
秋娘颜色娇欲语,小雅文章凄以哀。
昨夜梦游王母国,夕阳如血染楼台。

26. 东京十大名士追思会即席赋诗(二首)

一

苍茫独立欲无言,落日昏昏虎豹蹲。
胜却穷途两行泪,且来瀛海吊诗魂。

二

故国荒凉剧可哀,千年旧学半尘埃。
沉沉风雨鸡鸣夜,可有男儿奋袂来。

27. 醉时

醉时歌嚣醒时迷，甚矣吾衰慨凤兮。
帝子祠前芳草绿，天津桥上杜鹃啼。
空梁落月窥华发，无主行人唱大堤。
梦里家山渺何处，沈沈风雨暮天西。

28. 昨夜

昨夜星辰人倚楼，中原咫尺山河浮。
沈沈万绿寂不语，梨花一枝红小秋。

29. 朝游不忍池

凤泊鸾漂有所思，出门怅惘欲何之？
晓星三五明到眼，残月一痕纤似眉。
秋草黄枯菡萏国，紫薇红湿水仙祠。
小桥独立了无语，瞥见林梢升曙曦。

30. 初梦(二首)

一

鸡犬无声天地死,风景不殊山河非。
妙莲华开大尺五,弥勒松高腰十围。

二

恩仇恩仇若相忘,翠羽明珠绣裲裆。
隔断红尘三万里,先生自号水仙王。

31. 帘衣(又名《无题》)

帘衣一桁晚风轻，艳艳银灯到眼明。
薄倖吴儿心木石，红衫娘子唤花名。
秋于凉雨燕支瘦。春入离弦断续声。
后日相思渺何许，芙蓉开老石家城。

32. 人病

人病墨池干，南风六月寒。
肺枯红叶落，身瘦白衣宽。
入世儿侪笑，当门景色阑。
昨宵梦王母，猛忆少年欢。

33. 题丁慕琴绘《黛玉葬花图》(二首)

一

收拾残红意自勤,携锄替筑百花坟。
玉钩斜畔隋家塚,一样千秋冷夕曛。

二

飘零何事怨春归,九十韶光花自飞。
寄语芳魂莫惆怅,美人香草好相依。

34. 咏菊

姹紫嫣红不耐霜，繁华一霎过韶光。
生来未藉东风力，老去能添晚节香。
风里柔条频损绿，花中正色自含黄。
莫言冷淡无知己，曾有渊明为举觞。

35. 题梦仙花卉横幅

人生如梦耳，哀乐到心头。
洒剩两行泪，吟成一夕秋。
慈云渺天末，明月下南楼。
寿世无长物，丹青片羽留。

36. 贻王海帆先生

文字联交谊，相逢有宿缘。
社盟称后学，科第亦同年。
抚碣伤禾黍，怡情醉管弦。
西湖风月好，不慕赤松仙。

二、词作

1. 清平乐·赠许幻园

城南小住，情适《闲居赋》。
文采风流合倾慕，闭户著书自足。
阳春常驻山家，金樽酒进胡麻。
篱畔菊花未老，岭头又放梅花。

2. 老少年曲·梧桐树

梧桐树,西风黄叶飘,夕日疏林杪。
花事匆匆,零落凭谁吊。
朱颜镜里凋,白发悉边绕。
一霎光阴底是催人老,有千金也难买韶华好。

3. 南浦月·将北行矣，留别海上同人

杨柳无情，丝丝化作悉千缕。
惺忪如许，萦起心头绪。
谁道销魂，心意无凭据。
离亭外，一帆风雨，只有人归去。

4. 西江月·宿塘沽旅馆

残漏惊人梦里，孤灯对景成双。
前尘渺渺风思量，祗道人归是谎。
谁说春宵苦短，算来竟比年长。
海风吹起夜潮狂，怎把新愁吹涨？

5. 醉花阴·闺怨

落尽杨花红板路，无计留春住。
独立玉阑干，欲诉离愁，生怕笼鹦鹉。
楼头又见斜阳暮，怎奈归期误。
相忆梦难成，芳草天涯，极目人何处？

6. 金缕曲·赠歌郎金娃娃

老江南矣!

忒匆匆,春余梦影,樽前眉底。

陶写中年丝竹耳,走马胭脂队里。

怎到眼都成余子?

片玉昆山神朗朗,紫樱桃,慢把红情系。

愁万斛,来收起。

泥他粉墨登场地,

领略那英雄气宇,秋娘情味。

雏凤声清清几许,

销尽填胸荡气,笑我亦布衣而已。

奔走天涯无一事,

问何如声色将情寄?

休怒骂,且游戏。

7. 菩萨蛮·忆杨翠喜

一

燕支山上花如雪，燕支山下人如月。
额发翠云铺，眉弯淡欲无。
夕阳微雨后，叶底秋痕瘦，
生小怕言愁，言愁不耐羞。

二

晓风无力垂杨懒，情长忘却游丝短。
酒醒月痕底，江南杜宇啼。
痴魂销一捻，愿化穿花蝶。
帘外隔花阴，朝朝香梦沉。

8. 金缕曲·将之日本留别祖国并呈同学诸子

披发佯狂走。
莽中原,暮鸦啼彻,几枝衰柳。
破碎河山谁收拾,零落西风依旧,
便惹得、离人娑婆,世界有瘦。
行矣临流重太息,说相思、刻骨双红豆。
愁黯黯,浓于酒。
漾情不断淞波溜。
恨年来絮飘萍泊,遮难回首。
二十文章尺海内,毕竟空谈何有?
听匣底苍龙狂吼。
长夜凄风眠不得,度群生那惜心肝剖?
是祖国,忍孤负!

9. 手绘山茶花图题词

回栏欲转，试弄双翘红晕浅。

记得儿家，记得山茶一树花。

10. 高阳台·忆金娃娃

十日沉愁，一声杜宇，相思啼上花梢。
春隔天涯，剧怜别梦迢遥。
前溪芳草经年绿，只风情，辜负良宵。
最难抛，月上歌帘，声咽秦萧。
而今未改双眉妩，只江南春老，红了樱桃。
忒煞迷离，匆匆已过花朝。
游丝苦挽行人住，奈东风冷到西桥。
镇无聊，记取离愁，吹彻琼萧。

11. 喝火令·哀国民之心死

故国鸣鹳鹆，垂杨有暮鸦。
江山如画日西斜。
新月撩人透入碧窗纱。
陌上青青草，楼头艳艳花。
洛阳儿女学琵琶。
不管冬青一树属谁家，
不管冬青树底影事一些些。

12. 满江红·民国肇造杂感

皎皎昆仑山顶月，有人长啸。

看囊底、宝刀如雪，恩仇多少。

双手裂开鼷鼠胆，寸金铸出民权脑。

算此生，不负是男儿，头颅好。

荆轲墓，咸阳道；聂政死，尸骸暴。

尽大江东去，余情还绕。

魂魄化成精卫鸟，血花溅作红心草。

看从今，一担好山河，英雄造。

13. 玉连环影·题陈师曾为夏丐尊绘小梅花屋图

屋老。一树梅花小。
住个诗人,添个新诗料。
爱清闲,爱天然。
城外西湖,湖上有青山。

三、选曲填词

1. 哀祖国

小雅尽废兮,出车采薇矣。
豺狼当途兮,人类其非矣。
凤鸟兮,河图兮,梦想为劳矣。
冉冉老将至兮,甚矣吾衰矣。

2. 爱

爱河万年终不涸,来无源头去无谷。
滔滔圣贤与英雄,天地毁时无终穷。
愿我爱国家,愿国家爱我。
愿国家爱我,灵魂不死者我。

3. 化身

化身恒河沙数,发大音声。
尔时千佛出世,瑞霭氤氲。
欢喜欢喜人天,梦醒兮不知年。
翻倒四大海水,众生皆仙。

4. 男儿

男儿自有千古，莫等闲觑。
孔、佛、耶、回精谊，道毋陂歧。
发大愿作教皇，我当炉冶群贤。
功被星球十方，赞无数年。

5. 婚姻祝辞

《诗》三百,《关雎》第一,伦理重婚姻,
夫妇制定家族成,进化首人群。
天演界,雌雄淘汰,权力要平分,
遮莫说男尊女卑,一般是国民。

6. 祖国歌

上下数千年,一脉延,文明莫与肩。
纵横数万里,膏腴地,独享天然利。
国是世界最古国,民是亚洲大国民。
呜呼,大国民!呜呼,唯我大国民!
幸生珍世界。琳琅,十倍增身价。
我将骑狮越昆仑,驾鹤飞渡太平洋。
谁与我仗剑挥刀?
呜呼,大国民,谁与我鼓吹庆升平?

7. 追悼李节母之哀辞

松柏兮翠姿，凉风生德闱。
母胡弃儿辈，长逝竟不归！
儿寒复谁恤，儿饥复谁思？
哀哀复哀哀，魂兮归乎来！

8. 我的国

东海东，波涛万丈红。
朝日丽天，云霞齐捧，
五洲唯我中央中。
二十世纪谁称雄？
请看赫赫神明种。
我的国，我的国，我的国万岁，
万岁万岁万万岁！
昆仑峰，缥缈千寻耸。
明月天心，众星环拱，
五洲唯我中央中。
二十世纪谁称雄？
请看赫赫神明种。
我的国，我的国，我的国万岁，
万岁万岁万万岁！

9. 春郊赛跑

跑！跑！跑！
看是谁先到。
杨柳青青，桃花带笑，
万物皆春，男儿年少。
跑！跑！跑！跑！跑！
锦标夺得了。

10. 隋堤柳

甚西风吹醒隋堤衰柳，江山非旧，
只风景依稀，凄凉时候。
零星旧梦半沉浮，
说阅尽兴亡，遮难回首。
昔日珠帘锦幕，
有淡烟一抹，纤月盈钩。
剩水残山故国秋。
知否，知否，眼底离离麦秀。
说甚无情，情丝踠到心头。
杜鹃啼血哭神州，
海棠有泪伤秋瘦。
深愁浅愁难消受，
谁家庭院笙歌又。

11. 直隶省立第一师范附属小学校歌

文昌在天,文明之光。
地灵人杰,效师长。
初学根本,实切强;
精神腾跃,成文章。
君不见,七十二沽水源远流长。

12. 大中华(二部合唱)

万岁！万岁！万岁！赤县膏腴神明裔。

地大物博，相生相养，建国五千余岁。

振衣昆仑之巅，濯足扶桑之澨。

山川灵秀所钟，人物光荣永垂。

猗欤哉！伟欤哉！仁风翔九畿。

猗欤哉！伟欤哉！威灵振四夷。

万岁！万岁！万万岁！

13. 春游((四部合唱曲))

春风吹面薄於纱,春人妆束淡於画。
游春人在画中行,万花飞舞春人下。
梨花淡白菜花黄。柳花委地芥花香。
莺啼陌上人归去,花外疏钟送夕阳。

14. 早秋

十里明湖一叶舟，城南烟月水西楼。
几许秋容娇欲流，隔著垂杨柳。
远山明净眉尖瘦，闲云飘忽罗纹绉。
天末凉风送早秋，秋花点点头。

15. 送别

长亭外，古道边，芳草碧连天。
晚风拂柳笛声残，夕阳山外山。
天之涯，地之角，知交半零落。
一瓠浊酒尽余欢，今宵别梦寒。

16. 忆儿时

春秋来，岁月如流，游子伤飘泊。
回忆儿时，家居嬉戏，光景宛如昨。
茅屋三椽，老梅一树，树底迷藏捉。
高枝啼鸟，小川游鱼，曾把闲情托。
儿时欢乐，斯乐不可作。

17. 人与自然界(三部合唱)

严冬风雪擢贞干，
逢春依旧郁苍苍。
吾人心志宜坚强，
历尽艰辛不磨灭，
惟天降福俾尔昌！
浮云掩星星无光，
云开光彩逾芒芒。
吾人心志宜坚强，
历尽艰辛不磨灭，
惟天降福俾尔昌！

18. 秋夜 1

眉月一弯夜三更,画屏深处宝鸭篆烟青。
唧唧唧唧,唧唧唧唧,秋虫绕砌鸣。
小簟凉多睡味清。

19. 秋夜 2

正日落西山,一片罗云隐去。
万种情怀,安排何处?
却妆出嫦娥,玉宇琼楼缓步。
天高气清,满庭风露。
问耿耿银河,有谁人引渡,
四壁凉蛩,如来相语。
尽遣了闲愁,聊共月华小住。
如此良宵,人生难遇!
正寒蝉吟罢,蓦然萤火飞流。
夜凉如水,月挂镰钩。
爱星河皎洁,今宵雨敛云收。
虫吟侑酒,扫尽闲愁。
听一声长笛,有谁人倚楼,
天涯万里,情思悠悠。
好安排枕簟,独寻睡乡优游。
金风飒飒,底事悲秋。

20. 月

仰碧空明明,朗月悬太清。
瞰下界扰扰,尘欲迷中道。
惟愿灵光普万方,荡涤垢滓扬芬芳。
虚渺无极,圣洁神秘,灵光常仰望。
惟愿灵光普万方,荡涤垢滓扬芬芳。
虚渺无极,圣洁神秘,灵光常仰望。
仰碧空明明,朗月悬太清。
瞰下界暗暗,世事多愁叹。
惟愿灵光普万方,披除痛苦散清凉。
虚渺无极,圣洁神秘,灵光常仰望。
惟愿灵光普万方,披除痛苦散清凉。
虚渺无极,圣洁神秘,灵光常仰望。

21. 朝阳(四部合唱)

观朝阳耀灵东方兮,
灿庄严伟大之荣光。
彼长眠之空暗暗兮,
流绛彩以辉煌。
惟神、惟神、惟神赐予
观朝阳耀灵东方兮,
灿庄严伟大之荣光。
彼冥想之海沉沉兮,
荡金波以飞扬。
惟神、惟神!
创造世界、创造万物、
赐予光明、赐予幸福无疆。
观朝阳耀灵东方兮,感神恩之久长。

22. 落花

纷,纷,纷,纷,纷,纷……
惟落花委地无言兮,化作泥尘;
寂,寂,寂,寂,寂,寂……
何春光长逝不归兮,永绝消息。
忆春风之日暄,芳菲菲以争妍。
既乘荣以发秀,倏节易而时迁,春残。
览落红之辞枝兮,伤花事其阑珊,已矣!
春秋其代序以递嬗兮,俯念迟暮。
荣枯不须臾,盛衰有常数!
人生之浮华若朝露兮,泉壤兴衰;
朱华易消歇,青春不再来。

23. 幽居

唯空谷寂寂，有幽人抱贞独。
时逍遥以徜徉，在山之麓。
抚磐石以为床，翳长林以为屋。
眇万物而达观，可以养足。
唯清溪沉沉，有幽人怀灵芬。
时逍遥以徜徉，在水之滨。
扬素波以濯足，临清流以低吟。
睇天宇之寥廓，可以养真。

24. 天风(二部合唱)

云滃滃,云滃滃,拥高峰。

气葱葱,气葱葱,极巃嵸。

苍耸耸,苍耸耸,凌绝顶,侧足缥缈乘天风。

咳唾生明珠,吐气嘘长虹。

俯视培娄之垒垒,烟斑黛影半昏蒙。

仰视寥廓之明明,天风回碧空。

漭洋洋,漭洋洋,浮巨溟。

纷蒙蒙,纷蒙蒙,接苍穹。

浪淘淘,浪淘淘,攒铓锋。

扬泄汗漫乘天风。

散发粲云霞,长啸惊蛟龙。

俯视积流之茫茫,百川四渎齐朝宗。

仰观寥廓之明明,天风回碧空。

天风荡吾心魄兮,绝于尘埃之外游神太虚。

天风振吾衣袂兮,超乎万物之表与世长遗。

25. 冬

一帘月影黄昏后，疏林掩映梅花瘦。
墙角嫣红点点肥，山茶开几枝。
小阁明窗好伴侣，水仙凌波淡无语。
岭头不改青葱葱，犹有后凋松。

26. 丰年(二部合唱)

五日一风,十日一雨,太平乐利赓多黍。
谷我妇子,娱我黄耇,欢腾熙洽歌大有。
年丰国昌,惟天降德垂嘉祥。
穰穰穰穰穰穰,惟天降德垂嘉祥。
穰穰穰穰穰穰,岁复岁兮富康。
我仓既盈,我庾惟亿,颂声载路庆丰给。
万宝告成,万物生茂,跻堂称觞介眉寿。
年丰国昌,惟天降德垂嘉祥。
穰穰穰穰穰穰,惟天降德垂嘉祥。
穰穰穰穰穰穰,岁复岁兮富康。

27. 长逝

看今朝树色青青，奈明朝落叶凋零。
看今朝花开灼灼，奈明朝落红飘泊。
惟春与秋其代序兮，感岁月之不居。
老冉冉以将至，伤青春其长逝。

28. 莺

喜春来,日暖风和,园林花放新莺啼。
喜春来,日暖风和,园林花放新莺啼。
听花间清音百啭,呖呖呖呖。
听花间清音百啭,呖呖呖呖。
呖,呖呖呖呖呖呖,呖呖呖。

29. 归燕(四部合唱)

几日东风过寒食,秋来花事已阑珊。

疏林寂寂双燕飞,低徊软语语呢喃。

呢喃,呢喃,呢喃,呢喃,雕梁春去梦如烟。

绿芜庭院罢歌弦,乌衣门巷捐秋扇。

树杪斜阳淡欲眠,天涯芳草离亭晚。

不如归去归故山,故山隐约苍漫漫。

呢喃,呢喃,呢喃,呢喃,不如归去归故山。

30. 西湖(三部合唱)

看明湖一碧,六桥锁烟水。
塔影参差,有画船自来去。
垂杨柳两行,绿染长堤。
飏晴风,又笛韵悠扬起。
看青山四围,高峰南北齐。
山色自空濛,有竹木媚幽姿。
探古洞烟霞,翠扑须眉。
霅暮雨,又钟声林外起。

看明湖一碧,六桥锁烟水。
塔影参差,有画船自来去。
垂杨柳两行,绿染长堤。
飏晴风,又笛韵悠扬起。
大好湖山如此,独擅天然美。
明湖碧无际,又青山绿作堆。
漾晴光潋滟,带雨色幽奇。
靓妆比西子,尽浓淡总相宜。

31. 采莲

采莲复采莲,莲花莲叶何蹁跹。
露华如珠月如水,十五十六清光圆。
采莲复采莲,莲花莲叶何蹁跹。

32. 梦

哀游子茕茕其无依兮,在天之涯。
惟长夜漫漫而独寐兮,时恍惚以魂驰。
萝偃卧摇篮以啼笑兮,似婴儿时。
母食我甘酪与粉饵兮,父衣我以彩衣。
月落乌啼,梦影依稀,往事知不知?
汨半生哀乐之长逝兮,感亲之恩其永垂。

哀游子怆怆而自怜兮,吊形影悲。
惟长夜漫漫而独寐兮,时恍惚以魂驰。
梦挥泪出门辞父母兮,叹生别离。
父语我眠食宜珍重兮,母语我以早归。
月落乌啼,梦影依稀,往事知不知?
汨半生哀乐之长逝兮,感亲之恩其永垂。

33. 悲秋

西风乍起黄叶飘，日夕疏林杪。
花事匆匆。梦影迢迢，零落凭谁吊？
镜里朱颜，愁边白发，光阴催人老。
纵有千金，纵有千金，千金难买年少。

34. 晚钟(三部合唱)

大地沉沉落日眠,平墟漠漠晚烟残。
幽鸟不鸣暮色起,万籁俱寂丛林寒。
浩荡飘风起天杪,摇曳钟声出尘表。
绵绵灵响彻心弦,眑眑幽思凝冥杳。
众生病苦谁扶持?尘网颠倒泥涂污。
惟神愍恤敷大德,拯吾罪过成正觉。
誓心稽首永皈依,瞑瞑入定陈虔祈。
倏忽光明烛太虚,云端彷佛天门破。
庄严七宝迷氤氲,瑶华翠羽垂缤纷。
浴灵光兮朝圣真,拜手承神恩。
仰天衢兮瞻慈云,忽现忽若隐。
钟声沈暮天,神恩永存在。
神之恩,大无外!

35. 月夜

纤云四卷银河净，
梧叶萧疏摇月影；
剪径凉风阵阵紧，
暮鸦栖止未定，
万里空明人意静。
呀！是何处，敲彻玉磬，
一声声清越度幽岭？
呀！是何处，声相酬应，
是孤雁寒砧并？
想此时此际，幽人应独醒，
倚栏风冷。

36. 幽人

深山之麓，三椽老茅屋，
中有幽人抱贞独。
当风且振衣，临流可濯足。
放高歌震空谷：呜，呜呜，呜呜呜！
浊世泥途污，浊世泥途污。
道孤，道孤。
行殊，行殊。
吾与天为徒。

37. 春夜

金谷园中，黄昏人静，
一轮明月，恰上花梢。
月圆花好，如此良宵，
莫把这似水光阴空过了！
英雄安在，荒冢萧萧。
你试看他青史功名，
你试看他朱门锦乡，
繁华如梦，满目蓬蒿！
天地逆旅，光阴过客，无聊！
倒不如闻非闻是尽抛去，消遥！
倒不如花前月下且游遨，将金樽倒。
海棠睡去，把红烛烧。
荼蘼开未，把羯鼓敲。
莫教天上嫦娥将人笑。

38. 校园夕歌

光阴似流水,不一会课毕放学归。
我们仔细想一会,今天功课明白未?
老师讲的话,可曾有违背?

父母望儿归,我们一路莫徘徊。
将来治国平天下,全靠吾辈。
大家努力啊,
同学们,明天再会。

书信

一、夏丏尊

信一：

一九二九年旧三月，温州，庆福寺

丏尊居士：

到温后即奉上明信，想已收到。铜模字已试写二页，奉上，乞与开明主人酌核，余近来精神衰颓，目力昏花，若写此体或稍有把握，前后可以大致一律，若改写他体，恐难一律，故先以此样子奉呈。倘可用者，余即续写，否则拟即作罢。(他体不能书写。)所存之格纸，拟写小经一卷，以奉开明主人，为纪念可耳。此次旅途甚受辛苦，至今喉痛及稍发热咳嗽头昏等症相继而作；近来余深感娑婆之苦，欲早命终往生西方耳。谨陈，并候回玉。

演音

旧三月晦日

信二：

一九二九年旧四月一日，温州，庆福寺

丏尊居士：

前奉上二片，想已收到。铜模已试写三十页，费尽心力，务求其大小匀称，但其结果仍未能满意。现由余细详思维，此事只可中止。其原因如下：

一、此事向无有创办者，想必有困难之处；今余试之，果然困难。因字之大小与笔画之粗细，及结体之或长、或方、或扁，皆难一律。今余书写之字，依整张之纸看之，似甚齐整，但若拆开，以异部之字数纸，拼集作为一行观之，则弱点毕露，甚为难看。余曾屡次试验，极为扫兴，故拟中止。

二、去年应允此事之时，未经详细考虑，今既书写之时，乃知其中有种种之字，为出家人书写甚不合宜者，如刀部中残酷凶恶之字甚多，又女部中更不堪言，尸部中更有极秽之字，余殊不愿执笔书写，此为第二之原因(此原因甚为重要。)

三、余近来眼有病，载眼镜久则眼痛，将来或患增剧，即不得不停止写字，则此事亦终不能完毕。与其将来功亏一篑，

不如现在即停止，此为第三之原因。

余素重然诺，决不愿食言；今此事实有不得已之种种苦衷，务乞仁者向开明主人之前代为求其宽恕谅解，至为感祷！所余之纸，拟书写短篇之佛经三种，（如《心经》之类是）以塞其责，聊赎余罪。

前寄来之碑帖等，余已赠与泉州某师，又新字典及铅字样本，并未书写之红方格纸，亦乞悉赠与余，至为感谢。

余近来精神衰颓，远不如去秋晤谈时之形状；质平前属撰之歌集，亦屡构思，竟不能成一章，止可食言而中止耳。余年老矣，屡为食言之事，日夜自思，殊为抱愧，然亦无可如何耳。务乞多多原谅，至感，至感！已写之三十张奉上，乞收入。

演音上

旧四月一日

信三：

一九二九年阳历五月六日，温州，庆福寺

惠书诵悉，承询所需，至用感谢。此次由闽至温，旅费甚省，故尚有余资。宿疾本因路途辛劳所致，今已愈十之九，铜模字即可书写。拟先写千余字寄上，俟动工镌刻后，再继续书写其余者。今细检商务铅字样本，至为繁杂。有应用之字而不列入者；有《康熙字典》所未载之僻字及俗体字而反列入者，若依此书写，殊不适用。今拟改依《中华新字典》所载者书写，而略增加。总以适用于排印佛书及古书等为主。倘有欠缺，他时尚可随时补写也。墓志造像不列目录，甚善！《佛教大辞典》是否仍存在尊处？因嘉兴前来书谓未曾收到，如未送去，仍以存尊处为宜。阳历四月十九日寄挂号信与上海美专刘质平居士，至今半月余，无有复音，乞为探询，质平是否仍在美专，或在他处，便中示知为感！

演音

阳历五月六日

二、刘质平

信一：

一九一五年九月三日，杭州

质平仁弟足下：

顷奉手书，敬悉。《和声学》亦收到。尊状近若何，至以为念！人生多艰，不如意事常八九，吾人于此，为当镇定精神，勉于苦中作乐；若处处拘泥，徒劳脑力，无济于事，适自苦耳！吾弟卧病多暇，可取古人修养格言（如《论语》之类）读之，胸中必另有一番境界。

下半年仍来杭校甚善，不佞固甚愿与吾弟常相聚首也。祇训近佳。

不佞于本学年兼任杭宁二校课程，汽车往来千二百里，亦一大苦事也。

游日本未及到东京，故章程尚未觅到。详情容后复。

息上

九月三日

信二：

一九一五年九月十六日，杭州

质平仁弟足下：

顷接手书，诵悉。吾弟病势未减，似宜另择以静僻之地疗养为佳。家庭琐事，万勿介意。张拱璧已到海宁，曾晤面否？鄙人后日往南京，又须二星期乃可返杭。匆复，祇讯痊安。

吾弟如稍愈，到杭疗养何如？

李息上

九月十六日

信三：

一九一六年八月十九日，杭州

质平仁弟：

来函，诵悉。日本留学生向来如是。虽亦有成绩佳良者，然大半为日人作殿军或并殿军之资格而无之。故日人说起留学生辄作滑稽讪笑之态。不佞居东八年，固习见不鲜矣。君之志气甚佳，将来必可为吾国人吐一口气。但现在宜注意如下：

（一）宜重卫生，俾面中途辍学。（习音乐者，非身体健壮之人，不易进步。专运动五指及脑，他处不运动，则易致疾。故每起宜为适当之休息及应有之娱乐，适度之运动。又宜早眠早起。食后宜休息一小时，不可即弹琴。）

（二）宜慎出场演奏，免受人之忌妒。（能不演奏最妥，抱璞而藏，君子之行也）

（三）宜慎交游，免生无谓之是非。（留学界品类尤杂，最宜谨慎。）

（四）勿躐等急进。（吾人求学，须从常规，循序渐进，欲速则不达矣。）

（五）勿心浮气躁。（学稍有得，即深自矜；或学而不进[此种境界他日有之]，即生厌烦心，或抱悲观，皆不可。必须心气平定，不急进，不间断。日久自有适当之成绩。）

（六）宜信仰宗教，求精神上之安乐。（据余一人之所见，确系如此，未知君以为如何？）

附录格言数则呈阅。

不佞近来颇有志于修养，但言易行难，能持久不变尤难，如何如何！今秋因经先生坚留，情不可却，南京之兼职似可脱离。君暇时乞代购マンドリン[マンドリン（作者注：日本外来语，是英文 mandolin 的日文音译。中文译为曼多林，是一种弹拨乐器）。弦 E 二根、A 二根、D 三根、G 二根，封入信内寄下。六七日内拟汇款五圆存尊处，尚有他物乞代购也。君如须在沪杭购物，不佞可以代办，望勿客气，随时函达可也。

君在校师何人？望示知。听音乐会之演奏，有何感动？此不佞所愿闻者也。此复，即颂旅吉。

门先生乞为致意，他日稍暇，当作书奉候。并谓现在不佞求学不得，如行夜路，视门先生若在天上矣。

李婴

八月十九日

信四：

一九一七年一月十八日，杭州

手书诵悉。清单等皆收到。愈学愈难，是君之进步，何反以是为忧！B氏曲君习之，似躐等，中止甚是。试验时宜应试，取与不取，听之可也。不佞与君交谊至厚，何至因此区区云对不起？但如君现在忧虑过度，自寻烦恼，或因是致疾，中途辍学，是真对不起鄙人矣。从前鄙人与君函内解劝君之言语，万万不可忘记，宜时时取出阅看。能时时阅看，依此实行，必可免除一切烦恼。从前牛山充入学试验落第四次，中山晋平落第二次，彼何尝因是灰心？总之，君志气太高，好名太甚，务实循序四字，可为君之药石也。

中学毕业免试科学，是指毕业于日本中学者；君能否依此例，须详询之。证明书容代为商量。五日后返沪，补汇四元廿钱。前君投稿于《教育周报》，得奖银十六元。此款拟汇至日本可否？望示知！此复，即颂近佳

李婴上

一月十八日

信五：

一九一七年一月，杭州

鄙人拟于数年之内，入山为佛弟子（或在近一二年亦未可知，时机远近，非人力所能处也），现已络续结束一切。君春秋尚盛，似不宜即入此道。但如现在之遇事忧虑，自寻苦恼，恐不久将神经混杂，得不治之疾，鄙人可以断言。鄙意以为，君此时宜详审坚决。如能痛改此习，耐心向学，最为中正之道。倘自己仍无把握，不能痛改此习，将来必至学而无成，反致恶果；不如即抛却世事入山为佛弟子，较为安定也。叨在至好，故尽情言之。阅后付丙。

信六:

一九一七年三月,杭州

质平仁弟:

来书诵悉。借款无复音,想无可希望矣。(某君昔年留学,曾受不佞补助。今某君任某官立银行副经理,故以借款商量,虽非冒昧,然不佞实自志为窭人矣,于人何尤!)不佞自知世寿不永(仅有十年左右),又从无始以来,罪业至深,故不得不赶紧发心修行。自去腊受马一浮大士之熏陶,渐有所悟。世味日淡,职务多荒。近来请假,逾课时之半,就令勉强再延时日,必外贻旷职之议(人皆谓余有神经病),内受疚心之苦。君能体谅不佞之意,良所欢喜赞叹!不佞即拟宣布辞职,暑假后不再任事矣。所藏音乐书,拟以赠君,望君早返国收领(能在五月内最妙)并可为最后之畅聚。不佞所藏之书物,近日皆分赠各处,五月以前必可清楚。秋初即入山习静,不再轻易晤人。剃度之期,或在明年。前寄来之木箱,已收到。丰仁君习木炭画极勤。即颂旅祉。

附汇日金二十圆,望收入。

前曾与经先生谈及，君今年如返国，可否在一师校任事？经先生谓君在东，曾诽谤母校师长，已造成恶感。倘来任事，必无良果云云。附以直达，望以后发言，宜谨慎也。

不佞拟再托君购佛学数种，俟后函达。

李婴

信七：

一九一七年，杭州

质平仁弟足下：

来书诵悉。《菜根谭》及M经，前已收到，曾致复片，计已查收。官费事可由君访察她人补官费之经过情形，由君作函寄来。上款写经、夏二先生及不佞三人，函内详述她省补费之办法。此函寄至不佞处，由不佞与经、夏二先生商酌可也。君在东言行谨慎，甚佳。交友不可勉强，宁无友，不可交寻常之友（或不尽然），虽无损于我，亦徒往来酬酢，作无谓之谈话，周旋消费力学之时间耳。门先生忠厚长者，可以为君之友人。此外不再交友，亦无妨碍。始亲终疏，反致怨尤，故不如于始不亲之为佳也。不佞前致君函有应注意者数条，宜常阅之。又格言数则，亦不可忘。不佞无她高见，惟望君按部就班用功，不求近效。进太锐者恐难持久。不可心太高，心高是灰心之根源也。心倘不定，可以习静坐法。入手虽难，然行之有恒，自可入门（君有崇信之宗教，信仰之尤善，佛、伊、耶皆可）。音乐书前日已挂号寄奉。附一函乞转交门先生。此复，即颂近佳。

李婴

信八：

一九一七年，杭州

质平仁弟：

前日寄一函，计达览。昨晤经先生，将尊函及门先生函呈去。（本拟约夏先生同往，据夏先生云：前得君函时，已与经先生谈过，故此次不愿再去。）经先生将尊函阅一过，门先生之函并未详阅。据云：此函无意思，因会长不能管此事也（此说不必与他人道）。总之，经先生对于此事颇冷淡。先云："须由君自己呈请。余不能言"；后鄙人再四恳求，始允往询。但因新厅长初到任，甚忙，现在不便去，何日去，难预定也。

鄙人谓浙江女生补费之事，可否援以为例？经先生云："不能。"后经先生遂痛论请补官费之难，逆料必不成功。又有"荐一科长与厅长尚易，请补一官费生殊难"之说。鄙人不待其辞毕，即别去，不欢而散，殊出人意外也。但平心思之，经先生事务多忙，本校毕业生甚多，经先生倘一一为之筹画。殊做不到。故以此事责备经先生，大非恕道。经先生人甚直爽，故能随意畅谈。若深沉之士，则当面以极圆滑之言敷衍恭维，其结果则一也。故经先生尚不失为直士。若夏先生向来不喜管闲事，其天性如是。总之官费事，以后鄙人不愿再向经先生询问。鄙人于数年之内，决不自己辞职。如无他变，前定之约，必实践也。望安心求学，毋再以是为念！此信阅毕，望焚去。言人是非，君子不为。今述其详，愿君知此事之始末。

李婴上

信九：

一九一七年，杭州

质平仁弟：

昨上一函一片，计达览。请补官费之事，不佞再四斟酌，恐难如愿。不佞与夏先生素不与官厅相识，只可推此事于经先生。经先生多忙，能否专为此事往返奔走，亦未可知。即能任劳力谋，成否亦在未可知之数。（总而言之，求人甚难。）此中困难情形，可以意料及之也。君之家庭助君学费，大约可至何时？如君学费断绝，困难之时。不佞可以量力助君。但不佞窭人也，必须无意外之变，乃可如愿。因学校薪水领不到时，即无可设法。今将详细之情形述之于下：

不佞现每月入薪水百零五元

出款：

上海家用四十元　年节另加

天津家用廿五元　年节另加

自己食物十元

自己零用五元

自己应酬费买物添衣费五元

如依是正确计算，严守此数，不再多费，每月可余廿元。

此廿元即可以作君学费用。中国留学生往往学费甚多。但日本学生每月有廿元已可敷用。不买书、买物、交际游览，可以省钱许多。将来不佞之薪水，大约有减无增。但再减去五元，仍无大妨碍（自己用之欲内，可以再加节省）。如再多减，则觉困难矣。

又，不佞家无恒产，专恃薪水养家。如患大病，不能任职，或由学校辞职，或因时局不能发薪水。倘有此种变故，即无法可设也。以上所述，为不佞个人之情形。

倘以后由不佞助君学费，有下列数条，必须由君承认实行乃可：

一、此款系以我辈之交谊，赠君用之，并非借贷与君。因不佞向不喜与人通借贷也。故此款君受之，将来不必偿还。

二、赠款事只有吾二人知。不可与第三人谈及。君之家族、门先生等皆不可谈及。家族如追问，可云有人如此而已，万不可提出姓名。

三、赠救期限，以君之家族不给学费时起，至毕业时止。但如有前述之变故，则不能赠款。（如减薪水太多，则赠款亦须减少。）

四、君须听从不佞之意见，不可违背。不佞并无他意，但愿君按步就班用功，无太过不及。注重卫生，俾可学成有获，不致半途中止也。君之心高气浮是第一障碍物（自杀之事不可再想），必须痛除。

以上所说之情形。望君详细思索,写回信复我。助学费事,不佞不敢向他人言,因他人以诚意待人者少也。即有装面子暂时敷衍者,亦将久而生厌,焉能持久?君之家族,尚不能尽力助君,何况外人乎?若不佞近来颇明天理,愿依天理行事。望君勿以常人之情推测不佞可也。此颂近佳。

此函阅后焚去。

李婴

信十：

一九一八年三月初九日，杭州

两次托上海家人汇上之款，计已收入。致日本人信已改就，望察收。去年由运送店寄来之物，尚未收到，便乞催询。

不佞近耽空寂，厌弃人事。早在今夏，迟在明年，将入山剃度为沙弥。刻已渐渐准备一切（所有之物皆赠人）。音乐书籍及洋服，拟赠足下。甚盼足下暑假时，暑假时能返国一晤也。

三月初九日

正月十五日，已皈依三宝，法名演音，字弘一。

李婴

三月初九

信十一：

一九一八年三月廿五日，杭州

质平仁弟：

书悉。君所需至毕业为止之学费，约日金千余圆。顷已设法借华金千元，以供此费。余虽修道念切，然绝不忍置君事于度外。此款倘可借到，余再入山；如不能借到，余仍就职至君毕业时止。君以后可以安心求学，勿再过虑。至要至要！即颂近佳。

演音

三月廿五日

三、丰子恺

信一：

一九二八年旧八月十四日，温州，庆福寺

子恺居士：

初三日惠书，诵悉。兹条复如下：

△周居士动身已延期。网篮恐须稍迟，乃可带上。

△《佛教史迹》已收到。如立达仅存此一份，他日仍拟送还。

△护生画，拟请李居士（因李居士所见应与朽人同）等选择。俟一切决定后，再寄来由朽人书写文字。

△不录《楞伽》等经文，李居士所见。与朽人同。

△画集虽应用中国纸印。但表纸仍不妨用西洋风之图案画，以二色或三色印之。至于用线穿订，拟用日本式。即是此种之式，系用线索结纽者。与中国佛经之穿订法不同。朽人之意，以为此书须多注重于未信佛法之新学家一方面，推广赠送。故表纸与装订，须极新颖警目。俾阅者一见表纸，即知其为新式之艺术品，非是陈旧式之劝善图画。倘表纸与寻常佛书相似，则彼等仅见《护生画集》之签条，或作寻常之佛书同

视，而不再披阅其内容矣。故表纸与装订，倘能至极新颖美观夺目，则为此书之内容增光不小，可以引起阅者满足欢喜之兴味。内容用中国纸印，则乡间亦可照样翻刻，似与李居士之意。亦不相违、此事再乞商之。

△李居士属书签条，附写奉上。

△“不请友”三字之意，即是如《华严经》云“非是众生请我发心，我自为众生作不请之友”之意。因寻常为他人帮忙者，应待他人请求，乃可为之。今发菩提心者，则不然。不待他人请求，自己发心，情愿为众生帮忙，代众生受苦等。友者，友人也。指自己愿为众生之友人。

△周孟由居士等，谆谆留朽人于今年仍居庆福寺。谓过一天，是一天，得过且过，云云。故朽人于今年下半年，拟不他往。俟明年至上海诸处时，再与仁者及丐翁等，商量筑室之事。现在似可缓议也。

△近病痢数日，已愈十之七八。惟胃肠衰弱，尚须缓缓调理，仍终日卧床耳。然不久必愈，乞勿悬念。承询需用，现在朽人零用之费，拟乞惠寄十圆。又庆福寺贴补之费(今年五个月)，约二十圆(此款再迟两个月寄来亦不妨)。此款请旧友分任之。至于明年如何，俟后再酌。

△承李居士寄来《梵网经》、万钧氏书札，皆收到。谢谢。

病起无力，草草复此。其馀，俟后再陈。

演音上

八月十四日

信二：

一九二八年旧八月，温州庆福寺

前叠上二函一片。想悉收到。昨今又续成白话诗四首。

《夫妇》：人伦有夫妇，家禽有牝牡。双栖共和鸣，春风拂高柳。盛世乐太平，民康而物阜。万类咸喁喁。同浴仁恩厚。

按此诗虽不佳，而得温柔敦厚之旨。以之冠首，颇为合宜。

《暗杀一》：若谓青蝇污，挥扇可驱除。岂必矜残杀，伤生而自娱。

《蚕的刑具》：蚕杀百千命，完成一袭衣。唯知求适体，岂毋伤仁慈。

《忏悔》：人非圣贤，其孰无过。犹如素衣，偶著尘涴。改过自新，若衣拭尘。一念慈心，天下归仁。

按此诗虽无佛教色彩，而实能包括佛法一切之教义。仁者当能知之。

此外，唯有《母之羽》及《平和之歌》二首，尚未作。拟俟仁者画稿寄来，再观察画之形状。然后著笔，较为亲切也。

朽人已十数年未尝作诗。至于白话诗，向不能作。今勉强为之。初作时，稍觉吃力。以后即妙思泉涌，信手挥写，即可成就。其中颇有可观之作，是诚佛菩萨慈力冥加，匪可思议者矣。但念生死事大，无常迅速。俟此册画集写毕，即不再作文作诗及书写等。唯偶写佛菩萨名号及书签。以结善缘耳。

此画集中，题诗并书写，实为今生最后之纪念。而得与仁者之画及李居士之戒杀白话文合册刊行，亦可谓殊胜之因缘矣。（但朽人作此白话诗事，乞勿与他人谈及）

信三：

一九二八年旧八月廿二日，温州，庆福寺

子恺居士慧览：

今日午前挂号寄上一函及画稿一包，想已收到？顷又做成白话诗数首。写录于下。

（一）《倘使羊识字》（因前配之古诗，不贴切。故今改做。）

倘使羊识字，泪珠落如雨。

口虽不能言，心中暗叫苦！

（二）《残废的美》

好花经摧折，曾无几日香。

憔悴剩残姿，明朝弃道旁。

（三）《喜庆的代价》（原配一诗，专指庆寿而言。此刻指喜事而言。故拟与原诗并存。共二首。或者仅用此一首，而将旧选者删去。因旧选者其意虽佳，而诗笔殊拙笨也。）

喜气溢门楣。如何惨杀戮。

唯欲家人欢，那管畜生哭！

（四）原题为《悬梁》

日暖春风和，策杖游郊园。

双鸭泛清波，群鱼戏碧川。

为念世途险，欢乐何足言。

明朝落网罟，系颈陈市廛。

思彼刀砧苦，不觉悲泪潸。

案此原画，意味太简单，拟乞重画一幅。题名曰：《今日与明朝》。将诗中双鸭泛清波，群鱼戏碧川之景，补入。与系颈陈市廛，相对照。共为一幅。则今日欢乐与明朝悲惨相对照，似较有意味。此虽是陈腐之老套头，今亦不妨采用也。俟画就时，乞与其他之画稿同时寄下。

再者，两稿中《母之羽》一幅。虽有意味，但画法似未能完全表明其意，终觉美中不足。倘仁者能再画一幅，较此为优者，则更善矣。如未能者，仍用此幅亦可。

前所编之画集次序，犹多未安之处。俟将来暇时，仍拟略为更动，俾臻完善。

演音上

八月廿二日

此函写就将发，又得李居士书。彼谓画集出版后，拟赠送日本各处。朽意以为若赠送日本各处者，则此画集更须大加整顿。非再需半年以上之力，不能编纂完美。否则恐贻笑邻邦，殊未可也。但李居士急欲出版，有迫不及待之势。朽意以为如仅赠送国内之人阅览。则现在所编辑者，可以用得。若欲赠送日本各社，非再画十数叶，从新编辑不可。此事乞与李居士酌之。

再者，前画之《修罗》一幅（即已经删去者），现在朽人思维，此画甚佳。不忍割爱，拟仍旧选入。与前画之《肉》一幅，接连编入。其标题，则谓为《修罗一》《修罗二》（以《肉》为《修罗一》，以原题《修罗》者为《修罗二》）。再将《失足》一幅删去。全集仍旧共计二十四幅。

附呈两纸，乞仁者阅览后，于便中面交李居士。稍迟亦无妨也。

廿三晨

信四：

一九二八年旧八月廿四日，温州，庆福寺

新作者四首，写录奉览。

《凄音》

小鸟在樊笼，悲鸣音惨凄。

恻恻断肠语，哀哀乞命词。

向人说困苦，可怜人不知。

犹谓是欢嬉，娱情尽日啼。

《农夫与乳母》

忆昔襁褓时，尝啜老牛乳。

年长食稻粱，赖尔耕作苦。

念此养育恩，何忍相忘汝！

西方之学者，倡人道主义。

不啖老牛肉，淡泊乐蔬食。

卓哉此美风，可以昭百世。

！！！

麟为仁兽，灵秀所钟，不践生草，不履生虫。繄吾人类，应知其义。举足下足，常须留意。既勿故杀，亦勿误伤。长我慈心，存我天良。

附注：儿时读《毛诗·麟趾章》注云："麟为仁兽，不践生草，不履生虫。"

余讽其文。深为感叹。四十年来，未尝忘怀。今撰护生诗歌，引述其义。后之览者，幸共知所警惕焉。

《我的腿》(旧配之诗移入《修罗二》)

我的腿，善行走。

将来不免入汝手。

盐渍油烹佐春酒。

我欲乞哀怜，

不能作人言。

愿汝体恤猪命苦，

毋在杀戮与熬煎！

画集中《倒悬》一幅，拟乞改画。依原配之诗上二句，而作景物画一幅(即是"秋来霜露……芥有孙"之二句)。画题亦须改易。因原画之趣味，已数见不鲜，未能出色；不如改作为景物画，较优美有意味也。

再者，《刑场》与《平等》二幅，或可侧，亦可留。乞仁等酌之。

论月

八月廿四日

信五:

一九二八年旧八月廿六日,温州,庆福寺

子恺居士慧览:

将来排列之次序,大约是:

(一)《夫妇》,(二)《芦菔生儿芥有孙)之画(案芦菔俗称萝卜),(三)《沉溺》,(四)《凄音》等。中间数幅,较前所定者,稍有变动。至《农夫与乳母》以下,悉仍旧也。

再者,《芦菔生儿芥有孙》之画,乞仅依"秋来霜露满东园,芦菔生儿芥有孙"二句之意画之。至末句中鸡豚,乞勿画入。

以前数次寄与仁者之信函,乞作画或改题者,兹再汇记如下:

△增画者《忏悔》《平和之歌》,共二幅。

△改画者《芦菔生儿芥有孙》之画(旧题为《倒悬》,今乞改题)、《今日与明朝)(旧题为《悬梁》)、《母之羽》,共三幅。

△修改画题者《沉溺》(原作(溺》)、《凄音》(原作《囚徒之

歌》)、《诱惑》(原作《诱杀》)、《修罗一》(原作《肉》)、《修罗二》(原作《修罗》,共五处。

以上所写,倘有未明了处,乞检阅前数函即知。

今年夏间,由嘉兴蔡居士寄玻璃版印《华严经》二册至尊处(江湾),想早已收到(当时仁者在乡里),前函未提及,故再奉询。

演音上

八月廿六日

信六：

一九二八年九月初四，温州，庆福寺

子恺居士：

前复信片，想达慧览。尚有白话诗二首，亦已作就。附写如下：

《母之羽》

雏儿依残羽，殷殷恋慈母。

母亡儿不知，犹复相环守。

念此亲爱情，能勿凄心否？

此下有小注，即述蝙蝠之事云云。俟后参考原文，再编述。

《平和之歌》

昔日互残杀，今朝共舞歌。

一家庆安乐，大地颂平和。

附短跋云：李、丰二居士，发愿流布《护生画集》，盖以艺术作方便，人道主义为宗趣。虽曰导俗，亦有可观者焉。每画一叶，附白话诗，选录古德者口首，馀皆贤瓶道人补题。纂修既成，请余为之书写。并略记其梗概。

新作之诗共十六首，皆已完成。但所作之诗，就艺术上而论，颇有遗憾。一以说明画中之意，言之太尽。无有含蓄，不留耐人寻味之馀地。一以其文义浅薄鄙俗，无高尚玄妙之致。就此二种而论，实为缺点。但为导俗，令人易解，则亦不得不尔。然终不能登大雅之堂也。

画稿之中，其画幅大小，须相称合。如《!!! 》一幅，似太大。《母之羽》一幅，似稍小。仁者能再改画，为宜。虽将来摄影之时，可以随意缩小放大，但终不如现在即配合适宜，俾免将来费事。且于朽人配写文字时，亦甚蒙其便利也。

附二纸，为致李居士者。乞仁者先阅览一过，便中面交与李居士，稍迟未妨也。

演音上

九月初四日

信七：

一九二八年旧九月十二日，温州，庆福寺

子恺居士：

昨晚获诵惠书，忻悉一一。兹复如下：

△续画之画稿，拟乞至明年旧历三月底为止（因温州春寒殊甚，未能执笔书写。须俟四月天暖之后，乃能动笔）。由此时至明春三月，乞仁者随意作画，多少不拘。朽人深知此事不能限期求速就（写字作文等亦然）。若兴到落笔乃有佳作。所谓“妙手偶得之”也。至三月底即截止，由朽人用心书写。大约五月间，可以竣事。

仁者新作之画，乞随时络续寄下。（又以前已选入之画稿及未选入者，并乞附入，便中寄下。）即由朽人选择。其选人者，并即补题诗句。

△白居易诗，“香饵”云云二句，系以鱼喻彼自己，或讽世人，非是护生之意。其义寄托遥深，非浅学所能解。乞勿用此诗作画。

△研究《起信论》，译佛教与科学之事，暂停无妨。礼拜念

佛功课未尝间断，戒酒已一年，至堪欢喜赞叹。近来仁者诸事顺遂，实为仁者专诚礼拜念佛所致。念佛一声，能消无量罪，能获无量福。惟在于用心之诚恳恭敬与否，不专在于形式上之多少也。

△网篮迟至年假时带去，无妨。

△坷罗版《华严经》，乞赠李圆净居士一册。

△以后作画，无须忙迫。至画幅之多少，亦不必预计。如是乃有佳作。

△倘他日集中画幅再增多之时，则已删去之画，如《倒悬》《众生》(又名《上法场》)等，或仍可配合选入。俟他日再详酌。

△许居士如愿出家，当为设法。

△明年大约仍可居住庆福寺。因公园以筹款不足，停止进行，故尚安静可住。承诸友人赠送之资，至为感谢。此次寄来之廿元，拟留充明年自己之零用。至于明年，尚需贴补寺中全年食费约六十元。又于地藏殿装玻璃门，及《续藏经》书橱之木架等费，朽人拟赠与寺中三十元。共计九十元。倘他日有友人送款资至仁者之处，乞为存积。俟今年阴历年底，朽人再斟酌情形。倘需用此款者，当致函奉闻，请仁者于明年春间便中汇下。此事须今年年底酌定，故所有款资，拟先存仁者之处，乞勿汇下。

△明年朽人能于秋间至上海否，难以预定。或不能来，亦未可知。因近来拟息心用功，专修净业。恐出外云游，心中浮动。有碍用功也。统俟明年再为酌定。

△明年与后年，两年之中，拟暂维持现状。至于夏居士所云建造房舍之事。俟辛未年再行斟酌。

草草奉复。不具。

再者，以后惠函，信面之上，乞勿写“和尚”二字。因俗例，须本寺住持，乃称和尚。朽人今居客位，以称大师或法师为宜。

再者，愚夫愚妇及旧派之士农工商，所欢喜阅览者，为此派之画。但此派之画，须另请人画之。仁者及朽人，皆于此道外行。今所编之《护生画集》，专为新派有高等小学以上毕业程度之人阅览为主。彼愚夫等，虽阅之，亦仅能得极少份之利益，断不能赞美也。故关于愚夫等之顾虑，可以撇开。若必欲令愚夫等大得利益，只可再另编画集一部，专为此种人阅览，乃合宜也。

今此画集编辑之宗旨，前已与李居士陈说。第一，专为新派智识阶级之人（即高小毕业以上之程度）阅览。至他种人，只能随分获其少益。第二，专为不信佛法，不喜阅佛书之人阅览。（现在戒杀放生之书出版者甚多，彼有善根者，久已能阅其书。而奉行惟谨。不必需此画集也。）近来戒杀之书虽多，但适于以上二种人之阅览者，则殊为希有。故此画集，不得不编印行世。能使阅者爱慕其画法崭新，研玩不释手，自然能于戒杀放生之事，种植善根也。鄙意如此，未审当否？乞仁等酌之。又白。

演音上

九月十二日

信八:

一九三九年旧十月,永春,普济寺

子恺居士文席:

前承寄承天寺三函二明信及画稿,已于今晨收到(夏居士转寄一笺亦收到),欢感无尽。朽人近来身体尚健,精神大衰,未能构思。画集题句,拟请仁者代恳浙大校同人分撰。撰就,乞汇寄与夏居士转交朽人,即可书写也。

兹将应题句之书画列下:《中秋同乐会》《蝴蝶来仪》《远书》《襁负其子》《被弃的小猫》《推食》《运粮》《遇救》《漏网》《盥漱避虫蚁》《老牛亦是知音者》(此画背面未贴诗句)、《蝶之墓》《风雨之夜的候门者》《好鸟枝头亦朋友》《牛的星期日》《蚂蚁搬家》《呦呦鹿鸣得食相呼》《关关雎鸠男女有别》《塞雁联行号弟兄》《绸缪牖户》《方长不折》《重生》《敝衣不弃为埋猪也》《鹬蚌相亲》《归故山》《解放》《群鱼》《群鸥》《归市》《采药》《游山》《麟在郊野》《风在列树》,共计三十三幅。题句,凡文、诗、词(不必全首,仅片段即佳)及新体诗、语体文皆善,以字句简少为宜。因字数多,须写小字,制锌版未能明晰也。撰者姓名,乞一一注出。

拟删者八页:《雨后》《待鹤归》《春夜的鼓手》《春江水暖》《香饵见来》《横行不到人间》《虫声新透》《青山不识》(此画及诗甚佳。因格式与他画不一律,故删)。如是未知妥否,便乞示知。

编次拟依甲乙等,以《同乐会》及《来仪》冠首。

今年朽人世寿六十,承绘画集,至用感谢。但人命无常,世寿有限。朽人或不久谢世,亦来可知。仍望将来继续绘此画集(每十年绘辑一编,至朽人百龄为止),至第六编为止。朽人若在世,可云祝寿纪念。若去世,可云冥寿纪念(此名随俗称之甚未典雅)。或另立其他名目。总之,能再续出四编,共为六编,流通世间,其功德利益至为普遍广大也。

仁者如与马居士通信时,乞代致候,并述谢忱。附致郦居士一笺及联对小幅,又张居士一幅,乞转交。先此略达馀俟后陈。以后惠书,乞寄与夏居士转交为祷。九月二十日所发之尊函,甚可留为记念。拟以此附印于画集之后,可否,乞示知。

信九：

一九四〇年旧五月廿五日，永春，普济寺

子恺居士文席：

惠书及画集文词，皆收到，至用欢忭。文词甚佳。朽人暇时，拟随力稍为润色。《盥漱避虫蚁》之画，作时人装束，与《人谱》原文似未合。拟由朽人另拟撰一偈，下署学童之名。其删去之四幅，为《塞雁》《纵》《归故山》《管仲师老马》。友人欲请奉仁者所绘佛像及护生画者甚多。拟请以后通信时，随附寄数纸，络续寄下。若大包，恐邮局未能寄也。又信笺信封，乞勿用水印朱色者。宜用无朱色者，或油印朱色无妨。因旧式水印朱色之笺封，稍受潮湿，即污染也。附奉上拙书大佛字二纸。谨复，不宣。

音启

农历五月廿五日

佛学

常随佛学

《华严经行愿品》末卷所列十种广大行愿中，第八曰常随佛学。若依华严经文所载种种神通妙用，绝非凡夫所能随学。但其他经律等，载佛所行事，有为我等凡夫作模范，无论何人皆可随学者，亦屡见之。今且举七事。

一、佛自扫地

《根本说一切有部毗柰耶杂事》云：世尊在逝多林。见地不净，即自执帚，欲扫林中。时舍利子大目犍连大迦叶阿难陀等，诸大声闻，见是事已，悉皆执帚共扫园林。时佛世尊及圣弟子扫除已。入食堂中，就座而坐。佛告诸比丘。凡扫地者有五胜利。一者自心清净。二者令他心清净。三者诸天欢喜。四者植端正业。五者命终之后当生天上。

二、佛自舁弟子及自汲水

《五分律》，佛制饮酒戒缘起云：婆伽陀比丘、以降龙故，得酒醉。衣钵纵横。佛与阿难舁至井边。佛自汲水、阿难洗之等。

三、佛自修房

《十诵律》云：佛在阿罗毗国，见寺门楣损，乃自修之。

四、佛自洗病比丘及自看病

《四分律》云：世尊即扶病比丘起，拭身不净。拭已洗之。洗已复为浣衣晒干。有故坏卧草弃之。扫除住处，以泥浆涂洒，极令清净。更敷新草，并敷一衣。还安卧病比丘已，复以一衣覆上。

《西域记》云：□桓东北有塔，即如来洗病比丘处。

又云：如来在日，有病比丘，含苦独处。佛问：汝何所苦？汝何独居？答曰：我性疏懒不耐看病，故今婴疾无人瞻视。佛愍而告曰：善男子！我今看汝。

五、佛为弟子裁衣

《中阿含经》云：佛亲为阿那律裁三衣。诸比丘同时为连合，即成。

六、佛自为老比丘穿针

此事知者甚多。今以忘记出何经律，不及检查原文。仅就所记忆大略之义录之。佛在世时，有老比丘补衣。因目昏花，未能以线穿针孔中。乃叹息曰：谁当为我穿针。佛闻之，即立起曰：我为汝穿之等。

七、佛自乞僧举过

是为佛及弟子等结夏安居竟，具仪自恣时也。《增一阿含经》云：佛坐草座（即是离本座，敷草于地而坐也。所以尔者，恣僧举过，舍骄慢故）告诸比丘言：我无过咎于众人乎？又不犯身口意乎？如是至三。

灵芝律师云：如来亦自恣者，示同凡法故，垂范后世故，令众省己故，使折我慢故。

如是七事，冀诸仁者勉力随学。远离骄慢，增长悲心，广植福业，速证菩提。是为余所希愿者耳！

改习惯

吾人因多生以来之夙习，及以今生自幼所受环境之熏染，而自然现于身口者，名曰习惯。

习惯有善有不善，今且言其不善者。常人对于不善之习惯，而略称之曰习惯。今依俗语而标题也。

在家人之教育，以矫正习惯为主。出家人亦尔。但近世出家人，惟尚谈玄说妙。于自己微细之习惯，固置之不问。即自己一言一动，极粗显易知之习惯，亦罕有加以注意者。可痛叹也。

余于三十岁时，即觉知自己恶习惯太重，颇思尽力对治。出家以来，恒战战兢兢，不敢任情适意。但自愧恶习太重。二十年来，所矫正者百无一二。自今以后，愿努力痛改。更愿有缘诸道侣，亦皆奋袂兴起，同致力于此也。

吾人之习惯甚多。今欲改正，宜依如何之方法耶？若胪列多条，而一时改正，则心劳而效少，以余经验言之，宜先举一条乃至三四条，逐日努力检点，既已改正，后再逐渐增加可耳。

今春以来，有道侣数人，与余同研律学，颇注意于改正习惯。数月以来，稍有成效，今愿述其往事，以告诸公。但诸公欲自改其习惯，不必尽依此数条，尽可随宜酌定。余今所述者、特为诸公作参考耳。

学律诸道侣，已改正习惯，有七条。

一、食不言。现时中等以上各寺院，皆有此制，故改正甚易。

二、不非时食。初讲律时，即由大众自己发心，同持此戒。后来学者亦尔。遂成定例。

三、衣服朴素整齐。或有旧制，色质未能合宜者，暂作内衣，外罩如法之服。

四、别修礼诵等课程。每日除听讲、研究、抄写及随寺众课诵外，皆别自立礼诵等课程，尽力行之。或有每晨于佛前跪读《法华经》者，或有读《华严经》者，或有读《金刚经》者，或每日念佛一万以上者。

五、不闲谈。出家人每喜聚众闲谈，虚丧光阴，废弛道业，可悲可痛！今诸道侣，已能渐除此习。每于食后、或傍晚、休息之时，皆于树下檐边，或经行、或端坐、若默诵佛号、若朗读经文、若默然摄念。

六、不阅报。各地日报，社会新闻栏中，关于杀盗淫妄等事，记载最详。而淫欲诸事，尤描摹尽致。虽无淫欲之人，常阅报纸，亦必受其熏染，此为现代世俗教育家所痛慨者。故学律诸道侣，近已自己发心不阅报纸。

七、常劳动。出家人性多懒惰，不喜劳动。今学律诸道侣，皆已发心,每日扫除大殿及僧房檐下,并奋力作其他种种劳动之事。

以上已改正之习惯,共有七条。

尚有近来特实行改正之二条,亦附列于下:

一、食碗所剩饭粒。印光法师最不喜此事。若见剩饭粒者,即当面痛呵斥之。所谓施主一粒米,恩重大如山也。但若烂粥烂面留滞碗上、不易除去者,则非此限。

二、坐时注意威仪。垂足坐时、双腿平列。不宜左右互相跷架,更不宜耸立或直伸。余于在家时、已改此习惯。且现代出家人普通之威仪,亦不许如此。想此习惯不难改正也。

总之,学律诸道侣,改正习惯时,皆由自己发心。绝无人出命令而禁止之也。

青年佛徒应注意的四项

养正院从开办到现在,已是一年多了。外面的名誉很好,这因为由瑞金法师主办,又得各位法师热心爱护,所以能有这样的成绩。

我这次到厦门,得来这里参观,心里非常欢喜。各方面的布置都很完美,就是地上也扫得干干净净的,这样,在别的地方,很不容易看到。

我在泉州草庵大病的时候,承诸位写一封信来,各人都签了名,慰问我的病状;并且又承诸位念佛七天,代我忏悔,还有像这样别的事,都使我感激万分!

再过几个月,我就要到鼓浪屿日光岩去方便闭关了。时期大约颇长久,怕不能时时会到,所以特地发心来和诸位叙谈叙谈。

今天所要和诸位谈的,共有四项:一是惜福,二是习劳,三是持戒,四是自尊,都是青年佛徒应该注意的。

一、惜福

“惜”是爱惜,“福”是福气。就是我们纵有福气,也要加以爱惜，切不可把它浪费。诸位要晓得：末法[末法：指佛法衰颓的时代。]时代，人的福气是很微薄的：若不爱惜，将这很薄的福享尽了，就要受莫大的痛苦，古人所说“乐极生悲”，就是这意思啊！我记得从前小孩子的时候，我父亲请人写了一副大对联，是清代刘文定公的句子，高高地挂在大厅的抱柱上，上联是“惜食，惜衣，非为惜财缘惜福”。我的哥哥时常教我念这句子，我念熟了，以后凡是临到穿衣或是饮食的当儿，我都十分注意，就是一粒米饭，也不敢随意糟掉；而且我母亲也常常教我，身上所穿的衣服当时时小心，不可损坏或污染。这因为母亲和哥哥怕我不爱惜衣食，损失福报[福报：福利得果报，意思是种下的善业种子因缘成熟后，现出好的善果。]以致短命而死，所以常常这样叮嘱着。

诸位可晓得，我五岁的时候，父亲就不在世了！七岁我练习写字，拿整张的纸瞎写；一点不知爱惜，我母亲看到，就正颜厉色地说：“孩子！你要知道呀！你父亲在世时，莫说这样大的整张的纸不肯糟蹋，就连寸把长的纸条，也不肯随便丢掉哩！”母亲这话，也是惜福的意思啊！

我因为有这样的家庭教育，深深地印在脑里，后来年纪大了，也没一时不爱惜衣食；就是出家以后，一直到现在，也还保守着这样的习惯。诸位请看我脚上穿的一双黄鞋子，还是一九二〇年在杭州时候，一位打念佛七[佛七：连续七天修行来精进念佛。]的出家人送给我的。又诸位有空，可以到我房间里来看看，我的棉被面子，还是出家以前所用的；又有一把洋伞，也是一九一一年买的。这些东西，即使有破烂的地方，请人用针线缝缝，仍旧同新的一样了。简直可尽我形寿受用着哩！不过，我所穿的小衫裤和罗汉草鞋一类的东西，却须五六年一换，除此以外，一切衣物，大都是在家时候或是初出家时候制的。

从前常有人送我好的衣服或别的珍贵之物，但我大半都转送别人。因为我知道我的福薄，好的东西是没有胆量受用的。又如吃东西，只生病时候吃一些好的，除此以外，从不敢随便乱买好的东西吃。

惜福并不是我一个人的主张，就是净土宗大德印光老法师也是这样，有人送他白木耳等补品，他自己总不愿意吃，转送到观宗寺去供养谛闲法师。别人问他："法师！你为什么不吃好的补品？"他说："我福气很薄，不堪消受。"

他老人家——印光法师，性情刚直，平常对人只问理之当不当，情面是不顾的。前几年有一位皈依弟子，是鼓浪屿有名的居士，去看望他，和他一道吃饭，这位居士先吃好，老法师见他碗里剩落了一两粒米饭；于是就很不客气地大声呵斥道："你有多大福气，可以这样随便糟蹋饭粒！你得把它吃光！"

诸位！以上所说的话，句句都要牢记！要晓得：我们即使有十分福气，也只好享受三分，所余的可以留到以后去享受；诸位或者能发大心，愿以我的福气，布施一切众生，共同享受，那更好了。

二、习劳

"习"是练习，"劳"是劳动。现在讲讲习劳的事情：

诸位请看看自己的身体，上有两手，下有两脚，这原为劳动而生的。若不将他运用习劳，不但有负两手两脚，就是对于身体也一定有害无益的。换句话说：若常常劳动，身体必定康健。而且我们要晓得：劳动原是人类本分上的事，不唯我们寻常出家人要练习劳动，即使到了佛的地位，也要常常劳动才行，现在我且讲讲佛的劳动的故事：

所谓佛，就是释迦牟尼佛。在平常人想起来，佛在世时，总以为同现在的方丈和尚一样，有衣钵师、侍者师常常侍候着，佛自己不必做什么；但是不然，有一天，佛看到地下不很清洁，自己就拿起扫帚来扫地，许多大弟子见了，也过来帮扫，不一时，把地扫得十分清洁。佛看了欢喜，随即到讲堂里去说法，说道："若人扫地，能得五种功德。……"

又有一个时候，佛和阿难出外游行，在路上碰到一个喝醉了酒的弟子，已醉得不省人事了；佛就命阿难抬脚，自己抬头，一直抬到井边，用桶吸水，叫阿难把他洗濯干净。

有一天，佛看到门前木头做的横楣坏了，自己动手去修补。

有一次，一个弟子生了病，没有人照应，佛就问他说："你生了病，为什么没人照应你？"那弟子说："从前人家有病，我不曾发心去照应他；现在我有病，所以人家也不来照应我了。"佛听了这话，就说："人家不来照应你，就由我来照应你吧！"

就将那病弟子大小便种种污秽，洗濯得干干净净；并且还将他的床铺，理得清清楚楚，然后扶他上床。由此可见，佛是怎样的习劳了。佛决不像现在的人，凡事都要人家服劳，自己坐着享福。这些事实，出于经律，并不是凭空说说的。

现在我再说两桩事情，给大家听听：《弥陀经》中载着的一位大弟子——阿(nòu)楼陀，他双目失明，不能料理自己，佛就替他裁衣服，还叫别的弟子一道帮着做。

有一次，佛看到一位老年比丘眼睛花了，要穿针缝衣，无奈眼睛看不清楚，嘴里叫着："谁能替我穿针呀！"

佛听了立刻答应说："我来替你穿。"

以上所举的例，都足证明佛是常常劳动的。我盼望诸位，也当以佛为模范，凡事自己动手去做，不可依赖别人。

三、持戒

"持戒"二字的意义，我想诸位总是明白的吧！我们不说修到菩萨或佛的地位，就是想来生再做人，最低的限度，也要能持五戒[五戒：一不杀生，二不偷盗，三不邪淫，四不妄语，五不饮酒。]。可惜现在受戒的人虽多，只是挂个名而已，切切实实能持戒的却很少。要知道：受戒之后，若不持戒，所犯的罪，比不受戒的人要加倍的大，所以我时常劝人不要随便受戒。至于现在一般传戒的情形，看了真痛心，我实在说也不忍说了！我想最好还是随自己的力量去受戒，万不可敷衍门面，自寻苦恼。

戒中最重要的，不用说是杀、盗、淫、妄，此外还有饮酒、食肉，也易惹人讥嫌。至于吃烟，在律中虽无明文，但在我国习惯上，也很容易受人讥嫌的，总以不吃为是。

四、自尊

"尊"是尊重，"自尊"就是自己尊重自己，可是人都喜欢人家尊重我，而不知我自己尊重自己；不知道要想人家尊重自己，必须从我自己尊重自己做起。怎样尊重自己呢？就是自己时时想着：我当做一个伟大的人，做一个了不起的人。比如我们想做一位清净的高僧吧，就拿高僧传来读，看他们怎样行，我也怎样行，所谓："彼既丈夫我亦尔。"又比方我想将来做一位大菩萨，那么，就当依经中所载的菩萨行，随力行去。这就是自尊。但自尊与贡高不同，贡高是妄自尊大，目空一切的胡乱行为；自尊是自己增进自己的德业，其中并没有一丝一毫看不起人的意思的。

诸位万万不可以为自己是一个小孩子，是一个小和尚，一切不妨随便些，也不可说我是一个平常的出家人，哪里敢希望做高僧做大菩萨。凡事全在自己做去，能有高尚的志向，没有做不到的。

诸位如果作这样想：我是不敢希望做高僧、做大菩萨的，那做事就随随便便，甚至自暴自弃，走到堕落的路上去了，那不是很危险的吗？诸位应当知道：年纪虽然小，志气却不可不高啊！

我还有一句话，要向大家说，我们现在依佛出家，所处的地位是非常尊贵的，就以剃发、披袈裟的形式而论，也是人天师表，国王和诸天人来礼拜，我们都可端坐而受。你们知道这道理吗？自今以后，就当尊重自己，万万不可随便了。

以上四项，是出家人最当注意的，别的我也不多说了。我不久就要闭关，不能和诸位时常在一块儿谈话，这是很抱歉的。但我还想在关内讲讲律，每星期约讲三四次，诸位碰到例假，不妨来听听！今天得和诸位见面，我非常高兴。我只希望诸位把我所讲的四项，牢记在心，作为永久的纪念！时间讲得很久了，费诸位的神，抱歉！抱歉！

我在西湖出家的经过

杭州这个地方实堪称为佛地，因为寺庙之多约有两千余所，可想见杭州佛法之盛了！

最近《越风》社要出关于《西湖》的增刊，由黄居士来函，要我做一篇《西湖与佛教之因缘》。我觉得这个题目的范围太广泛了，而且又无参考书在手，于短期间内是不能做成的；所以，现在就将我从前在西湖居住时，把那些值得追味的几件事情来说一说，也算是纪念我出家的经过。

我第一次到杭州是光绪二十八年七月[光绪二十八年七月：即 1902 年 8 月。]。在杭州住了约一个月光景，但是并没有到寺院里去过。只记得有一次到涌金门外去吃过一回茶，同时也就把西湖的风景稍微看了一下。

第二次到杭州是民国元年的七月。这回到杭州倒住得很久，一直住了近十年，可以说是很久的了。我的住处在钱塘门内，离西湖很近，只两里路光景。在钱塘门外，靠西湖边有一所小茶馆名景春园。我常常一个人出门，独自到景春园的楼上去吃茶。

民国初年,西湖的情形完全与现在两样——那时候还有城墙及很多柳树,都是很好看的。除了春秋两季的香会之外,西湖边的人总是很少;而钱塘门外更是冷静了。

在景春园楼下,有许多茶客都是那些摇船抬轿的劳动者居多;而在楼上吃茶的就只有我一个人了。所以,我常常一个人在上面吃茶,同时还凭栏看着西湖的风景。

在茶馆的附近,就是那有名的大寺院——昭庆寺了。我吃茶之后,也常常顺便到那里去看一看。

民国二年夏天,我曾在西湖的广化寺里住了好几天。但是住的地方却不在出家人的范围之内，是在该寺的旁边,有一所叫作痘神祠的楼上。

痘神祠是广化寺专门为着要给那些在家的客人住的。我住在里面的时候，有时也曾到出家人所住的地方去看看,心里却感觉很有意思呢!

记得那时我亦常常坐船到湖心亭去吃茶。

曾有一次,学校里有一位名人来演讲,我和夏丏尊居士却出门躲避,到湖心亭上去吃茶呢！当时夏丏尊对我说:"像我们这种人,出家做和尚倒是很好的。"我听到这句话,就觉得很有意思。这可以说是我后来出家的一个远因了。

到了民国五年的夏天,我因为看到日本杂志中有说及关于断食可以治疗各种疾病,当时我就起了一种好奇心,想来断食一下。因为我那时患有神经衰弱症,若实行断食后,或者可以痊愈亦未可知。要行断食时,须于寒冷的季候方宜。所以,我便预定十一月来作断食的时间。

至于断食的地点须先考虑一下，似觉总要有个很幽静的地方才好。当时我就和西泠印社的叶品三君来商量，结果他说在西湖附近的虎跑寺可作为断食的地点。我就问他："既要到虎跑寺去，总要有人来介绍才对。究竟要请谁呢？"他说："有一位丁辅之是虎跑的大护法，可以请他去说一说。"于是他便写信请丁辅之代为介绍了。

因为从前的虎跑不像现在这样热闹，而是游客很少，且十分冷静的地方啊。若用来作为我断食的地点，可以说是最相宜的了。

到了十一月，我还不曾亲自到过。于是我便托人到虎跑寺那边去走一趟，看看在哪一间房里住好。回来后，他说在方丈楼下的地方倒很幽静的。因为那边的房子很多，且平常时候都是关着，客人是不能走进去的；而在方丈楼上，则只有一位出家人住着，此外并没有什么人居住。

等到十一月底，我到了虎跑寺，就住在方丈楼下的那间屋子里。我住进去以后，常看见一位出家人在我的窗前经过（即是住在楼上的那一位）。我看到他却十分的欢喜呢！因此，就时常和他谈话；同时，他也拿佛经来给我看。

我以前从五岁时，即时常和出家人见面，时常看见出家人到我的家里念经及拜忏。于十二三岁时，也曾学了放焰口。可是并没有和有道德的出家人住在一起，同时，也不知道寺院中的内容是怎样的，以及出家人的生活又是如何。

这回到虎跑去住，看到他们那种生活，却很欢喜而且羡慕起来了。

我虽然只住了半个多月，但心里却十分愉快，而且对于他们所吃的菜蔬，更是欢喜吃。及回到学校以后，我就请用人依照他们那样的菜煮来吃。

这一次我到虎跑寺去断食，可以说是我出家的近因了。到了民国六年的下半年，我就发心吃素了。

在冬天的时候，即请了许多的经，如《普贤行愿品》、《楞严经》及《大乘起信论》等很多的佛经。自己的房里，也供起佛像来，如地藏菩萨、观世音菩萨等的像。于是亦天天烧香了。

到了这一年放年假的时候，我并没有回家去，而到虎跑寺里面去过年。我仍住在方丈楼下。那个时候，则更感觉得有兴味了，于是就发心出家。同时就想拜那位住在方丈楼上的出家人做师父。

他的名字是弘详师。可是他不肯我去拜他，而介绍我拜他的师父。他的师父是在松木场护国寺里居住。于是他就请他的师父回到虎跑寺来，而我也就于民国七年正月十五日受三皈依了。

我打算于此年的暑假入山。预先在寺里住了一年后再实行出家的。当这个时候，我就做了一件海青，及学习两堂功课。

二月初五那天，是我母亲的忌日，于是我就先于两天前到虎跑去，诵了三天的《地藏经》，为我的母亲回向[回向：自己所修的功德，不愿独享，愿与法界众生同享，以拓开自己的心胸，并且使功德有明确的方向而不致散失]。

到了五月底，我就提前先考试。考试之后，即到虎跑寺入山了。到了寺中一日以后,即穿出家人的衣裳,而预备转年再剃度。

及至七月初,夏丏尊居士来。他看到我穿出家人的衣裳但还未出家,就对我说:“既住在寺里面,并且穿了出家人的衣裳,而不出家,那是没有什么意思的。所以还是赶紧剃度好!”

我本来是想转年再出家的,但是承他的劝,于是就赶紧出家了。七月十三日那一天,相传是大势至菩萨的圣诞,所以就在那天落发。

落发以后仍须受戒的,于是由林同庄君介绍,到灵隐寺去受戒了。

灵隐寺是杭州规模最大的寺院,我一向是很欢喜的。我出家以后,曾到各处的大寺院看过,但是总没有像灵隐寺那么好!

八月底,我就到灵隐寺去,寺中的方丈和尚很客气,叫我住在客堂后面芸香阁的楼上。当时是由慧明法师做大师父的。有一天,我在客堂里遇到这位法师了。他看到我时就说:“既系来受戒的,为什么不进戒堂呢?虽然你在家的时候是读书人,但是读书人就能这样地随便吗?就是在家时是一个皇帝,我也是一样看待的!”那时方丈和尚仍是要我住在客堂楼上,而于戒堂里有了紧要的佛事时,方去参加一两回的。

那时候,我虽然不能和慧明法师时常见面,但是看到他那样的忠厚笃实,却是令我佩服不已的!

受戒以后,我就住在虎跑寺内。到了十二月,即搬到玉泉寺去住。此后即常常到别处去,没有久住在西湖了。

南闽十年之梦影

我一到南普陀寺，就想来养正院和诸位法师讲谈讲谈，原定的题目是“余之忏悔”，说来话长，非十几小时不能讲完；近来因为讲律，须得把讲稿写好，总抽不出一个时间来，心里又怕负了自己的初愿，只好抽出很短的时间，来和诸位谈谈，谈我在南闽十年中的几件事情！

我第一回到南闽，在一九二八年的十一月，是从上海来的。起初还是在温州，我在温州住得很久，差不多有十年光景。

由温州到上海，是为着编辑《护生画集》的事，和朋友商量一切；到十一月底，才把《护生画集》编好。

那时我听人说：尤惜阴居士也在上海。他是我旧时很要好的朋友，我就想去看一看他。一天下午，我去看尤居士，居士说要到暹罗国[暹罗国：泰国。]去，第二天一早就要动身的。我听了觉得很喜欢，于是也想和他一道去。

我就在十几小时中，急急地预备着。第二天早晨，天还没大亮，就赶到轮船码头，和尤居士一起动身到暹罗国去了。从上海到暹罗，是要经过厦门的，料不到这就成了我来厦门的因缘。十二月初，到了厦门，承陈敬贤居士的招待，也在他们的楼上吃过午饭，后来陈居士就介绍我到南普陀寺来。那时的南普陀，和现在不同，马路还没有建筑，我是坐着轿子到寺里来的。

到了南普陀寺，就在方丈楼上住了几天。时常来谈天的，有性愿老法师、芝峰法师等。芝峰法师和我同在温州，虽不曾见过面，却是很相契[相契：相交深厚。]的。现在突然在南普陀寺晤见了，真是说不出的高兴。

我本来是要到暹罗去的，因着诸位法师的挽留，就留滞在厦门，不想到暹罗国去了。

在厦门住了几天，又到小云峰那边去过年。一直到正月半以后才回到厦门，住在闽南佛学院的小楼上，约摸住了三个月工夫。看到院里面的学僧虽然只有二十几位，他们的态度都很文雅，而且很有礼貌，和教职员的感情也很不差，我当时很赞美他们。

这时芝峰法师就谈起佛学院里的课程来。他说："门类分得很多，时间的分配却很少，这样下去，怕没有什么成绩吧？"

因此，我表示了一点意见，大约是说："把英文和算术等删掉，佛学却不可减少，而且还得增加，就把腾出来的时间教佛学吧！"

他们都很赞成。听说从此以后，学生们的成绩，确比以前好得多了！

我在佛学院的小楼上，一直住到四月间，怕将来的天气更会热起来,于是又回到温州去。

第二回到南闽,是在一九二九年十月。起初在南普陀寺住了几天,以后因为寺里要做水陆[水陆:水陆道场的简称,是中国佛教最隆重的一种经忏法事,全名“法界圣凡水陆普度大斋胜会”,简称水陆会,又称水陆斋、水陆道场、悲济会等,是设斋供奉以超度水陆众鬼的法会。],又搬到太平岩去住。等到水陆圆满,又回到寺里,在前面的老功德楼住着。

当时闽南佛学院的学生,忽然增加了两倍多,约有六十多位,管理方面不免感到困难。虽然竭力地整顿,终不能恢复以前的样子。不久,我又到小雪峰去过年,正月半才到承天寺来。

那时性愿老法师也在承天寺,在起草章程,说是想办什么研究社。

不久,研究社成立了,景象很好,真所谓“人才济济”,很有一种难以形容的盛况。现在妙释寺的善契师,南山寺的传证师, 以及已故南普陀寺的广究师……都是那时候的学僧哩!

研究社初办的几个月间,常住的经忏很少,每天有工夫上课,所以成绩卓著,为别处所少有。当时我也在那边教了两回写字的方法,遇有闲空,又拿寺里那些古版的藏经来整理整理,后来还编成目录,至今留在那边。这样在寺里约莫住了三个月,到四月,怕天气要热起来,又回到温州去。

一九三一年九月,广洽法师写信来,说很盼望我到厦门去。当时我就从温州动身到上海,预备再到厦门;但许多朋友都说:时局不大安定,远行颇不相宜,于是我只好仍回温州。直到转年(即一九三二年)十月,到了厦门,计算起来,已是第三回了!

到厦门之后,由性愿老法师介绍,到山边岩去住;但其间妙释寺也去住了几天。那时我虽然没有到南普陀来住;但佛学院的学僧和教职员,却是常常来妙释寺谈天的。

一九三三年正月廿一日,我开始在妙释寺讲律。

这年五月,又移到开元寺去。

当时许多学律的僧众,都能勇猛精进,一天到晚的用功,从没有空过的工夫;就是秩序方面也很好,大家都啧啧的称赞着。

有一天,已是黄昏时候了!我在学僧们宿舍前面的大树下立着,各房灯火发出很亮的光;诵经之声,又复朗朗入耳,一时心中觉得有无限的欢慰!可是这种良好的景象,不能长久的继续下去,恍如昙花一现,不久就消失了。但是当时的景象,却很深的印在我的脑中,现在回想起来,还如在大树底下目睹一般。这是永远不会消灭,永远不会忘记的啊!

十一月,我搬到草庵来过年。

一九三四年二月,又回到南普陀。

当时旧友大半散了;佛学院中的教职员和学僧,也没有一位认识的!

我这一回到南普陀寺来,是准了常惺法师的约,来整顿僧教育的。后来我观察情形,觉得因缘还没有成熟,要想整顿,一时也无从着手,所以就作罢了。此后并没有到闽南佛学院去。

讲到这里，我顺便将我个人对于僧教育的意见，说明一下：

我平时对于佛教是不愿意去分别哪一宗、哪一派的，因为我觉得各宗各派，都各有各的长处。

但是有一点，我以为无论哪一宗哪一派的学僧，却非深信不可，那就是佛教的基本原则，就是深信善恶因果报应的道理。善有善报，恶有恶报；同时还须深信佛菩萨的灵感！这不仅初级的学僧应该这样，就是升到佛教大学也要这样！

善恶因果报应和佛菩萨的灵感道理，虽然很容易懂；可是能彻底相信的却不多。这所谓信，不是口头说说的信，是要内心切切实实去信的呀！

咳！这很容易明白的道理，若要切切实实地去信，却不容易啊！

我以为无论如何，必须深信善恶因果报应和诸佛菩萨灵感的道理，才有做佛教徒的资格！

须知善有善报，恶有恶报，这种因果报应，是丝毫不爽的！又须知我们一个人所有的行为，一举一动，以至起心动念，诸佛菩萨都看得清清楚楚！

一个人若能这样十分坚定地信着，他的品行道德，自然会一天比一天地高起来！

要晓得我们出家人，就所谓“僧宝”[僧宝：佛教三宝之一。原指僧团，后泛指继承、宣扬佛教教义的僧众。]，在俗家人之上，地位是很高的。所以品行道德，也要在俗家人之上才行!

倘品行道德仅能和俗家人相等,那已经难为情了!何况不如?又何况十分的不如呢?……咳!……这样他们看出家人就要十分的轻慢,十分的鄙视,种种讥笑的话,也接连的来了……

记得我将要出家的时候,有一位在北京的老朋友写信来劝告我,你知道他劝告的是什么,他说:“听到你要不做人,要做僧去……”

咳!……我们听到了这话,该是怎样的痛心啊!他以为做僧的,都不是人,简直把僧不当人看了!你想,这句话多么厉害呀!

出家人何以不是人?为什么被人轻慢到这地步?我们都得自己反省一下!我想:这原因都由于我们出家人做人太随便的缘故;种种太随便了,就闹出这样的话柄来了。

至于为什么会随便呢?那就是由于不能深信善恶因果报应和诸佛菩萨灵感的道理的缘故。倘若我们能够真正生信,十分决定的信,我想就是把你的脑袋斫掉,也不肯随便的了!

以上所说,并不是单单养正院的学僧应该牢记,就是佛教大学的学僧也应该牢记,相信善恶因果报应和诸佛菩萨灵感不爽的道理!

就我个人而论,已经是将近六十的人了,出家已有二十年,但我依旧喜欢看这类的书!——记载善恶因果报应和佛菩萨灵感的书。

我近来省察自己,觉得自己越弄越不像了!所以我要常常研究这一类的书:希望我的品行道德,一天高尚一天;希望能够改过迁善[改过迁善:改正错误,变成好的。],做一个好人;又因为我想做一个好人,同时我也希望诸位都做好人!

这一段话,虽然是我勉励我自己的,但我很希望诸位也能照样去实行!

关于善恶因果报应和佛菩萨灵感的书,印光老法师在苏州所办的弘化社那边印得很多,定价也很低廉,诸位若要看的话,可托广洽法师写信去购请,或者他们会赠送也未可知。

以上是我个人对于僧教育的一点意见。下面我再来说几样事情:

我于一九三五年到惠安净峰寺去住。到十一月,忽然生了一场大病,所以我就搬到草庵来养病。

这一回的大病,可以说是我一生的大纪念!

我于一九三六年的正月,扶病到南普陀寺来。在病床上有一只钟,比其他的钟总要慢两刻,别人看到了,总是说这个钟不准,我说:"这是草庵钟。"

别人听了"草庵钟"三字还是不懂,难道天下的钟也有许多不同的吗?现在就让我详详细细的来说个明白:

我那一回大病,在草庵住了一个多月。摆在病床上的钟,是以草庵的钟为标准的。而草庵的钟,总比一般的钟要慢半点。

我以后虽然移到南普陀,但我的钟还是那个样子,比平常的钟慢两刻,所以"草庵钟"就成了一个名词了。这件事由别人看来,也许以为是很好笑的吧!但我觉得很有意思!因为我看到这个钟，就想到我在草庵生大病的情形了，往往使我发大惭愧，惭愧我德薄业重。

我要自己时时发大惭愧，我总是故意地把钟改慢两刻，照草庵那钟的样子，不止当时如此，到现在还是如此，而且愿尽形寿[形寿：有形的生命。]，常常如此。

以后在南普陀住了几个月，于五月间，才到鼓浪屿日光岩去。十二月仍回南普陀。

到今年一九三七年，我在闽南居住，算起来，首尾已是十年了。

回想我在这十年之中，在闽南所做的事情，成功的却是很少很少，残缺破碎的居其大半，所以我常常自己反省，觉得自己的德行，实在十分欠缺！

因此近来我自己起了一个名字，叫“二一老人”。什么叫“二一老人”呢？这有我自己的根据。

记得古人有句诗：“一事无成人渐老。”

清初吴梅村（伟业）临终的绝命词有：“一钱不值何消说。”

这两句诗的开头都是“一”字，所以我用来做自己的名字，叫作“二一老人”。

因此我十年来在闽南所做的事，虽然不完满，而我也不怎样地去求他完满了！

诸位要晓得：我的性情是很特别的，我只希望我的事情失败，因为事情失败、不完满，这才使我常常发大惭愧！能够晓得自己的德行欠缺，自己的修善不足，那我才可努力用功，努力改过迁善！

一个人如果事情做完满了，那么这个人就会心满意足，洋洋得意，反而增长他贡高我慢的念头，生出种种的过失来！所以还是不去希望完满的好！

不论什么事，总希望他失败，失败才会发大惭愧！倘若因成功而得意，那就不得了啦！

我近来，每每想到“二一老人”这个名字，觉得很有意味！

这“二一老人”的名字，也可以算是我在闽南居住了十年的一个最好的纪念！

佛教的源流及宗派

今天贵校要我来向各位谈些佛教问题，我要讲的题目是《佛教的源流及宗派》。这题目牵涉范围很广，限于时间，我只能讲些简要通俗的内容，以供各位参考而已。

佛教是释迦牟尼创立的。他生于印度的迦毗罗卫国，是个太子。父亲是净饭王，母亲是摩耶夫人。佛诞生七日摩耶夫人即逝世，由姨母抚养长大。他名叫悉达多，释迦牟尼是人们尊称他为“释迦族的圣贤”的意思。他为“度世”而降生娑婆世界（即忍苦辱的世界），慈悲敏感之心异乎常人。少时身享富贵，而出游宫外，看到世人生老病死的种种痛苦，甚感恻然，即有出家修道之心。净饭王害怕他出家，曾加劝阻和防范，但他终于离家出走去修道。中外典籍，对佛诞生的时间，有的说是周昭王时，有的说是春秋时；他出家的年龄，有的说是十九岁，有的说是二十九岁。他出家后，向一些修苦行的道人（当时也称为“沙门”）学道，学了六年或十年左右的时间，觉得没有很大的心得；后来到摩揭陀国菩提伽耶这地方的菩提树下静坐思念，才悟得正法，修成佛道。从此到处宣讲佛法，前后经过四五十年，门徒由少而多，创立了印度的佛教。在印度，他宣教的地域很广，而以在摩揭陀国首都王舍城、桥萨罗国首都舍卫城的时间最长。王舍城传法地点是著名的竹林精舍，舍卫城传法地点是著名的只园精舍（亦称给孤独园）。他的传法，以破除世间迷妄、修持身心清净、普度众生、共求正觉为主，是无上妙音，深得徒众信服，听讲人数很多。他于八十岁时，在拘尸那揭罗国都城的娑婆树下安详涅槃，这一点载籍的说法是一致的。

佛说法时是口讲，首先用文字详记成书的，是大弟子阿难。佛涅槃后，弟子对佛说经书，经过四次大规模的讨论和整理，参加人数和结集经书都很多。后来把佛说经书和佛教典籍，编为经、律、论三类，成为“三藏”。佛涅槃前后，佛法已传入印度临近国家；在东汉前时又传入我国。从印度、西域来我国传教的高僧大德很多，加上我国高僧的共同努力，佛教经籍在我国译述最多，保存最富，据《开元释教录》所载，那时我国所译述的“三藏”经籍，已有一千多部，五千多卷。

据我国“天台宗”的说法，佛在世说法可分为五个时期：第一时期，向大根器[大根器：教义名词，指先天具有接受佛教之可能性。“根”比喻先天的品行，“器”喻能接受佛教的容量。]。人说《华严经》等大乘教理，这种教理比较高深，有的徒众不能领会；第二个时期，向根器较小的人说《阿含经》等教理，这是小乘的，比较容易领会、修持；第三个时期，说“方等”教理，“方等”是包含广的意思。佛恐徒众拘泥小乘教理，受到局限，故又广说世间与出世间法，引导大众再接受大乘教理，经书有《维摩诘经》《楞严经》等；第四个时期，继续说《般若》诸经的大乘教理；第五个时期，说《涅槃经》《法华经》等，把从小乘到大乘的教理，重加融通阐释。这样划分称为“判五时教”。“华严宗”的“判教”内容，与此又有不同，这里不再详说。

佛涅槃后数百年间，印度佛教也有“上座”“大众”诸部的分别。佛教从东汉传入我国，经过魏晋南北朝而隋唐，有了很大的发展。到了唐代，已先后形成，是个主要的宗派。

（一）律宗。佛家“三学”为戒定慧，戒律以检束身口意“三业”为主，有大乘律与小乘律之分。唐代居住终南山的道宣律师所创立的律宗，称为“南山宗”。南山宗所立，是依《涅槃》《法华》等经义而释通小乘律，建立圆宗戒体的。它虽属小乘，而实通大乘。律是出家人所应学的；对于在家人，也说有“五戒”“八戒”等修持法。这一宗盛于唐，北宋时还有些人学习，南宋以后就失传。现在又有许多人在学习，将来能再兴盛也未可知。

（二）俱舍宗。它是依《俱舍论》而建立的、分析各种名相，非常精细，可以说是小乘的“相宗”。它虽属小乘，但研究大乘相宗，要以它为入手；就是要学他宗，也宜以它为根底。切不可因其属小乘而轻视。这宗兴起于南朝陈时，盛行于唐，以后渐衰。

（三）成实宗。它是依《成实论》而建立的，也属小乘。它开始于姚秦时，至唐渐衰。所说“我空”“法空”的道理。虽然是小乘的，但与大乘“空宗”是有相通的。

（四）三论宗。是依《中论》《百论》《十二门论》而建立的，同时依据《大般若经》。自此以下七宗，不限于修持自度，志在度世，超世间而又适应世间，所以都属于大乘宗派。这一宗由姚秦时的鸠摩罗什提倡，是讲般若真空的道理，以破小乘和外道，亦名“空宗”和“性宗”。唐时经吉藏法师阐扬，学者亦重，以后渐衰。

(五)慈恩宗。亦名“唯识宗”或“法相宗”。依《解深密经》《瑜伽师地论》，由唐代玄奘法师编译《成唯识论》、他的弟子窥基(常住长安大慈恩寺，称慈恩大师)著《成唯识论述记》而建立起来的。它讲大乘“万法唯识”之理，最为精密。唐时甚盛，以后即衰，并且有的唐人撰述失传。到最近三十年来，失传古籍，从海外请来，学者又多，重呈兴盛状况。关于这一宗，我认为是很重要的，无论学哪一宗，都要以它为根底。切勿因怕分析名相繁难而不去学习它。

(六)天台宗。这一宗是陈隋间居天台的智者(智顗)大师所建立的。它依《法华经》而立，又称“法华宗”。讲“一心三观(空假中)”“三谛(真俗中)圆融”等道理。此宗再经唐代湛然法师的弘扬，一直盛行不衰，到现在还有许多人在学习。

(七)贤首宗。依《华严经》立，也称“华严宗”。它是唐代贤首大师(法藏)、清凉大师(澄观)等所弘扬、建立的。说“四法界”“十玄门”等教理，广大圆融，称为“圆教”。这一宗在唐时甚盛，以后就衰。现在研究这一宗的人也少，很可惜。希望以后能多多地有人学习。

(八)禅宗。梁武帝时由达摩法师从印度传入。到唐五祖弘忍以后，分为南(慧能所传)、北(神秀所传)两宗：南宗独盛,以下再分许多小宗。此宗主修禅悟,不立文字,不拘常途(正统)教义,合于利根上智人去学习,中下根的人常学不好,称为“教外别传”。唐宋时很盛,现在有点衰败的样子。

(九)密宗。这一宗所依的《大日经》《金刚顶经》等,到唐朝才传入,所以也建立于唐朝,唐末即衰。唐时由日本僧人空海等人传入日本,依“秘密真言”立教,称“真言宗”,世号“东密”。以后印度密教和我国密宗,传入西藏,又发展称为“藏密”。我国内地密宗衰微时,“东密”“藏密”转盛。

(十)净土宗。依《无量寿经》《阿弥陀经》等建立。东晋慧远法师为初祖,唐代善导法师为创立人。慧远法师在庐山东林寺建“莲社”,此宗又称为“莲宗”。它劝导众生信奉念佛法门,发愿往生西方净土,修持的方法简易。可以说是三根普被,无论利根[利根:指易于悟解的根器。],上智或下根[下根:下等的根器,指根性很钝弱的人。],都可以学习而得到利益的。在这末法时代,可以说是最合一般众生根器的法门,所以自晋唐到今,久盛不衰。

以上各宗,虽阐发的内容与程度的深浅有种种不同,但都与佛法相契合,应当流传。后人可以就性之所近,选择学习,都有利益。这譬如药店里所卖的药,种类不同,都可治病一样。人们可以因病选药而服,但服此药,不可嫌弃他药,因为他病和他人可以服用。所以学习某宗的人,不能轻视他宗,更不能毁谤他宗。学习一宗,便毁谤他宗,不希望其流传,这是很错误的偏见,应该防止。

今天我就讲到这里,看到贵校规模很大,诸位听讲很专心，非常欢喜！但讲得简略、粗浅，又很惭愧！如有错误，请各位指正、原谅。

佛法十疑略释

欲挽救今日之世道人心，人皆知推崇佛法。但对于佛法而起之疑问，亦复不少。故学习佛法者，必先解释此种疑问，然后乃能着手学习。以下所举十疑及解释，大半采取近人之说而叙述之，非是讲者之创论。所疑固不限此，今且举此十端耳。

一、佛法非迷信

近来知识分子，多批评佛法谓之迷信。

我辈详观各地寺庙，确有特别之习惯及通俗之仪式，又将神仙鬼怪等混入佛法之内，谓是佛法正宗。既有如此奇异之现相，也难怪他人谓佛法是迷信。

但佛法本来面目则不如此，决无崇拜神仙鬼怪等事。其仪式庄严，规矩整齐，实超出他种宗教之上。又佛法能破除世间一切迷信而与以正信，岂有佛法即是迷信之理。

故知他人谓佛法为迷信者，实由误会。倘能详察，自不致有此批评。

二、佛法非宗教

或有人疑佛法为一种宗教，此说不然。

佛法与宗教不同，近人著作中常言之，兹不详述。应知佛法实不在宗教范围之内也。

三、佛法非哲学

或有人疑佛法为一种哲学，此说不然。

哲学之要求，在求真理，以其理智所推测而得之某种条件即谓为真理。其结果，有一元、二元、唯心种种之说。甲以为理在此，乙以为理在彼，纷纭扰攘，相非相谤。但彼等无论如何尽力推测，总不出于错觉一途。譬如盲人摸象，其生平未曾见象之形状，因其所摸得象之一部分，即谓是为象之全体。故或摸其尾便谓象如绳，或摸其背便谓象如床，或摸其胸便谓象如地。虽因所摸处不同而感觉互异，总而言之，皆是迷惑颠倒之见而已。

若佛法则不然，譬如明眼人能亲见全象，十分清楚，与前所谓盲人摸象者迥然不同。因佛法须亲证"真如"，了无所疑，决不同哲学家之虚妄测度也。

何谓"真如"之意义？真真实实，平等一如，无妄情，无偏执，离于意想分别，即是哲学家所欲了知之宇宙万有之真相及本体也。夫哲学家欲发明宇宙万有之真相及本体，其志诚为可嘉。第太无方法，致罔废心力而终不能达到耳。

以上所说之佛法非宗教及哲学，仅略举其大概。若欲详知者，有南京支那内学院出版之《佛法非宗教非哲学》一卷，可自详研，即能洞明其奥义也。

四、佛法非违背于科学

常人以为佛法重玄想，科学重实验，遂谓佛法违背于科学。此说不然。

近代科学家持实验主义者，有两种意义。

一是根据眼前之经验，彼如何即还彼如何，毫不加以玄想。

二是防经验不足恃，即用人力改进，以补通常经验之不足。

佛家之态度亦尔，彼之“戒”“定”“慧”三无漏学，皆是改进通常之经验。但科学之改进经验重在客观之物件，佛法之改进经验重在主观之心识。如人患目病，不良于视，科学只知多方移置其物以求一辨，佛法则努力医治其眼以求复明。两者虽同为实验，但在治标治本上有不同耳。

关于佛法与科学之比较，若欲详知者，乞阅上海开明书店代售之《佛法与科学之比较研究》。著者王小徐，曾留学英国，在理工专科上迭有发现，为世界学者所推重。近以其研究理工之方法，创立新理论解释佛学，因著此书也。

五、佛法非厌世

常人见学佛法者，多居住山林之中，与世人罕有往来，遂疑佛法为消极的、厌世的。此说不然。

学佛法者，固不应迷恋尘世以贪求荣华富贵，但亦绝非是冷淡之厌世者。因学佛法之人皆须发“大菩提心”，以一般人之苦乐为苦乐，抱热心救世之宏愿，不惟非消极，乃是积极中之积极者。虽居住山林中，亦非贪享山林之清福，乃是勤修“戒”“定”“慧”三学以预备将来出山救世之资具耳。与世俗青年学子在学校读书为将来任事之准备者，甚相似。

由是可知谓佛法为消极厌世者，实属误会。

六、佛法非不宜于国家之兴盛

近来爱国之青年，信仰佛法者少。彼等谓佛法传自印度，而印度因此衰亡，遂疑佛法与爱国之行动相妨碍。此说不然。

佛法实能辅助国家，令其兴盛，未尝与爱国之行动相妨碍。印度古代有最信仰佛法之国王，如阿育王、戒日王等，以信佛故，而统一兴盛其国家。其后婆罗门等旧教复兴，佛法渐无势力，而印度国家乃随之衰亡，其明证也。

七、佛法非能灭种

常人见僧尼不婚不嫁，遂疑人人皆信佛法必致灭种。此说不然。

信佛法而出家者，乃为僧尼，此实极少之数。以外大多数之在家信佛法者，仍可婚嫁如常。佛法中之僧尼，与他教之牧师相似，非是信徒皆应为牧师也。

八、佛法非废弃慈善事业

常人见僧尼唯知弘扬佛法，而于建立大规模之学校、医院、善堂等利益社会之事未能努力，遂疑学佛法者废弃慈善事业。此说不然。

依佛经所载，布施有二种，一曰财施，二曰法施。出家之佛徒，以法施为主，故应多致力于弘扬佛法，而以余力提倡他种慈善事业。若在家之佛徒，则财施与法施并重，故在家居士多努力做种种慈善事业，近年以来各地所发起建立之佛教学校、慈儿院、医院、善堂、修桥、造凉亭乃至施米、施衣、施钱、施棺等事，皆时有所闻，但不如他教仗外国慈善家之财力所经营者规模阔大耳。

九、佛法非是分利

近今经济学者，谓人人能生利，则人类生活发达，乃可共享幸福。因专注重于生利。遂疑信仰佛法者，惟是分利而不生利，殊有害于人类，此说亦不免误会。

若在家人信仰佛法者，不碍于职业，士农工商皆可为之。此理易明，可毋庸议。若出家之僧尼，常人观之，似为极端分利而不生利之寄生虫。但僧尼亦何尝无事业，僧尼之事业即是弘法利生。倘能教化世人，增上道德，其间接直接有真实大利益于人群者正无量矣。

十、佛法非说空以灭人世

常人因《佛经》中说“五蕴皆空”“无常苦空”等，因疑佛法只一味说空。若信佛法者多，将来人世必因之而消灭。此说不然。

大乘佛法，皆说空及不空两方面。虽有专说空时，其实亦含有不空之义。故须兼说空与不空两方面，其义乃为完足。

何谓空及不空。空者是无我，不空者是救世之事业。虽知无我，而能努力作救世之事业，故空而不空。虽努力作救世之事业，而决不执著有我，故不空而空。如是真实了解，乃能以无我之伟大精神，而作种种之事业无有障碍也。

又若能解此义，即知常人执著我相而作种种救世事业者，其能力薄，范围小，时间促，不彻底。若欲能力强，范围大，时间久，最彻底者，必须于佛法之空义十分了解，如是所做救世事业乃能圆满成就也。

故知所谓空者，即是于常人所执著之我见打破消灭，一扫而空，然后以无我之精神，努力切实作种种之事业。亦犹世间行事，先将不良之习惯等一一推翻，然后良好之建设乃得实现。

信能如此，若云牺牲，必定真能牺牲；若云救世，必定真能救世。由是坚坚实实，勇猛精进而作去，乃可谓伟大，乃可谓彻底。

所以真正之佛法先须向空上立脚，而再向不空上作去。岂是一味说空而消灭人世耶！

以上所说之十疑及释义，多是采取近人之说而叙述其大意。诸君闻此，应可免除种种之误会。

若佛法中之真义，至为繁广，今未能详说。惟冀诸君从此以后，发心研究佛法，请购佛书，随时阅览，久之自可洞明其义。是为余所厚望焉。

最后之忏悔

佛教养正院已办有四年了。诸位同学初来的时候，身体很小，经过四年之久，身体皆大起来了，有的和我也差不多。啊！光阴很快。人生在世，自幼年至中年，自中年至老年，虽然经过几十年之光景，实与一会儿差不多。就我自己而论，我的年纪将到六十了，回想从小孩子的时候起到现在，种种经过如在目前；啊！我想我以往经过的情形，只有一句话可以对诸位说，就是"不堪回首"而已。

我常自来想，啊！我是一个禽兽吗？好像不是，因为我还是一个人身。我的天良丧尽了吗？好像还没有，因为我尚有一线天良常常想念自己的过失。我从小孩子起一直到现在都埋头造恶吗？好像也不是，因为我小孩子的时候，常行袁了凡的功过格。三十岁以后，很注意于修养，初出家时，也不是没有道心。虽然如此，但出家以后一直到现在，便大不同了：因为出家以后二十年之中，一天比一天堕落，身体虽然不是禽兽，而心则与禽兽差不多。天良虽然没有完全丧尽，但是昏愦糊涂，一天比一天厉害，抑或与天良丧尽也差不多了。讲到埋头造恶的一句话，我自从出家以后，恶念一天比一天增加，善念一天比一天退失，一直到现在，可以说是醇乎其醇的一个埋头造恶的人，这个也无须客气也无须谦让了。

就以上所说看起来，我从出家后已经堕落到这种地步，真可令人惊叹；其中到闽南以后十年的功夫，尤其是堕落的堕落。去年春间曾经在养正院讲过一次，所讲的题目，就是“南闽十年之梦影”，那一次所讲的，字字之中，都可以看到我的泪痕诸位应当还记得吧。可是到了今年，比去年更不像样子了；自从正月二十到泉州，这两个月之中，弄得不知所云。不只我自己看不过去；就是我的朋友也说我以前如闲云野鹤，独往独来，随意栖止，何以近来竟大改常度，到处演讲，常常见客，时时宴会，简直变成一个“应酬的和尚”了，这是我的朋友所讲的。啊！“应酬的和尚”这五个字，我想我自己近来倒很有几分相像。

如是在泉州住了两个月以后，又到惠安到厦门到漳州，都是继续前稿；除了利养，还是名闻，除了名闻，还是利养。日常生活，总不在名闻利养之外，虽在瑞竹岩住了两个月，稍少闲静，但是不久，又到祈保亭冒充善知识。受了许多的善男信女的礼拜供养，可以说是惭愧已极了。

九月又到安海，住了一个月，十分的热闹。近来再到泉州，虽然时常起一种恐惧厌离的心，但是仍不免向这一条名闻利养的路上前进。可是近来也有件可庆幸的事，因为我近来得到永春十五岁小孩子的一封信。他劝我以后不可常常宴会，要养静用功；信中又说起他近来的生活，如吟诗、赏月、看花、静坐等，洋洋千言的一封信。啊！他是一个十五岁的小孩子，竟有如此高尚的思想，正当的见解；我看到他这一封信，真是惭愧万分了。我自从得到他的信以后，就以十分坚决的心，谢绝宴会，虽然得罪了别人，也不管他，这个也可算是近来一件可庆幸的事了。

虽然是如此但我的过失也太多了，可以说是从头至足，没有一处无过失，岂只谢绝宴会，就算了结了吗？尤其是今年几个月之中，极力冒充善知识，实在是太为佛门丢脸。别人或者能够原谅我；但我对我自己，绝不能够原谅，断不能如此马马虎虎的过去。所以我近来对人讲话的时候，绝不顾惜情面，决定赶快料理没有了结的事情，将“法师”“老法师”“律师”等名目，一概取消，将学人侍者等一概辞谢；孑然一身，遂我初服[初服：实现了我自己原先的愿望。]，这个或者亦是我一生的大结束了。

啊！再过一个多月，我的年纪要到六十了。像我出家以来，既然是无惭无愧，埋头造恶，所以到现在所做的事，大半支离破碎不能圆满，这个也是份所当然。只有对于养正院诸位同学，相处四年之久，有点不能忘情；我很盼望养正院从此以后，能够复兴起来，为全国模范的僧学院。可是我的年纪老了，又没有道德学问，我以后对于养正院，也只可说“爱莫能助”了。

啊！与诸位同学谈得时间也太久了，且用古人的诗来作临别赠言。诗云：

未济终焉心缥缈，万事都从缺陷好。吟到夕阳山外山，古今谁免余情绕？

略述印光大师之盛德

大师为近代之高僧，众所钦仰。其一生之盛德，非短时间所能叙述。今先略述大师之生平，次略举盛德四端，仅能于大师种种盛德中，粗陈其少分而已。

一、略述大师之生平

大师为陕西人。幼读儒书，二十一岁出家，三十三岁居普陀山，历二十年，人鲜知者。至一九一一年，师五十二岁时，始有人以师文隐名登入《上海佛学丛报》者。一九一七年，师五十七岁，乃有人刊其信稿一小册。至一九一八年，师五十八岁，即余出家之年，是年春，乃刊文钞刊一册，世遂稍有知师名者。以后续刊文钞二册，又增为四册，于是知名者渐众。有通信问法者，有亲至普陀参礼者。一九三〇年，师七十岁，移居苏州报国寺。此后十年，为弘法最盛之时期。一九三七年，战事起，乃移灵岩山，遂兴念佛之大道场。一九四〇年十一月初四日生西。生平不求名誉，他人有作文赞扬师德者，辄痛斥之。不贪蓄财物，他人供养钱财者至多。师以印佛书流通，或救济灾难等。一生不蓄剃度弟子，而全国僧众多钦服其教化。

一生不任寺中住持监院等职，而全国寺院多蒙其护法，各处寺房或寺产，有受人占夺者，师必为尽力设法以保全之。故综观师之一生而言，在师自己决不求名利恭敬，而于实际上能令一切众生皆受莫大之利益。

二、略举盛德之四端

大师盛德至多，今且举常人之力所能随学者四端，略说述之。因师之种种盛德，多非吾人所可及，今所举之四端，皆是至简至易，无论何人，皆可依此而学也。

甲、习劳

大师一生，最喜自作劳动之事。余于一九二四年曾到普陀山，其时师年六十四岁，余见师一人独居，事事躬自操作，别无侍者等为之帮助。直至去年，师年八十岁，每日仍自己扫地，拭几，擦油灯，洗衣服。师既如此习劳，为常人的模范，故见人有懒惰懈怠者，多诫劝之。

乙、惜福

大师一生，于惜福一事最为注意。衣食住等，皆极简单粗劣，力斥精美。一九二四年，余至普陀山，居七日，每日自晨至夕，皆在师房内观察师一切行为。师每日晨食仅粥一大碗，无菜。师自云："初至普陀时，晨食有咸菜，因北方人吃不惯，故改为仅食白粥，已三十余年矣。"食毕，以舌舐碗，至极净为止。复以开水注入碗中，涤荡其余汁，即以之漱口，旋即咽下，唯恐轻弃残余之饭粒也。至午食时，饭一碗，大众菜一碗。师食之，饭菜皆尽。先以舌舐碗，又注入开水涤荡以漱口，与晨食无异。师自行如是，而劝人亦极严厉。见有客人食后，碗内剩饭粒者，必大呵曰："汝有多么大的福气？竟如此糟蹋！"此事常常有，余屡闻及人言之。又有客人以冷茶泼弃痰桶中者，师亦呵诫之。以上且举饭食而言。其他惜福之事，亦均类此也。

丙、注重因果

大师一生最注重因果，尝语人云："因果之法，为救国救民之急务。必令人人皆知现在有如此因，将来即有如此果，善有善报，恶有恶报。欲挽救世道人心，必须于此入手。"大师无论见何等人，皆以此理痛切言之。

丁、专心念佛

大师虽精通种种佛法，而自行劝人，则专依念佛法门。师之在家弟子，多有曾受高等教育及留学欧美者。而师决不与彼等高谈佛法之哲理，唯一一劝其专心念佛。彼弟子辈闻师言者，亦皆一一信受奉行，决不敢轻视念佛法门而妄生疑议。此盖大师盛德感化有以致之也。

以上所述，因时间短促，未能详尽，然即此亦可略见大师盛德之一斑。若欲详知，有上海出版之《印光大师永思集》，泉州各寺当有存者，可以借阅。今日所讲者止此。

谈艺

呜呼！词章

予到东后，稍涉猎日本唱歌，其词意袭用我古诗者，约十之九五（日本作歌大家，大半善汉语）。我国近世以来，士习帖括、词章之学，佥蔑视之。挽近西学除入，风靡一时，词章之名辞几有消灭之势……追见日本唱歌，反啧啧称其理想之奇妙，凡我古诗之唾余，皆认为岛夷所固有，既出冷于大雅，亦贻笑于外人矣（日本学者皆通《史记》《汉书》，昔有日本人举“史”“汉”事迹置诸吾国留学生，而留学生茫然不解其所谓，且不知《史记》《汉书》为何物，至使日本人传为笑柄）。

圖畫修得法

惜霜

我國圖畫。發達蓋早。黃帝時。史皇作繪。圖畫之術。實肇乎是。有周聿興。司繪置專職。茲事寖盛。漢唐而還。流派灼著。道迺烈矣。顧鶂序雜遝。教授尠良法。淺學之士。靡自闚測。又其涉想所及。狃於故常。新理眇法。匪所加意。言之可爲於邑。不佞航海之東。忽忽逾月。耳目所接。輒有異想。冬夜多暇。掇拾日儒柿山松田兩先生之言。間以己意。述爲是編。夫唯大雅。倘有取於斯歟。

第一章　圖畫之效力

渾渾圜球。汶汶衆生。洪荒而前。爲萌爲芽。吾靡得而論矣。迨夫社會發達。人類之思

图画修得法

二

想寢以複雜而達茲思想者厥有種種符號思想瘉複雜符號瘉精密其始也蟠屈其指作式以代艱苦萬狀闕畧滋繁厥後代以語言發爲聲響凡一己之思想感情僉能婉轉以達之爲用便矣然範圍至狹時間綦促聲響飄忽霎不知其所極其效用猶未爲完全也於是制文字尙紀錄傳諸久遠俾以不朽雖然社會者經歲月而瘉複雜者也吾人之思想感情亦複雜日進殆匙底止而語言文字之功用有時或窮例如今有人千百狀人人殊必一一形容其姿態服飾縱聲之舌筆之書匪涉冗長即病疎畧殆猶不毋遺憾而所以彌茲遺憾濟語言文字之窮者是有道焉厥道爲何曰唯圖畫

圖畫者爲物至簡單爲狀至明確舉人世至複雜之思想感情可以一覽得之輓近以還若書籍若報章若講義非不佐以圖畫匡文字語言之不逮效力所及蓋有如此。

說者曰圖畫者娛樂的非實用的雖然圖畫之範圍綦廣匪娛樂的一端所能括也夫圖畫之效力與語言文字同其性質亦復相似脫以圖畫屬娛樂的又何解於語

言文字倡優曼辭獨非語言然則聞倡優曼辭亦謂語言屬娛樂的乎小說傳奇獨非文字然則誦小說傳奇亦謂文字屬娛樂的乎三尺倀子當知其不然矣人有恒言曰言語之發達與社會之發達相關係今請易其說曰圖畫之發達與社會之發達相關係蔑不可也人有恒言曰詩爲無形之畫畫爲無聲之詩今請易其說曰語言者無形之圖畫圖畫者無聲之語言蔑不可也。

若以專門技能言之圖畫者美術工藝之源本脫疑吾言曷鑒泰西一千八百五十一年。英國設博覽會。而英產工藝品居劣等。揆厥由來則以竺守舊法故。爰憬然自省。定圖畫爲國民教育必修科。不數稔。而英國製造品外觀優美。依然震撼全歐。又若法國自萬國大博覽會以來。不惜財力時間勞力。以謀圖畫之進步。置圖畫教育視學官。以奬勵圖畫。而法國遂爲世界大美術國。其他若美若日本。僉模範法國。其美術工藝。亦日益進步。夫一葉之絹一片之木脫加裝飾頓易舊觀唯技術巧拙各不相埒價値高下爰判等差故有同質同量之物其價値不啻軒輊者蓋有由也匪直玆也圖畫家將繪某物注意其外形姑勿論甚至搆成之原理部分之分解縱

他在红尘看风景

四.極纖屑靡不加意故圖畫者可以養成綿密之注意銳敏之觀察確實之知識強健之記憶著實之想像健全之判斷高尚之審美心今嚴冷之實利主義。主發審美教育。即其美之情操。啓其興味。高尚其人品之謂也

此圖畫之効力關係於智育者也若夫發攄審美之情操圖畫有最大之偉力工圖畫者其嗜好必高尚其品性必高潔凡卑汚陋劣之慾望靡不掃除而淘汰之其利用於宗教教育道德上爲尤著此圖畫之效力關係於德育者也又若爲戶外寫生旅行郊野吸新鮮之空氣覽山水之佳境運動肢體疏曠精氣手揮目送神爲之怡此又圖畫之效力關係於體育者也

今舉前所述者括其大旨表之如左。

圖畫之效力
- 實質上
  - 普通之技能
  - 專門之技能
- 形式上
  - 智育上
  - 德育上
  - 體育上

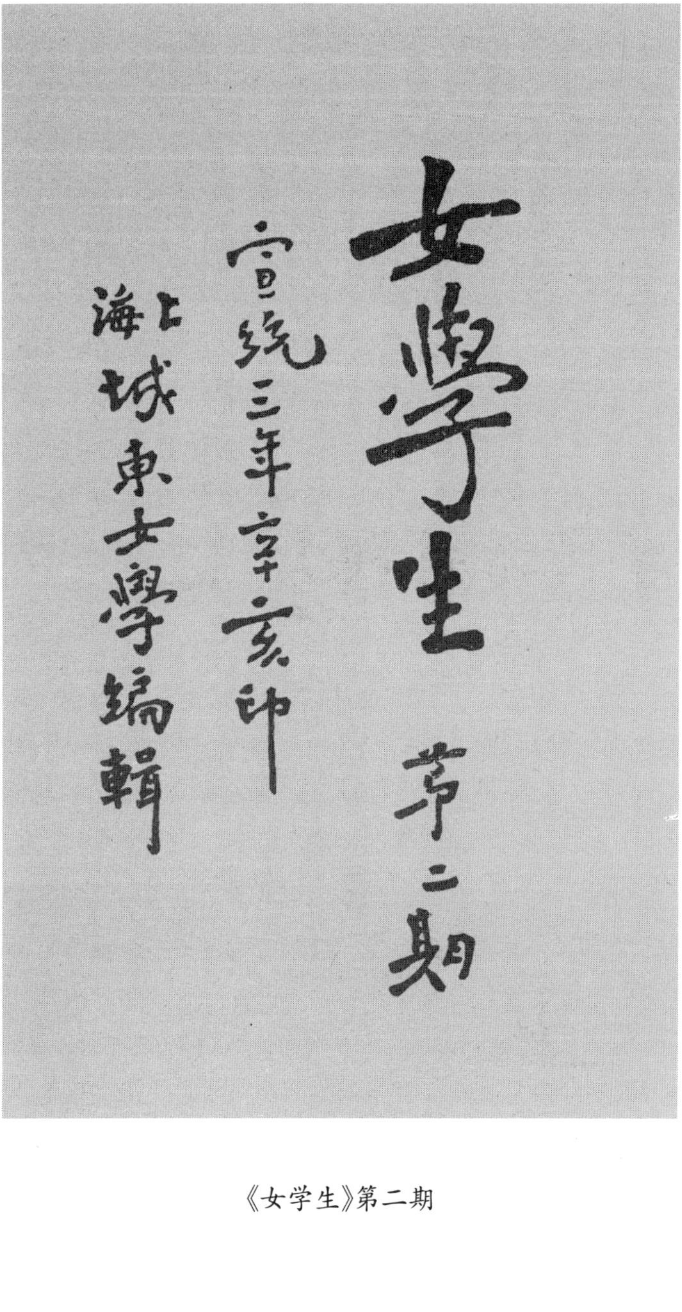

《女学生》第二期

足家有吃嘴者其兒亦習爲吃嘴少成若天性習慣如自然其素所感化者漸也普通家庭之男子不能不出外營業兒童之敎育得於母者殆居多數故女學盛則家庭之敎育優女學衰則家庭之敎育劣若僅於學校求之則敎育不足以言全備也

嘗聞西人覘國勢者有言矣國內之人能發達身體事業敎育者其國必强國內之人不能發達身體事業敎育者其國必弱今中國之人何如乎試過市中而觀之觸接於目之人至少有二缺點非羸瘠即遊蕩非遊蕩即詭詐甚且一人兼此三缺點尙得謂之有敎育乎且人苟能實行此三要點以彌補此三缺點則身體日見强壯事業日見發達敎育日見普及固易易也雖身體有時可死而事業不死敎育不死何以言之人能創非常之事業則事業必常存於世界至敎育之流傳更遠被敎育之人復爲施敎育之人愈推愈廣遂永永相傳於無盡可死者人之軀殼不死者人之精神人亦何憚而不爲耶以上諸說似近空泛非專指女學界言也然有足以互相發明者故爲諸君述之

藝術談　附我續圖

李哀

▲焦畫法

焦畫器械。爲現在泰西最盛行之畫具。又爲最良之娛樂。故於紳士淑女間。頗歡迎之。殊不讓油繪水彩畫與寫眞術也。

此器械因藥品之作用。以火燒『プラチナ』之針。能在木、竹、象牙、角、革、厚和洋紙、天鵝絨等材料上。作人物、花鳥、風景、模樣（即圖案）等。不論中西畫法。皆能合式。可隨意爲之。但在絨類上。須別用『鏝』。套於針鋒上。

器械有兩插。

第一種。揮法壜。　象皮裝送氣器。　象皮管。　酒精燈。　針柄。　針鋒。

艺术谈

第二種 與第一種同但不用酒精燈
僅於揮發壜塞子上裝成燈頭可以點火代酒精燈用

注意 第一種使用法

先將揮法發油入於揮發壜中將塞子塞好再將酒精燈點起來以右手握針柄(針須先冠好)在酒精燈上將針尖燒紅為止再以左手輕輕握送器氣歛回(但預先必須將象皮管安在壜上)此時針尖火力加熱放炎酒精燈即可吹滅但左手須握送空氣不絕則針尖之熱炎必不至減少又握力之强弱與熱炎之强弱有關係作畫時用筆有輕有重須以握力為之也

▲炭畫法

用品 炭筆 炭筆畧分三號(又名畫圖鉛)一號堅而淡用畫輕細線二號乃通用者三號軟而黑用畫深濃處

紙卷皮卷 用灰色紙卷製成者謂之紙卷用麂皮製成者謂之皮卷皆藉以染炭筆之煤也其深濃處可用紙卷以加重輕淡處則用皮卷以擦勻

炭畫放大法 放照欲求逼肖須用九宮格將乾板浸入蘇打水內乾板即成透明(軟片及千層帋亦可)將有藥一面劃成方格乃為放照之主要品

炭畫保存法 將畫成之照取直蠟丁宜(洋菜及石花菜亦可)溶化於水再加酒精十分之三取其易乾用噴水管吹入畫面庶炭不脫落可保久存

注意　噴水管之製法將細玻管兩版一長一短合成曲尺形長者一端略尖其式如圖

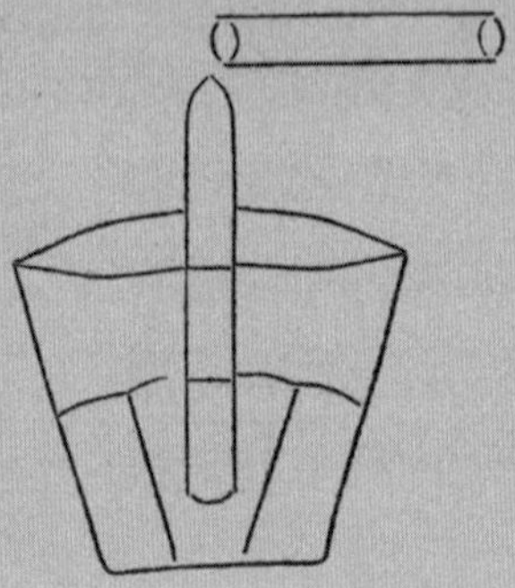

(澄)

▲寫眞法

乾片既照後用顯形水漂(清水洗)再用定形水漂(清水洗)待乾而後用白金紙印印出用金水漂(清水洗)再用定形水漂(清水洗)取光滑玻璃貼之或用火酒勻抹玻面更無破碎之虞

天熱時乾片照後宜先用明礬水漂而後用顯形水漂恐其浮脫也

顯形水分爲甲乙

甲水　輕粉一錢五分　臭化(即淡輕四澳)一錢　蒸溜水六兩

乙水　淡輕三(日本名カムモニセ)一錢　檸檬酸三分　蒸溜水六兩　用時甲乙水各半

- 題目
  - 人界
    - 歷史畫
      - 狹義歷史畫
      - 宗教畫
    - 風俗畫
      - 普通風俗畫
      - 歷史風俗畫
    - 肖像畫
  - 物界
    - 風景畫
      - 普通風景畫
      - 建築畫
      - 川海畫
    - 動物畫
      - 動物肖像畫
      - 動物風俗畫
      - 狩獵畫
    - 靜物畫
      - 動物之死者及花果器具等畫
      - 裝飾畫

依技工分者表如左。

- 技工
  - 顏料
    - 鮮畫
    - 油畫
    - 水彩畫
    - 色粉筆畫
  - 畫材
    - 玻璃畫
    - 陶畫
    - 扇畫

依畫幅分者。分大中小三等。此外又有袖畫一種。爲畫幅之最小者。

以上之類別。據哈德曼氏所定。譯名多從日本所譯。亦有以己意改訂者。其定名之意義與界限。當畧述之如下。以備初學者參攷。

（未完）

藝術談

普通圖畫教育

（李哀述）

是編前半大致據黑田氏在經緯學堂所講述者爲藍本。後半則多採他家之說。或加以管見。行文力求淺顯。便初學也。初次起稿。信手揮寫。不分章節。俟他日全編脫稿後。當再加以訂正也。

圖畫爲一種專門之學。問高深精微。無窮無盡。非吾輩淺學者所敢妄論。今擇其關於普通教育之淺近者。述之如下。

圖畫與教育之關係及其方法

各科學非圖畫不明。故教育家宜通圖畫學。圖畫尤當知其種種之方法。如畫人體。當知其筋骨構造之理。則解剖學不可不研究。知畫房屋與器具。當知其遠近距離之理。則遠近法不可不研究。又圖畫與太陽有最切之關係。太陽光線有七色。圖畫之用色。即從此七色而生。故光學不可不研究。此外又有美術史。風俗史。考古學等。亦宜知其大畧。

圖畫之目的

（甲）隨意　凡所見之物。皆能確實繪諸紙上。故凡名山大川。珍奇寶物。人力所不能據爲己有者。圖畫家則可隨意掠奪其形色。繪入寸幀。長房縮地之術。愚公移山之能。圖畫家兼擅之矣。

（乙）美感　圖畫殷能感動人之性情。於不識不知間。引導人之性格。入於高尚優美之境。近世教育家所謂（美的教育）即此方法也。

西洋畫法草稿（一）

（李哀述）

西洋畫之類別

西洋畫之類別。或依題目分之。或依技工分之。或依畫幅分之。其依題目分者表如左。

释美术

兹有告者，游艺会节目，分手工部为美术手工、教育手工、应用手工，云云。似未适当。某君评语，“手工宜注意恩物一门，勿重美术”，是亦分手工恩物与美术为二，似为不妥。西学入中国，新名词日益繁，或袭日本所译，或由学者所订，其能十分适当者，盖鲜。学子不识西字，仅即译名之字义，据为定论者，姑无论已。或深知西字，而于原字种种之意义，及种种之界限，未能明了，亦难免指鹿为马也。美术之字义，西儒解释者众，然多幽玄之哲理。非专门学者，恒苦不解。今姑从略。请以通俗之说，述之如下：

美，好也，善也。宇宙万物，除丑恶污秽者外，无论天工、人工，皆可谓之美术。日月霞云，山川花木，此天工之美术也；宫室衣服、舟车器什，此人工之美术也。天无美术，则世界浑沌；人无美术，则人类灭亡。泰古人类，穴居野处，迄于今日，文明日进。则美术思想有以致之。故凡宫室衣服，舟车器什，在今日，几视为人生所固有，而不知是即古人美术之遗物也。古人既制美术之物，遗我后人。后人摹造之，各竭其心思智力，补其遗憾，日益精进，互以美术相竞争。美者胜，恶者败，胜败起伏，而文明以是进步。故曰，美术者，文明之代表也。观英、法、德诸国，其政治、军备、学术、美术，皆以同一之程度，进于最高之位置。彼目美术为奢华，为淫艳、为外观之美者，是一孔之见，不足以概括“美术”二字也。

综而言之，美术字义，以最浅近之言解释之，美，好也；术，方法也。美术，要好之方法也。人不要好，则无忌惮；物不要好，则无进步。美术定义，如是而已！

以手制物，谓之手工。无术不能成。恩物亦手工中之一门，以手制造者，故恩物亦无术不能成。此固尽人皆知，非仆所强为牵合者。手工恩物既无术不能成，而独哓哓以重美术为戒，夫万物公例无中立，嗜美嗜恶，必居其一。不重美术，将以丑恶污秽为贵乎，仆知必不然也。

以上所解释美术者，虽属广义，然仆敢断定，手工恩物为应用美术之一种，此固毫无疑义者也。

美术之定义与界限，以上所言者，不过十之二三。他日有暇，当撰完全之美术论，以备足下参考。

西洋乐器种类概说

西洋乐器之分类有种种之方法，兹依最普通之分类法，分为弦乐器、管乐器、击乐器及金制乐器四种。

第一章　弦乐器

弦乐器分为二种：一为用弓之弦乐器，一为弹拨之弦乐器。兹分述之如下：

第一节　用弓弦乐器

小四弦提琴 Violin(Violin,现译作小提琴)于弦乐器中属于最高音部。其音色幽艳明畅,富于表情,强弱自由,能现音度之微细,为合奏之乐器,又可独奏,常占乐器之王位。其起源言人人殊,然由亚东传来,殆无疑义。然古时之制粗略不适用。至十七世纪之末叶,制法始完备如今日之形状。

小四弦提琴调弦之法如图式。四弦合之,其音域可达于三个八音半。其奏法以马尾张弓,摩擦弦上。

中四弦提琴 Viola Alto(Viola Alto,现译作中提琴。)较小四弦提琴之形稍大,其制法无稍异,但其音各低五度。调弦之法如上图。合奏时常属于中音部。音色稍有幽郁沉痛之感。独奏时有一种男性的热情。

大四弦提琴 Cello(Cello,现译作大提琴)。其形与前同,但甚大,奏时当正坐,以两腿挟其下体。调弦法如上图。于合奏时属于低音部,独奏时亦有特别之趣味。

最大四弦提琴 Double Bass(现译低音提琴,又称倍大提琴)。其形较前尤大,高过人顶。合奏时属于最低音部,奏时须直立,调弦如图式。形状太大,故其技巧不如前三者,不能独奏。

以上四种乐器,为弦乐中之主要,其音域至广,如图。

第二节 弹拨弦乐器

竖琴 Harp 普通者有四十六弦,由踏板可以变易调子。管弦合奏时用。

圆底提琴 Mandalin (现译曼陀林)。腹面为扁平之半球形,有四弦。调弦法与小四弦提琴同。

六弦提琴 Guitar(现译吉他或六弦琴)。形较小四弦提琴稍肥,有六弦。

长提琴 Banjo(现译五弦琴)。腹圆径长,形较前者稍大,有四弦。

以上三种乐器,管弦合奏时,不加入。

第二章 管乐器

管乐器分木制管乐器及金制管乐器两种。木制者其音色有柔婉温雅之特色,金制者有豪宕(豪宕,即豪荡,指文艺作品感情奔放,不受拘束。)流畅之表情。用时虽不如弦乐能传写乐曲之精微,然其音色丰富洪大,为其特色。兹分述之如下:

第一节 木制管乐器

横笛 Flute(也称长笛)。于管弦合奏时,常与小四弦提琴共占最高音部之位置。又横笛中又有小横笛 Piccolo 一种,其音更高。横笛之音量不大,然清澄明快,于管乐中罕见其匹。

竖笛 Oboe(现译双簧管)。与横笛同属于最高音部。又在同种类之中,竖笛 English Horn 属于中音部,次中竖笛 Bassom 属于次中音部,大竖笛 Fagotto 属于低音部。是种皆有口簧,依其振动发音。其音色皆带忧郁之气,有引人之魔力。

单簧竖笛 Clarinet(现译单簧管)。与竖笛相似,但口簧仅有一个;又口形之构造亦稍异。此种乐器,可依调之如何而更变。其乐器共有 A 调、B 调、C 调三种,表情丰富,强弱自由。又有低音单簧竖笛 Bass Clarinet(现译低音单簧管),其音较低。

第二节 金制管乐器

高音部喇叭 Trumpet(现译小号)。其音勇壮活泼,但易流于粗野。

小高音部喇叭 Cornet(现译短号)。与前者相似,其音色稍柔。

细管喇叭 Trombone(现译长号)。有中音、次中音、低音三种,音色壮大豪宕,能奏强音,为管乐中第一。

猎角式喇叭 Horn 又名 French Horn(现译圆号)。为管乐器中最富于表情者。音色有优美可怜之至。

新式喇叭为近世改良者,有最高音、高音、中音、次中音、低音、最低音六种。然管弦合奏时,用者甚稀。至近时用者仅有低音一种。

乐石社记

粤若稽古先圣，继天有作。创造六书，以给世用。后贤踵事，附庸艺林。金石刻划，实祖缪篆。上起秦汉，下逮珠申。彬彬郁郁，垂二千年。可谓盛已。世衰道微，士不悦学。一技之末，假手隅夷。兽蹄鸟迹，触目累累。破觚为圆，用夷变夏。典型沦丧，殆无讥焉。

不佞无似，少耽痂癖。结习所存，古欢未坠。曩以人事，羁迹武林，滥竽师校。同学邱子，年少英发。既耽染翰，尤嗜印文。校秦量汉，笃志爱古。遂约同人，集为兹社。树之风声，颜以乐石。切磋商兑，初限校友。继乃张皇，他山取益。志道既合，声气遂孚。自冬徂春，规模寖备。复假彼故宫，为我社址。而西泠印社诸子，觥觥先进。勿弃葑菲，左提右挈。乐观厥成，滋可感也。

不佞昧道懵学，文质靡底。前鱼老马，尸位经年。伏念雕虫篆刻，壮夫不为。而雅废夷侵，贤者所耻。值猖狂颓靡之秋，结枯槁寂寞之侣。足音空谷，幽草寒琼。纵未敢自附于国粹之林，倘亦贤乎博弈云尔。爰陈梗概，备观览焉。

乙卯六月，李息翁记。

弘一大师谈写字的方法

我到闽南这边来，已经有十年之久了。

前几年冬天的时候，我也常常到南普陀寺来，看到大殿、观音殿及两廊旁边的栏杆上，排列了很多很多的花，尤其正在过年的时候，更是多得很，多得很。

其中有一种名叫“一品红”的（按，闽南人称为圣诞花，其顶端之叶均作红色。学名为 Euphorbia Pulcherrima），颜色非常的鲜明，非常的好看，可以说是南国特有的一种风味，特有的色彩。每当残冬过去、春天快到来的时候，把它摆出来，好像是迎春的样子，而气象确也为之一新。

我于去年冬天到这里来，心中本来预料着，以为可以看到许多的“一品红”了。岂知一到的时候，空空洞洞，所看到的，尽是其他的花草，因而感到很伤心。为什么？以前那么多的“一品红”，现在到哪里去了呢？找来找去，找了很久，只在那新功德楼的地方，发现了三棵，都是憔悴不堪，颜色不大鲜明很怨惨的样子。也没有什么人要去赏玩了。于是使我联想到佛教养正院：过去的时候，也曾经有很光荣的历史，像那些

“一品红”一样，欣欣向荣，有无限的生机；可是现在，则有些衰败的气象了。

养正院开办已经三年了，这期间，自然有很多可纪念的事迹，可是观察其未来，则很替它悲观，前途很不堪设想。我现在在南普陀这里，还可以看到养正院的招牌，下一次再来的时候，恐怕看不到了。这一次，也许可以说是我“最后的演讲”。

一

这一次所要讲的，是这里几位学生的意思——要我来讲“关于写字的方法”。

我想写字这一回事，是在家人的事，出家人讲究写字有什么意思呢？所以，这一讲讲写字的方法，我觉得很不对。因为出家人假如只会写字，其他的学问一点不知道，尤其不懂得佛法，那可以说是佛门的败类。须知出家人不懂得佛法，只会写字，那是可耻的。出家人唯一的本分，就是要懂得佛法，要研究佛法。不过，出家人并不是绝对不可以讲究写字的，但不可用全副精神，去应付写字就对了；出家人固应对于佛法全力研究，而于有空的时候，写写字也未尝不可。写字如果写到了有个样子，能写对子、中堂来送与人，以作弘法的一种工具，也不是无益的。

倘然只能写得几个好字，若不专心学佛法，虽然人家赞美他字写得怎样的好，那不过是“人以字传”而已。我觉得：出家人字虽然写得不好，若是很有道德，那么他的字是很珍贵的，结果都是能够“字以人传”；如果对于佛法没有研究，而是没有道德,纵能写得很好的字,这种人在佛教中是无足轻重的了,他的人本来是不足传的。即能“人以字传”——这是一桩可耻的事,就是在家人也是很可耻的。

今天虽然名为讲写字的方法,其实我的本意是要劝诸位来学佛法的。因为大家有了行持,能够研究佛法,才可利用闲暇时间,来谈谈写字的法子。

关于写字的源流、派别,以及笔法、章法、用墨……古人已经讲得很清楚了,而且有很多的书可以参考,我不必多讲。现在只就我个人关于写字的心得及经验,随便来说一说。

诸位写字的成绩很不错。但是每天每个人只限定写一张,而且只有一个样子,这是不对的。每天练习写字的时候,应该将篆书、大楷、中楷、小楷四个样子,都要多多地写与练习。如果没有时间,关于中楷可以略掉;至于其他的字样,是缺一不可的,且要多多的练习才对。我有一点意见,要贡献给诸位,下面所说的几种方法,我认为是很重要的。

二

我对于发心学字的人,总是劝他们:先由篆字学起。为什么呢? 有几种理由:

(一)可以顺便研究《说文》(即《说文解字》,东汉许慎编著的一部文字工具书。),对于文字学,便可以有一点常识了。因为一个字一个字都有它的来源,并不是凭空虚构的,关于一笔一划,都不能随随便便乱写的。若不学篆书,不研究《说文》,对于字学及文字的起源就不能明白——简直可以说是不认得字啊! 所以写字若由篆书入手,不但写字会进步,而且也很有兴味的。

（二）能写篆字以后，再学楷书，写字时一笔一划，也就不会写错的了。我以前看到养正院几位学生所抄写的稿子，写错的字很多很多。要晓得：写错了字，是很可耻的——这正如学英文的人一样，不能把字母拼错一个。若拼错了字，人家怎么认识呢？写错了我们自己的汉文字，更是不可以的。我们若先学会了篆书，再写楷字时，那就可以免掉很多错误。此外，写篆字也可以为写隶书、楷书、行书的基础。学会了篆字之后，对于写隶书、楷书、行书就都很容易——因为篆书是各种写字的根本。

若要写篆字的话，可先参看《说文》这一类的书。有一部清人吴大徵的《说文部首》，那不可缺少的。因为这部书很好，便于初学，如果要学写字的话，先研究这一部书最好。

既然要发心学写字的话，除了写篆字而外，还有大楷、中楷、小楷，这几样都应当写。我以前小孩子的时候，都通通写过的。至于要学一尺二尺的字，有一个很简便的方法：那就可用大砖来写，平常把四块大砖拼合起来，做成桌子的样子，而且用架子架起来，也可当桌子用；要学写大字，却很方便，而且一物可供两用了。

大笔怎样得到呢？可用麻扎起来做大笔，要写时，就可以任意挥毫。大砖在南方也许不多，这里倒有一个方面可以替代：就是用水门汀拼起来成为桌子。而用麻来写字，都是一样的。这样一来，既可练习写字，而纸及笔，也就经济得多了。

篆书、隶书乃至行书都要写，样样都要学才好；一切碑帖也都要读,至少要浏览一下才可以。照以上的方法学了一个时期以后,才可专写一种或专写一体。这是由博而约的方法。

三

至于用笔呢?算起来有很多种,如羊毫、狼毫、兔毫等。普通是用羊毫,紫毫及狼毫亦可用,并不限定哪一种。最要注意的一点,就是写大字须用大笔,千万不可用小笔!用小的笔写大字,那是很错误的。宁可用大笔写小字,不可以用小笔写大字。

还有纸的问题。市上所售的油光纸是很便宜的,但太光滑,很难写。若用本地所产的粗纸,就无此毛病的了。我的意思:高年级的同学可用粗纸,低年级的可用油光纸。

此地所用的有格子的纸,是不大适合的,和我们从前的九宫格的纸不同。以我的习惯而论,我用九宫格的方法,就不是这个样子。现在画在下面,并说明我的用法:

(从上至下为写大楷、篆字、中楷时用法)

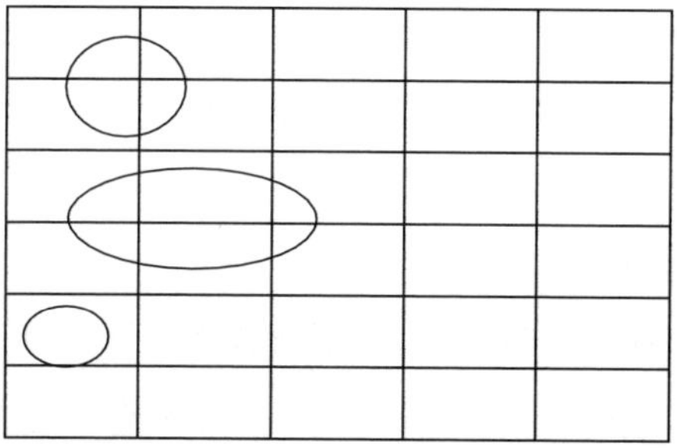

若用这种格子的纸,写起字来,是很方便的,这样一来,每个字都有规矩绳墨可守的。如写大楷时,两线相交的地方,成了一个十字形,就不致上下左右不相对称了。要晓得:写字

总不能随随便便。每个字的地位要很正，要不偏左不偏右，不上不下，要有一定的标准。因为线有中心点，初学时注意此线，则写起来，自然会适中、很“落位”了。

平常写字时，写这个字，眼睛专看这个字，其余的字就不管，这也是不对的。因为上面的字，与下面的字都有关系的——即全部分的字，不论上下左右，都须连贯才可以。这一点很要紧，须十分注意。不可以只管写一个字，其余的一切不去管它。因为写字要使全体都能够配合，不能单就每个字去看的。

再有一点须注意的：当我们写字的时候，切不可倚在桌上，须使腕高高地悬起来，才可以运用如意。

写中楷悬腕固然好，假如肘部要倚着，那也无妨。至于小楷，则可以倚在桌上，不必悬腕的。

四

以上所说的，是写字的初步法门。现在顺便讲讲关于写对联、中堂、横披、条幅等的方法。

我们写对联或中堂，就所写的一幅字而论，是应该有章法的。普通的一幅中堂，论起优劣来，有几种要素须注意的。现在估量其应得的分数如下：

章法：五十分

字：三十五分

墨色：五分

印章：十分

就以上四种要素合起来，总分数可以算一百分。其中并没有平均的分数。我觉得其差异及分配法，当照上面所分配的样子才可以。

一般人认为每个字都很要紧，然而依照上面的记分，只有三十五分。大家也许要怀疑，为什么章法反而分数占多数呢？就章法本身而论，它之所以占着重要的原因，理由很简单——在艺术上有所谓三原则，即：

（一）统一

（二）变化

（三）整齐

这在西洋绘画方面是认为很重要的。我便借来用在此地，以批评一幅字的好坏。我们随便写一张字，无论中堂或对联，普通将字排起来，或横或直，首先要能够统一，字与字之间，彼此必须相联络、互相关系才好。但是单止统一也不能的，呆板也是不可以的，须当变化才好。若变化得太厉害，乱七八糟，当然不好看。所以必须注意彼此互相联络、互相关系才可以的。

就写字的章法而论，大略如此。说起来虽很简单，却不是一蹴可就的。这需要经验的，多多地练习，多看古人的书法以及碑帖，养成赏鉴艺术的眼光，自己能常去体认，从经验中体会出来，然后才可以慢慢地养成，有所成就。

所谓墨色要怎样才可以？即质料要好，而墨色要光亮才对。还有，印章盖坏了，也是不可以的。盖的地方要位置设中，很落位才对。所谓印章，当然要刻得好，印章上的字须写得好。至于印色，也当然要好的。盖用时，可以盖一颗两颗。印章有圆的方的，大的小的不一，且有种种的区别。如何区别及使用呢？那就要于写字之后再注意盖用，因为它也可以补救写字时章法的不足。

五

以上所说的，是关于写字的基本法则。可当作一种规矩及准绳讲，不过是一种呆板的方法而已。

写字最好的方法是怎样，用哪一种的方法才可以达到顶好顶好的呢？我想诸位一定很热心的要问。

我想了又想，觉得想要写好字，还是要多多地练习，多看碑，多看帖才对，那就自然可以写得好了。

诸位或者要说，这是普通的方法，假如要达到最高的境界须如何呢？我没有办法再回答。曾记得《法华经》有云："是法非思量分别之所能解。"我便借用这句子，只改了一个字，那就是"是字非思量分别之所能解"了。因为世间上无论哪一种艺术，都是非思量分别之所能解的。

即以写字来说，也是要非思量分别才可以写得好的。同时要离开思量分别，才可以鉴赏艺术，才能达到艺术的最上乘的境界。

记得古来有一位禅宗的大师，有一次人家请他上堂说法，当时台下的听众很多，他登台后默默地坐了一会儿以后，即说："说法已毕。"便下堂了。所以，今天就写字而论，讲到这里，我也只好说"谈写字已毕了"。

假如诸位用一张白纸（完全是白的），没有写上一个字，送给教你们写字的法师看，那么他一定说："善哉，善哉！写得好,写得好!”

诸位听了我所讲的以后,要明白我的意思——学佛法最为要紧。如果佛法学得好,字也可以写得好的。不久,会泉法师(闽南佛教界名宿,曾任南普陀住持多年。)要在妙释寺讲《维摩经》,诸位有空的时候,要去听讲,要注意研究。经典要多多地参考,才能懂得佛法。

我觉得最上乘的字或最上乘的艺术,在于从学佛法中得来。要从佛法中研究出来,才能达到最上乘的地步。所以,诸位若学佛法有一分的深入,那么字也会有一分的进步,能十分的去学佛法,写字也可以十分的进步。

今天所说的已经很够了。奉劝诸位:以后要勤求佛法,深研佛法。